自省之书

中国原典的当代精神

余世存 著

老子
赤子之心，见素抱朴

反智的人生 -003
无为的人生 -007
多藏必厚亡 -010
《道德经》的病理认识 -013
经典中的成功学 -017
世界是自己的 -019
我为什么要写《老子传》-022

庄子
世道再坏，人也可以追求内在超越

浮生如梦觉几分 -029
天下沉浊不可庄语 -034
什么是"逍遥游" -039
人世的自觉 -043
怒者其谁的平等 -048

孔子
入世而生动

▼

夫子自道 -055

人生的准则 -059

人在伦理之中 -062

学习的至上价值 -066

谁还记得果仁？ -070

孔子为什么反而不倒？ -073

孟子
健旺的生命力量

▼

孟子的时间观 -081

舍我其谁 -086

人生的乐趣 -090

民贵君轻的大丈夫 -094

孟子眼中的道 -099

平民的理想主义

日常生活演绎出的理性 -105
什么是命运？ -108
贱人的自性和自信 -112
疾病的哲学 -115
墨守的意义 -119
致歉墨子 -122

玩弄权术与勇敢发声

言说的困难 -131
时代变了 -135
如何死法与心性相关 -139
面对人性黑暗怎么办 -143
人生社会的时势权力 -146

易经
中国人的创世记

- 我们的空间意识 -153
- 我们的时间观念 -158
- 不知春去几多时 -162
- 人乃自然之子 -168
- 乾坤与人 -173
- 为什么要回到《易经》？ -178
- 2013祭炎帝文 -187
- 2014祭炎帝文 -189

礼记
止于至善的东方"启示录"

- 藏修息游的人生教育 -193
- 什么是美好社会 -199
- 人身之射与道极高明 -205
- 儒行的意义 -210
- 什么是大学之道？ -217
- 我们的世界图景 -222

知识易得，智慧难求

普通人有权与闻的资源和能量 -235

经典阅读是一种责任 -240

行夏之时——关于二十四节气 -243

先觉者乃敢特立而独行 -252

我们的创世记 -262

老 子

赤子之心，见素抱朴

自省之书：中国原典的当代精神

老子的"反智",我后来更发现,老子对一般智慧确实看不大起。从天地四时四方之学来说,跟孔子克己复礼归仁不同,老子是绝仁弃智的。我们说过,仁属于东方之学、春天之学;礼属于南方之学、夏天之学;智属于北方之学、冬天之学……孔子希望走向活泼泼的春天夏天,老子则放弃一时一地的归属,他希望的是归于道,归于圆满。

老子本来就是一个有着至情的人类之子。

反智的人生

说起老子的《道德经》，很多人以为老子在其中表达了一个重要思想：反智。不仅很多涉世未深的年轻学人把老子归为"反智"一派，大加嘲笑或批评，就是一些思想史家也作如此观，如余英时先生说，"老子讲'无为而无不为'，事实上他的重点却在'无不为'，不过托之于'无为'的外貌而已。故道家的反智论影响及于政治必须以老子为始作俑者"，"我曾指出《老子》书中的政治思想基本上是属于反智的阵营；而这种反智成分的具体表现便是权谋化"……我们普通读者读"老子"，也常常困惑于老子天下第一，老子绝顶聪明，却又那样明确地表示要"绝圣弃智"。

老子真的反智吗？

看老子的教诲，似乎真的如此："是以圣人之治，虚其心，实其腹；弱其志，强其骨。常使民无知无欲，使夫知者不敢为也。为无为，则无不治""绝圣弃智，民利百倍""民多智慧，而邪事滋起""古之善为道者，非以明民，将以愚之。民之难治，以其智多。故以智治国，国之贼；不以智治国，国之福"……

老子那么智慧，为什么要反智呢？老子真的反对他拥有的智慧吗？我们需要这样想问题，而不是如余英时那样从表面的字句中去推论出老子是一个权谋者和独裁者，"老子在此是公开地主张'愚民'，因为他深切地了解，人民一旦有了充分的知识就没办法控制了。老子的'圣人'要人民'实其腹'、'强其骨'，这确是很聪明的，因为肚子填不饱必将铤而走险，而体格不健康则不能去打仗或劳动。但是'圣人'却决不许人民有自由的思想（'虚其心'）和坚定的意志（'弱其志'），因为有了这两样精神的武器，人民便不会轻易地奉行'圣人'所定下的政策或路线了"。余英时的老子观有相当的普遍性，即断章取义、为己所用。

要知道，老子绝非矛盾得人格分裂，孔子称道过"老子犹龙"。"圣人"在老子笔下也绝非如余英时推论出的是一个独裁者，相反是一个"功成而弗居"的德者。只要看看《道德经》中有关圣人的表述就清楚，"是以圣人处无为之事，行不言之教；万物作焉而不辞，生而不有，为而不恃，功成而弗居""是以圣人抱一，为天下式。不自见故明，不自是故彰，不自伐故有功，不自矜故长""故圣人云，我无为而民自化，我好静而民自正，我无事而民自富，我无欲而民自朴"……当然，对于人类群体存在状态的观察，跟书面推崇"人民本位"，否定圣贤、仁人志士、先知、精英等的身体事业，会有不一样的结论。移动互联时代使知识下移到人民大众那里，人民、公民都有获取"充分的知识"的可能，但今天的大众同样需要圣人、先知、志士；需要反思投机取巧式的机智，需要返璞归真的简单生活原则；需要善待自己身体的治身养生：实其腹、强其骨、虚其心、弱其志等。

关于老子反智的矛盾、困惑甚至不需要从老子的言论中寻找答案，只要我们反求诸己，我们就能明白老子的"反智"并非反对"智慧"。只要看看我们的生活，一方面是技术、工具充斥日用，一方面是大量的修行、养生言论，是相互提醒告诫要"安顿""平安""静好"等智慧，我们就大体明白老子的反智并非指智慧。从《道德经》中可以看到，老子对"知""智""明"三个字的用法是有区别的。老子的"知"，一般指"了解""知道"，这不是他所要否定的。老子否定的"知"，是人的欲念。所谓"常使民无知无欲，使夫智者不敢为也"。这里的"智"，正是老子强烈质疑和反对的，他是指"以知识为工具而行诈伪之事"的"巧智"，是我们常说的耍小聪明。至于智慧，老子一般用"明"来表示，是体"道"知"常"的最高智慧。所谓"知人者智，自知者明"。而老子的"愚"，并非愚昧，而是朴实无华的意思。

为老子"反智"正名，对我们普通人也有重要的意义。这让我们更加明白，以老子的智慧，他跟我们普通人一样感同身受，他跟我们一样反对独裁者、专横者的自作聪明。我们应该把加诸老子身上的阴谋色彩去掉，恰恰相反，老子是反对阴谋、权术的，老子要求的，是生命的大智慧。

炫智的小聪明，在我们文化里确实不算是一个好的人生品质。从孔子开始，中国人都喜欢笨一些或老实一些的人。孔子弟子多多，但他最喜欢老实的颜回。我在人到中年之际曾经感叹："活到今天，越来越理解孔子的人生，其中尤其理解孔子为什么喜欢颜回。人们都太聪明了，因此张狂、投机、势利，追求一夜暴发，三五年有成，或毕其功于一役。我多次告诫自己和身边的年轻朋友，要笨一些，勤奋一些，要做足笨工夫。"这其实也是对老子"反智"的极好解释。

但遗憾的是，无论孔子还是老子，他们反对的这种小聪明在中国大行其道，而真正的智慧者穷窘一生，以至于苏东坡、郑板桥都说过"难得糊涂"。诗人穆旦晚年有《智慧之歌》："但唯有一棵智慧之树不凋，我知道它以我的苦汁为营养，它的碧绿是对我无情的嘲弄，我咒诅它每一片叶的滋长。"这样的诗文同样是沉痛的。

因此，我们的人生之路有很多选择，但既要有生命的大智慧，又得有生活的经验支撑。维特根斯坦曾说，希望自己既明智又好。可见，西方思想家也注意到，纯粹的智慧不一定就是好的。

至于老子的"反智"，我后来更发现，老子对一般智慧确实看不大起。从天地四时四方之学来说，跟孔子克己复礼归仁不同，老子是绝仁弃智的。我们说过，仁属于东方之学、春天之学；礼属于南方之学、夏天之学；智属于北方之学、冬天之学……孔子希望走向活泼泼的春天夏天，老子则放弃一时一地的归属，他希望的是归于道，归于圆满。

这也是现代人念兹在兹的，人是目的。人生不应该过成"类人孩"，不应该过成"书斋"的科学家或知识分子，不应该过成官家商家，不应该过成虚无的中年人或阴谋的老人……因为一个孩子还不是一个人，一个科学家、大师和知识分子还不是一个人，一个官家商家还不是一个人，权谋、虚无还不是人……人实际上是你，是我，是那个为遥远的全称之你所完全映照的我。

这就是人生的目的。

无为的人生

如果要问老子《道德经》最重要的思想是什么，估计人们都会不约而同地回答：无为。但如果要问无为的适用范围有哪些领域，可能人们的答案就千差万别了。如果问无为跟积极有为之间的关联、跟人们鼓励的自强不息的精神之间的分别，也许能够回答的人寥寥无几。

老子对无为确实情有独钟，他在《道德经》里三复斯意。"是以圣人处无为之事，行不言之教；万物作焉而不辞，生而不有，为而不恃，功成而弗居。夫唯弗居，是以不去。""是以圣人无为，故无败；无执，故无失。""为无为，则无不治。""我无为而民自化，我好静而民自正，我无事而民自富，我无欲而民自朴"……

在政治哲学上，人们今天多承认老子的无为正是自由主义的先声。他的无为并不是彻底消极地让人们无所作为，而是主张人的活动顺应道之自然，这样就能因道之力而有所作为，取得最圆满的效果。当政府在不得已而干预经济时，也应顺应自然规律，坚持"无为"原则，而不应该任凭自己的主观意志恣意妄为。法国重农学派作为西方经济自由主义思想的先驱，与老子的经济思想有着相近的核心。重农主义体系的精髓就在于它的"自然秩序"的概念。他们认为人类社会与自然界都存在着内在的发展规律，即"自然秩序"。在另一自由主义的代表人物亚当·斯密看来，国家在自然的经济秩序下，只起"守夜人"的作用。它的职能是："第一，保护社会，使不受其他独立社会的侵犯。第二，尽可能保护社会上各个人，使不受社会上任何其他人的侵害或压迫，这就是说，要设立严正的司法机关。第三，建设并维持某些公共事业及某些公共设施。"斯密更有"看不见的手"之说，这跟老子的无为异曲同工，甚至精到地解释了老子的无为思想。

但事实上，老子的无为思想可以当作一个标准，去观察人生社会的众多领域。不仅治国、经济政策上应该听取老子的教导，就是法律、医学、金融、文化、编辑出版、城市规划等领域也应该从老子的无为中得到启示。现代医学有一个术语，"医源性伤害"，即是对患者进行"天真的干预"所造成的伤害和灾难。医生要患者积极配合治疗，律师鼓励人去打官司，经纪人要股票持有者买进卖出股票，编辑要替作者把关删改文章，规划师要把居民生活区拆建成光鲜的钢筋水泥森林……这种积极有为的干预是灾难性的，在社会经济生活和我们的身体上等领域尤其显著，经济生活和身体几乎都是低能力和高干预并存的领域，人们忘记了老子的教导，无视自发运作和痊愈的存在，更别提自我成长和改进了。这方面的例子举不胜举，如2008年西方经济危机的主要来源就是，以格林斯潘为首的决策者们出台旨在消除"经济繁荣与衰退的周期"的一揽子举措，适得其反地引爆了危机。让很多人郁闷的是，格林斯潘竟然是一名自由主义信徒。

可见，即使自由主义者，也需要不断地回到无为和"看不见的手"一类的教诲中。无为并非消极地无所作为，而是积极地生活，顺应自然、社会之道。在这一意义上，无为跟自强不息并无差别。具体到社会治理上说，如果我们不知道自己是否知道事物的规律，如果我们并不了解对象，那就需要无为，用中国人的话说，等等看，事缓则圆；用古罗马人的话说，要懂得抵制和延迟干预。

这样的观念和经验教训今天基本是一个共识。但我们说过，老子的无为思想其实可以针对一切领域。具体到我们每个人的人生当中，"无为"更应是我们消解现代性异化的一剂良药。因为受现代性意识形态的蛊惑，现代国民较之先人空前地忙碌起来了。每个人都被告知人生要积极进取，要珍惜时间，要创造财富和成功……结果适得其反，我们现代人的幸福感并没有增强。

有人说，我们对如下事物已经非常陌生了：缓慢的时间，安静，安全，可预见性，归属感、人格感，一贯性，理解，自然生长，真正的体验（例如，那些不是来自大众传媒的体验）……而这样的事物无处不在：薯条和电脑，无处不在的移动通信设备，电子化一体化的全球金融市场，遍布全球的经济网络，大多数人忙于处理各类信息……

因此，老子的教导在今天既有社会意义，又有个人意义。如果我们理解老子的无为，我们就能获得完全属人的生命，完全属于自己的生活。无为而治的人生是要我们学会闲散地生活。在名著《历史研究》中，汤因比研究了历史上的许多伟人，发现在他们的一生中，几乎都曾有过一个闲散的时期，并得出结论：这是一个必不可少的时期。闲散地生活，才能收获。对美国生活反叛过的福克纳说过名言：有那么多的工作要做的人是可耻的。德国谚语则说，只有魔鬼才匆匆忙忙。现代主义文学的大师卡夫卡劝导说：你没有必要离开屋子。站在桌边听着就行。甚至听也不必听，等着就行；甚至等也不必等，只要保持沉默和孤独就行。大千世界会主动走来，由你揭去面具。它是非这样不可的，它会在你面前狂喜地扭动。

他们的话，也是对老子无为的精当注解。

多藏必厚亡

很多人喜欢《道德经》，甚至超过对《论语》的喜欢。因为《论语》说的多是家常话，《道德经》则有诗，有哲学，有值得玩味的天道。我们人生社会的阅历越深，对《道德经》的感悟会越真切。但很多人空会背诵《道德经》的词句，生活依然故我。

这实在是一种人格心性的分裂，我就见过几个老子研究的爱好者和推广者，他们经营或钻营的仍是私利，是个人的贪婪享受。可以说，读诵老子的词句，跟人生选择是两回事。在今天，我们普通人都知道收藏、聚敛、贪占的时代，重温《道德经》的告诫，只能让我们感慨人性的业力或罪错之深重。

拜金主义、物质主义无远弗届，我们都受其影响。在北京，有钱的人玩文物字画，玩玉，玩古董；没钱的人玩核桃，玩瓷片……这种收藏精神在一切领域都有表现，甚至微博微信技术，都要开发一项"我的收藏"栏。"收藏"已经成为时代社会的某种"精神"。

由此带来的社会病也蔓延开来。观察者发现，那些玩收藏多年有得的人，多半会在性格上发生质变，即从前无论如何慷慨大方，一旦陷入收藏，几乎无一例外地"吝啬"起来、"贪婪"起来。这种精神，其实是一种简单的占有感。人们为了占有更多的食物、美味，不惜让身体得"三高"、肥胖症；人们为了占有更多的风景，不惜劳累地堵在路上；人们为了占有更多的图书、字画，不惜跟朋友、亲人断了联系；为了喜欢一种玉器、为了赌石、为了一种极致体验，不惜倾家荡产……因此，有人说，社会越具"收藏"精神，人际关系越淡漠。

这一现象，两千多年前的老子观察到了，他感慨地说，拿名声跟身体相比，哪一个更可爱？拿身体跟财宝比，哪一个更重要？为名利而丧身，为身而丧失名利，哪一个更有害？过度的爱惜必定要付出更多的代价，造成极大的耗费；财宝积累得越多，

老子 赤子之心，见素抱朴

必然丧失得越多，遭受惨重的损失。知道满足，就不会遭到侮辱；知道适可而止，就不会有什么危险，这样就可以长久地生存。（名与身孰亲？身与货孰多？得与亡孰病？是故甚爱必大费，多藏必厚亡。知足不辱，知止不殆，可以长久。）

但遗憾的是，两千多年来，人们仍我行我素。南北朝时代的《颜氏家训》中说："山巨源以蓄积取讥，背多藏厚亡之文也。"虽然讥笑，但很多人依然贪婪，以"收藏"为一生的事业。后来的和珅，当权20多年，贪污受贿的财物约合白银11亿又600万两，兼并土地几千顷，占据房产几百处，他所聚敛的财富，竟超过了清朝政府15到20年的财政收入。如此"甚爱""多藏"，没能保住他的小命，嘉庆皇帝以一条白练令其自裁。"和珅跌倒，嘉庆吃饱。"而和珅自己，到今天，都是谈资、笑料。

但遗憾的是，今天的人们仍多有把名声看得比身体重要的，有人宁愿脱衣、在网络上晒照片博取名声；有学者则不怕臭名远扬，他们怕的是自己没名声；有商人官员为了出名，也学会了语不惊人死不休。今天的人们仍多有把财宝看得比身体重要的，他们得了众多的富贵病，聚敛起惊人的财富。是以我们作为世界第二大经济体的国家，我们先富起来的阶层并未带动大家同富均富，以至于我们的政府不得不把富民作为重要的政策。是以当代文明的成果足以满足全体人的生存所需，但贫富对立仍是极为突出的现象，世界金融危机也频繁发生，以至于俄罗斯前总统梅德韦杰夫引用老子的一段话来应对危机，2010年6月19日他在圣彼得堡国际经济论坛演讲时说，他认为老子的教诲值得遵循，"得与亡孰病？是故甚爱必大费，多藏必厚亡。知足不辱，知止不殆，可以长久"，"如果我们遵循中国哲学家的遗训，我认为，我们能够找到平衡点，并成功走出这场巨大的考验"。

这种人生社会的贪婪者，齐泽克直呼为"失败者"，"（他们说）我们全是失败者，其实真正的失败者就在华尔街里，他们要靠我们付出数以十亿计的金钱救济才能脱困。"这样看我们社会的失败者，他们需要我们千百年的文化财富，我们现实中的房子、车子、票子来周济他们"才能脱困"。有一位导演感慨说："年过半百终于活明白，哄着自己玩，让自己高兴才是真格的，其他全是瞎掰。真不明白那些赚了钱的哥们儿为什么还没黑没白地挣命？有劲吗？赚多少算够？您带得走吗？去山西采景，看了十几座百年大宅，主人均已无处寻觅，拿钥匙的都是不相干的人。"

齐泽克的话、这位导演的话都是对老子教诲极好的注解。

《道德经》的病理认识

据说背诵经典可以使人身心健康，但《道德经》的特殊性在于，它本身也有对病理的认识，对身心的安顿有直截了当的建议。老子的观念，在现在来看，仍堪称新鲜、超前。

最早知道《道德经》可以养生的"传奇"，是听一个年轻朋友说的，这位年轻朋友小时父母离异，跟母亲生活。十来岁的男孩对世界充满好奇，有一天突然去读《道德经》，读着读着，自己的呼吸、坐姿等不由自主地发生了变化……经过一段时间的试验，他发现原来身体可以为自己把握、调整。后来就是我自己，每亲近一次《道德经》就会有意无意地尝试调整呼吸，果然发现其中有收获。再后来读到更多的材料，有人从《道德经》中发明出简单易行有效的健身办法，有人甚至以《道德经》来指导自己的日常生活……

《道德经》的很多话都可以运用到人的身心状态上来。"天地之间，其犹橐籥乎？虚而不屈，动而愈出。"天地如此，人的身心不更是如此。因此，把握好了我们的呼吸，就把握好了自身。练功人、修行人都知道，如能做到呼吸之念不断，念念相续，那就是极为完美的境界了。生命就在呼吸之间。据说，道教信徒把《道德经》当作修行的大经，从道士上千年的实践来看，《道德经》也确实具有指导人们身心修行的功能。而明清以来中国武术得到发展，很多武学门派也是从《道德经》里得到启发而产生的。流传数百年的太极拳不用说，就是一代武学奇才李小龙也是从《道德经》里发现了武学的奥秘，并把阴阳学说应用到了武学之中，取得了巨大的成功。而武林人士秘传的"心法"，其实就是呼吸的法则。

从老子的教导中不仅可以想到要注意呼吸，还要注意饮食。即人的身心既要充满，又要空虚。这个道理当代人多已明白，人不能吃得太饱，人要经常保持一定的饥饿感。老子的阐述极为明确，比如他说："出生入死。生之徒，十有三；死之徒，十有三；人之生，动之于死地，亦十有三。夫何故？以其生生之厚。"这句话可以这样理解：从出生到死亡，人成长的时间，占十分之三；人消亡的时间，占十分之三；人的生命，由于违反规律被白白浪费的时间，也占十分之三。这是什么缘故？因为他们生活得过度。

老子在《道德经》中还说："众人皆有余，而我独若遗。……我独异于人，而贵食母。"这段话可以从饮食的角度来解释，即众人都吃得过度，而唯独我留有余地。我同世人的饮食有所不同，世人吃的是饭，我吃的是饭的本源，我是追求道的生活。

老子还说："余食赘形，物或恶之，故有道者不处也。"这段话更直接了。就像饱食、浪费食物，还有生出赘肉，这样的人连鬼神看了都会讨厌，故有道者不会处于此种境地。

把这三段话跟当代社会的饮食文化联系起来，可知我们很多人跟老子的教导背道而驰。说一句严格的话，那些肥胖症患者、那些酒囊饭袋，都是不义的、不道的。因为"有道者不处"。《道德经》第53章："厌食而货财有余，是谓盗夸。"意思是说，脑满肠肥、吃腻厌食，而且财宝丰盈，这就叫大盗。

总之，老子的饮食之道是节俭、清淡、适量。"治人事天，莫若啬。"修身治国，侍奉天道，没有比节俭更重要的了。这是要我们学会吝惜财物和珍惜福分。道家流行的观点是："要想健康，腹中常空；要想不死，肠里无屎""食肉者勇敢而悍，食谷者多智而夭，食气者神明而寿"。

我们知道，病从口入，疾病来自于口，即呼吸和饮食，由此需要我们保持俭朴。人们在整理北京四大名医孔伯华先生的医案时，发现了一个共同的特点，即凡是给叫牛二、王李氏等人开出的药，多为补益之药；凡是给李大少爷、王二奶奶开出的药，多为消散之药。因为，凡叫李大少爷、王二奶奶的，绝非穷人，多因营养过剩而得病。老子早就洞明这一现象，他说："为无为，事无事，味无味。"要做无欲、无为的事，体味无味的东西。他还说"为腹不为目"。唐太宗是老子的信徒，他身体力行的感觉是："朕每日所为，自有常节，饮食不过度，行之已久，甚觉有力。"

在我看来，老子的这些病理学是极为深刻的。老子还说过："知不知，上。不知知，病。夫唯病病，是以不病。圣人不病，以其病病，是以不病。"知道自己还有不知道的，这是高明的；不知道却以为全明白了，这就是百病的根源。圣人之所以没有病患，是因为他把病患当作病患，因此就没有病患了。联想到我们当代人的"搭便车"思想：雾霾别人呼吸了，我也呼吸一口没事；污染的食物、空气、水，别人都在其中生活，我投身其中应该也没事；我还年轻，还扛得起……这种种不以为病的结果，是从个人到社会性的病患爆发，从抑郁症到癌症，折磨着我们的身心。

由此读经，我们是否该从自身的日常饮食、起居入手，从我们的呼吸之间入手呢？

经典中的成功学

我们经常听说,这是一个成功学流行的年代。这个社会只是由两种人组成,成功人士和即将成功的人士,除了教材教辅,社会流行的图书多有讲"成功"的。但看看《道德经》的教导,可知当代的"成功"跟老子眼里的"成功"是两回事。其实,老子对成功有极为全面的思考,那些读成功学书的人,不如从老子精练的几句话里琢磨何谓成功,用现在的话说,老子的话可以受用一生。

什么是成功?我们很多人以为成功就是可以秀自己的穿戴,秀自己的富贵,秀自己的土豪或洋气。但老子明确地说,成功必然伴随而来的行为,是身退。"金玉满堂,莫之能守;富贵而骄,自遗其咎。功成名遂身退,天之道。"事物壮大了就会走向衰老;正常的可变为反常,善良可变为妖孽;要求圆满,不如不干;尖利锋芒,难保久常;财宝盈室,谁能守藏;骄奢淫逸,自寻祸患;成功了便隐退,是天的法则。

人们提到这段话,多半会想到历史上范蠡和文种的故事,他们成功地辅佐勾践完成了复仇的任务,范蠡身退,文种留任,结果,文种被迫自杀,范蠡逍遥江湖。人们还会想到张良、东方朔这些功成身退的故事。现代社会也标榜"功成身退",如美国人马歇尔·戈德史密斯写过《必看!功成身退》一书,给管理者们提出建议:"成功的交接班是伟大领导的最后一役。"

但很多人把老子的思想庸俗化了,他们认为功成身退是保全自我之道。他们忘了，老子明确地说，这是天道。

个人也好、企业也好、政党也好，都有这种成功的检验。当然也有榜样，前面说的范蠡，以及大家同样熟知的张良、华盛顿、曾国藩等人，他们都在事业如日中天的时候退场。"功成事遂，百姓皆谓我自然。"大功告成，诸事办妥，大家都认为我本来就是这样自自然然的。

关于成功，老子还有一个标准——"大器免成"。我们常以为老子说的是大器晚成。这个关键字，除有晚，还有曼，还有免。总之，除了"晚成"的意思，"慢慢来临"的意思，还有"勉强""免除"的意思。也许老子的意思更倾向于勉强、免除。就是说，跟"大音希声""大方无隅""大象无形"一样，真正的成功者（大器）是一般人难以感知其所成就的状态的，甚至成功得极为偶然、勉强。这样的成功，跟现在流行的成功学标准是完全不同的，跟"成功，你也会！"一类的鼓励或教条不同，老子眼里的成功是世俗人多半难以感觉认知的。

事实也确实如此，我们看老子，在当时的人眼里，是人生社会的失意者；孔子，被人称为"丧家狗"；鲁迅，在当时的大学教授眼里只是一个有些"左倾"的"文人"……但今天无人不承认他们是"大器"，他们的人生收获，给予后来者，不仅家人乃至人类以福祉。

世界是自己的

这些年,网络上假冒名人的文章有很多。如果追问这一现象的背后原因,大概跟我们社会里名人的表达多有缺位缺席有关,一方面是民智大开,开智后的民众需要从名人的表达中获得印证;当名人缺席缺位后,开智后的民众就假借名人之口来表达。有一篇冒名为杨绛先生的《一百岁感言》感动了很多人,在微博和微信朋友圈里常见这篇短文,很多人更把结尾的点睛之笔提取出来。原话是:"我们曾如此渴望命运的波澜,到最后才发现:人生最曼妙的风景,竟是内心的淡定与从容……我们曾如此期盼外界的认可,到最后才知道:世界是自己的,与他人毫无关系。"

这篇感言让我想到了大家都知道的成语——宠辱不惊。老子的原话是:"宠辱若惊,贵大患若身。何谓宠辱若惊?宠为下,得之若惊,失之若惊,是谓宠辱若惊。何谓贵大患若身?吾所以有大患者,为吾有身,及吾无身,吾有何患?故贵以身为天下,若可寄天下;爱以身为天下,若可托天下。"

老子早就洞明了我们人性中的无明状态。我们跟外界相处,任何风吹草动都会引起我们的不安,都会支配我们的情绪,我们是如此甘愿把自己交给世界,如此自以为是地受外界的役使。这种不自知的无明状态使我们哭,使我们笑,使我们愤怒、压抑。

因此,我们的生活才充满了悲剧、闹剧。范进中举的戏目在我们社会上演了千百年,甚至一个长期受压制的人突然得到了表扬或提升，竟然会心脏病发作或高血压骤升而死亡。至于被吓死的个案更是数不胜数。人们的身心都像一根纤细的神经，随时因外界的招引而神经兮兮。一个要大家淡泊的名人在电话里对她的读者破口大骂；一个官员经常因小事闹情绪住院休养；一个时刻提醒自己要淡定从容的人，突然因为女友的一句话而暴跳如雷……以至于很多人经常提醒，别把这个好消息告诉令尊，他会承受不起的；别把那个坏消息告诉领导，他会因休克住院的。更多的怪现象是，我们时代社会的成功人士，多把身家性命跟国家、时局、世界大事、聚敛名利等相联系。这些成功人士一直活在舞台上，随着舞台或观众的好恶来决定自己的心情，很多成功人士从演员演起，最后无一例外地变成了舞台上的小丑，这些小丑对时代社会而言多是罪错之人。

在老子看来，这种忘记自己身心健康的人是不道德的。他们连自己的身体都不爱惜，却要大众相信，他们是爱大家的，爱天下的；他们连自己的心灵都不重视，却要大众相信，他们是重视大家的，重视天下的。因此，他们的行为受到了命运的报复，他们的身体心理都是不健康的，如我们今天看到的，很多企业的管理者是病人，很多节目的主持人是抑郁症患者，很多专家学者是缺失爱的孤家寡人，很多动辄生气吵架的夫妻是亚健康患者……中医理论和实践明确地支持老子的话，那些受宠若惊、受辱若惊的人有病，爱生气是一种病。

在老子看来，那些不重视自己身心健康的人就会把注意力放到外面的信息上来，希望得到外界的认可，希望参与外界的变化。他们的言行，在老子看来，无非是"自见"，用现代人的话说是丢人现眼；"自是"，用现代人的话说是自以为是、自作聪明；"自我""自矜"，用现代人的话说是自大自夸、自吹自擂。老子说："不自见，故明；不自是，故彰；不自伐，故有功；不自矜，故长。"

后来的人一再以自己的表述向老子的思想致意，大概是从人生社会中看到了宠辱若惊的悲剧和罪错。人们感受到相同的道理。因此人们会说，置之度外。人们会说，"不以物喜，不以己悲"。人们会说，"宠辱不惊，看庭前花开花落；去留无意，望天外云卷云舒"。人们会说，"生固欣然，死亦无憾。花落还开，水流不断。我兮何有，谁欤安息。明月清风，不劳寻觅"。

在这些古典的表达之外，现代人同样有新鲜的表达。穆旦诗说："每日每夜，我们计算增加一点钱财，每日每夜，我们度量这人或那人对我们的态度，每日每夜，我们创造社会给我们划定的一些前途，"诗人感叹，"我们生来的自由失散到哪里去了？""我们衷心的痛惜失散到哪里去了？""我们这样的欢乐失散到哪里去了？"假冒杨绛的感言则是最新的成果，感言说："我得洗净这一百年沾染的污秽回家""少年贪玩，青年迷恋爱情，壮年汲汲于成名成家，暮年自安于自欺欺人""保持知足常乐的心态才是淬炼心智、净化心灵的最佳途径。一切快乐的享受都属于精神，这种快乐把忍受变为享受，是精神对于物质的胜利，这便是人生哲学。"这一段话有些偏离老子的思想，当然感言很快回到老子的轨道上："世界是自己的，与他人毫无关系。"

会发出这种感慨不仅是中国人，还有外国人。20世纪杰出的西方文化的巨人、精神分析学家荣格感慨并告诫说："世界史上的重大事件根本是不重要的，说到底，最紧要的事乃是个人的生命——只有它创造着历史，只有这时，伟大的转变才首次发生。"

我为什么要写《老子传》

人们多爱贴标签，或说把人归类，听说我写了《老子传》一书，朋友就说我是一个文化保守主义者。这当然省事。只是我不知道文化有什么需要保守的，那些声称需要保守文化的人其实是在玩弄文化，使得穷苦匮乏的心灵深受污染、毒害。文明的每一次大创造之后，都会产出不肖子孙来败家造孽，伟大的五四诸子之后即如此，伟大的先秦诸子之后也如此。我写老子，希望能够借老子的人生来示范一种文明或人生常识。

时至今日，越来越多的人明白，我们的现代转型是一种僭越人生常识的仿生生活，一个伪现代笑话。这其中有错误，更有罪行，用西方人的话说，人民都犯下这样那样的罪错了；用我们东方人的话说，这是我们的共业。我们共同的业力带来了共同的报应，水的污染、空气的污染、食品的污染、土地的污染，地火水风或说金木水火土都污染了，天怒地怨……这个笑话通过手机、网络、电视等传媒无远弗届地传递给大家,大家笑过后继续造业。

我带着我的《老子传》回到阔别两年的"首善之区"或所谓的文明社会,仍为房价等"盛世现象"吃了一惊。听着"80后"朋友说开车堵车的愤怒和无奈,看着那些权贵或超级富豪们一样堵在人生的路上,学者也不得不做电话访问……

在上海,我跟朋友从虹桥机场2号航站楼出去时,朋友们走进平行滚动梯里,我则在一边昂首阔步,结果我远远地走到了朋友的前面。朋友们出了便捷的滚动梯后一脸沮丧,问我为什么有先见之明。我说,无他,看见了前面有三个人高马大的"类人孩",只要有三个以上就会挤作一团,更别说把滚动梯里的快步通道挡住。

一个意大利朋友说,你出去这么久,没发现你们的媒体更差劲了吧。那么多的养生、中医骗子……都是有毒的啊。是的,我确实看到了那么多谈身心健康的书刊,看到了那么多跑马场继续无耻地跑马圈占同胞的头脑和心智,看到那么多养生班、生命调理一类的讲座。治国去之,乱国就之,医门多疾。但这都是怎样的医者和媒者?舍本求末地指导同胞的生活、装模作样地妖魔化我们的祖先。

虽然我的媒体朋友多半不会同意我的意见,我一些媒体朋友甚至感觉好极了悲壮极了文化极了。媒体不愿意发表年轻无名者的思想,不愿给精神生长的空间,它们说,那样的文字太慢,那样的文字需要解释,那样的文字没有市场……它们追求把大家的眼球抓住的快餐文字，让大家的心跳、脚步、呼吸、生活节奏加快，再告诉大家要注意平和、身心健康；它们提倡文化，它们自己从不曾有三天安静的状态去读书思考亲近自然；它们污染读者和市场，它们却说是在为读者和市场服务。它们不觉得自己是一个笑话，不觉得自己在造业。

在这个时代，个人有何作为？我经历了中年丧乱，在穷窘孤绝的状态里，我回到自己的文明源头，我写《老子传》，我知道只有能够面对自己的人才有解救之道。我在公开场合盛赞毛喻原是"中国的克尔凯郭尔"，毛先生说一个人的幸福程度在于他面对自己时微笑示意的程度。我希望我的《老子传》能够救赎自己，我们必须先把自己救出来。确实，在写作《老子传》的日子里，我对自己微笑的次数最多。那确实是段开心的日子。我希望我写的文字能够慰藉人类的良心。吁嗟默默，谁知吾之廉贞？有朋友说《老子传》是我回向社会的温情之作，我同意。老子本来就是一个有着至情的人类之子。就像人们对我的误解，说我是中国精神的最大破坏者一样，人们对老子的误解也是令人悲悯的。

据说老子的《道德经》的西文译本有200多种，在西方的传播非我们所能想象。大数学家陈省身先生在一篇文章中说，他当年进爱因斯坦的书房，看到爱因斯坦的书不算多，却有德文版老子的《道德经》。时隔半个世纪，陈先生还记得那一情景。但从黑格尔、尼采、托尔斯泰到爱因斯坦、海德格尔，都未必读懂了老子。卡夫卡坦言："老子的格言是坚硬的核桃，我被它们陶醉了，但是它们的核心对我却依然紧锁着。我反复读了好多遍。然后我却发现，就像小孩玩彩色玻璃球那样，我让这些格言从一个思想角落滑到另一个思想角落，而丝毫没有前进。通过这些格言玻璃球，我其实只发现了我的思想槽非常浅，无法包容老子的玻璃球。这是令人沮丧的发现……"我希望这些往而愿返的现代精神能够在我的书中找到呼应、安慰和归宿。

我在上海短暂逗留的时候，北大的朋友给我出了一个上联：海上繁华难破老子寂寞。我对的下联是：山中云水愿征诸君深情。

庄 子

世道再坏,人也可以追求内在超越

自省之书:中国原典的当代精神

有限的人生与无限的时间、天地、万物，人存在于宇宙之中，经历着真实的痛苦，唯有承认这种有限，承担痛苦，方能触摸到内心的自由和自性。

庄子的文字虽然汪洋富丽，读时极易迷失其中，但跟其他诸子文章比，有一点是明显的，他的文字念兹在兹于人的内在超越，念兹在兹于人的自由。他让人相信，与如此瑰丽的人性极境相比，外在的大富大贵或名利，都是不值一提的。

每一代人中，只有少数人能完全理解和完全实现人类的才能，而其余的人背叛了它。不过这并不重要。正是这极少数的人将人类推向前进，而且使生命具有了意义。

浮生如梦觉几分

在文化史上,庄子说梦有着非同寻常的意义。一部《庄子》,提及梦的地方有几十处,关于梦的故事如庄子梦蝶、石梦神木、神龟托梦、骷髅见梦、郑缓示梦等流传极广,给了后来的士大夫、诗人作家以灵感。从李白、苏东坡到汤显祖,无不从庄子那里获得启迪。现代诗人戴望舒的名诗《我思想》一诗只有短短四句:"我思想,故我是蝴蝶……万年后小花的轻呼,透过无梦无醒的云雾,来振撼我斑斓的彩翼。"诗可谓直接脱胎于庄周梦蝶。

"昔者庄周梦为蝴蝶,栩栩然蝴蝶也。自喻适志与?不知周也。俄然觉,则蘧蘧然周也。不知周之梦为蝴蝶与?蝴蝶之梦为周与?周与蝴蝶则必有分矣。此之谓物化。"

这个有名的梦引起中国文人、哲人无穷的想象。几乎所有著名的诗人、词人都将此事作为典故化入诗词中,辛弃疾"怎得身似庄周,梦中蝴蝶,花底人间世",陆游"蝴蝶庄周安在哉,达人聊借作嘲诙"……当然,还有李商隐的千古名诗:"庄生晓梦迷蝴蝶,望帝春心托杜鹃。"明代人张潮则对庄周梦蝶做出了一个哲学解释:"庄周梦为蝴蝶,庄周之幸也;蝴蝶梦为庄周,蝴蝶之不幸也。"

张潮对庄子之梦的解释道出了苦于人生人身者的心声,但把庄子之梦的内涵狭隘化了。因为庄子梦蝶还涉及人类的认识问题,在这方面,西方的思想家做过极为切实的努力,从苏格拉底到康德,都在探讨人的认识如何可能、如何真实。法国启蒙思想大师狄德罗在欣赏凡尔奈的名画《月光》以后,梦境中出现了画中的若干景物,他为此说:"当我认为自己在做梦的时候,我实际上是否醒着呢?而当我认为自己醒着的时候,我实际上是否在做梦呢?"这正是庄子意义上对认知的追寻。而现代派文学大师卡夫卡的名作《变形记》,同样是庄子意义上的"物化",只不过庄子物化为美丽的蝴蝶,卡夫卡笔下的主人公物化为丑陋的甲壳虫,蝴蝶完命于自然,甲壳虫目睹世态炎凉……

我们读《庄子》,可以像庄子一样把梦当作一个重要的认识角度。在很多人心中,梦是荒诞不经的,梦是无稽可谈的,梦有什么可说的呢?理性主义者甚至把说梦看作一种原始人思维,看作不切实际的幻想。佛说《金刚经》的四句偈,对法、有为、色空的比喻众多,第一个即是梦,一切有为法,如梦幻泡影,如露亦如电……中国人也贬损那些耽于幻想的人是做白日梦,是一枕黄粱再现……但梦仍属于人的日常生活,在先哲心中,梦也是有意义的。

梦在中国文化中是一个近乎负面的词,但中国人仍高度重视梦,把梦当作征兆。人们说,日有所思,夜有所梦。人们甚至提出各种解梦的原则，如说梦有五不占，占有五不验等。孔子不语怪力乱神，但他老人家仍多次说梦，说他梦见了周公等人，临死前七天还梦见自己"坐奠于两楹之间"。而伟大的佛也同样重视梦，佛法把梦看作缘。在上古时代，梦在国家官方层面都得到重视，人们把各种梦记录下来，从经验、大数据中将梦分门别类，以梦来解释现实。这些梦是如此之丰富，以至于现代人置身其中惊讶自己的狭隘。如庄子说："汝梦为鸟而厉乎天，梦为鱼而没于渊。不识今之言者，其觉者乎？其梦者乎？造适不及笑，献笑不及排，安排而去化，乃入于寥天一。"这种"物化"之梦像家常便饭一样，而我们今人除了卡夫卡那样的大哲，很少做这种物化的梦。

我们今人的梦，与之相比，太单一化了。这大概是今人生存的深刻片面，即今人生活在人群之中，而非古人那样生活在自然的怀抱之中，因此古人的梦丰富得多，如人们将梦分为"直梦""象梦""因梦""想梦""精梦""性梦""人梦""感梦""时梦""反梦""借梦""寄梦""转梦""病梦""鬼梦"……人们说，日有所思，夜有所梦。对梦的系统和理性研究，大概直到近代以弗洛伊德、荣格等为代表的精神分析学才开始。但学科研究的本质是流于细化而少有综合，加上现代人的理性弘扬使人轻视梦，我们对梦的理解远远不足。

庄子对梦的叙述和解读是全面的，把《庄子》里的梦故事串起来，我们可以获得对人生极为通达的认知。他的梦故事多是寓言，有着对人生社会的寓意。如"石梦神木"的故事，一棵大树要保存自己，就既得让人膜拜，又不能让人以为它是有用之材。如"骷髅见梦"的故事，骷髅宁愿做它的骷髅也不愿恢复人身，则告诉人们死后未必是坏事。"大块劳我以生，息我以死"，我们随遇而安就好了。如"神龟托梦"的故事，神龟能够给国君托梦，却不能预知自己被杀死的命运，可见"知有所困，神有所不及"，"去小知而大知明，去善而自善矣"。即使梦里清晰的故事，对人生极为明白的指示，在庄子那里，梦仍是无明，需要人们以自身的努力去获得自知知他之明。

鲁迅曾有名言，人生最痛苦的莫过于梦醒之后无路可走。但梦并不虚妄，庄子希望从梦中醒来，从梦中得到教益。他说："梦饮酒者，旦而哭泣；梦哭泣者，旦而田猎。方其梦也，不知其梦也。梦之中又占其梦焉，觉而后知其梦也。且有大觉而后知此其大梦也。而愚者自以为觉，窃窃然知之。君乎，牧乎？固哉！丘也与女皆梦也。予谓女梦，亦梦也。"那些夜里做梦饮酒的人，醒来会因烦心事而哭泣；那些梦中哭泣的人，醒来会有机会去打猎。在梦中，不知道自己是在做梦。梦中又有做梦的，醒来后知道是在做梦。大觉醒以后，知道这是大梦。愚蠢的人自以为是觉悟的，以为什么事情都非常明白，"这是高贵的！那是卑贱的！"整天动不动就"当领导尊贵""做平民卑贱"地乱叫唤，这是一种严重的偏见。孔子跟你都在梦中，我跟你说梦，也许就在梦中。这样的说法，名叫"吊诡"。

什么是吊诡？王安石之子王雱解释说："吊当于至理，诡异于众也。"最深刻的道理，众人往往以为是诡辩、谬论。庄子为此感叹："万世之后而一遇大圣知其解者，是旦暮遇之也。"千载万世之后能遇上一个大圣贤能够知解其意，那么千载万世也不过旦暮朝夕之间的事。我们可以说，庄子的知音确实需要这样的千载万世，而卡夫卡、精神分析学派的大师们就是他的另类知音。至于他的中国读者，谬托知己者代不乏人，只是大家见仁见智。

庄子重视梦，其真正的原因我们大概只能猜想。或许梦是生命存在的另类时空，那些无视梦的因缘者则是生活在极度世俗中的盗梦或灭梦人，庄子是盗梦空间里坚定捍卫存在本真的大宗师。庄子批评存在的异化，他说过："其寐也魂交，其觉也形开；与接为构，日以心斗。缦者，窖者，密者。小恐惴惴，大恐缦缦。"他们睡眠时神魂交错，醒来后身形开朗；跟外界交接相应，整日里钩心斗角。有的疏怠迟缓，有的高深莫测，有的辞慎语谨。小的惧怕惴惴不安，大的惊恐失魂落魄。庄子推崇至人无梦，人不可能无梦，庄子推崇的是以梦来校正现实的异化，他推崇的是梦中清明的境界。冯友兰为此理解庄子是企图以无梦来消解梦和现实，他说："在历史中的任何时代，总有不得志的人，在一个人的一生之中，总要遇到些不如意的事，这些都是问题。庄周哲学并不能使不得志的人成为得志，也不能使不如意的事成为如意。它不能解决问题，但它能使人有一种精神境界。对于有这种精神境界的人，这些问题就不成问题了。它不能解决问题但能取消问题。人生之中总有些问题是不可能解决而只能取消的。"

冯友兰的解释是理性主义的，庄子未必同意他的解释。法国小说家安德烈·马尔罗所说的或许符合庄子的本意："人活着可以接受荒诞，但是，人不能生活在荒诞之中。"而帕斯卡尔的解释大概是庄子的因缘："看到人类的盲目和可悲，仰望着全宇宙的沉默，人类被遗弃给自己一个人而没有任何光明，就像是迷失在宇宙的一角，而不知道是谁把他安置在这里的，他是来做什么的，死后他又会变成什么，他也不可能有任何知识。"

天下沉浊不可庄语

一般人以为先秦诸子是面对文武周公盛世的衰落而思考解决办法，即所谓针对"周文之弊"而寻求出路，但诸子中的每一子面临的问题并不完全一致，如孟子、庄子在战国感受到的问题跟老子、孔子在春秋感受的问题并不一样。即使孟子、庄子几乎同时代，但孟子的信心与庄子的究竟则不可同日而语，两者是两种极境。尤其对庄子那样敏感的天才来说，盛世虽然一去不复返了，但现实也未必知其不可为而能为之，未来更是残酷。一如庄子的弟子们所说："以天下为沉浊，不可与庄语。"

如果用今人话来说，孟子还在认真地希望统治者们变好一些，希望人心变好一些；但庄子认为，统治、人心都还远远没有坏完，而且，没有最坏，只有更坏。庄子看到了，"天下大乱，贤圣不明，道德不一，天下多得一察焉以自好，……不该不徧，一曲之士也。……察古人之全，寡能备于天地之美"，"后世之学者，不幸不见天地之纯，古人之大体，道术为天下裂"。因此，庄子的全部努力，外显为一个多少为人所知的有学问的落魄者、穷窘者，如穆旦诗"这才知道我全部的努力，不过完成了普通的生活"，但内化为对人性超越的精妙把握，即实现人生的自由。

庄子内七篇说到底是对世界结构的洞察。《逍遥游》是逍遥而游，这是庄子的"自由论"，他赞美江湖人生，嘲笑庙堂人生；《齐物论》是齐物之论，这是庄子的"平等观"，他赞美的是至高无上的真宰，贬斥的是作威作福的僭主假君；《养生主》是养生之主，这是庄子的"人生观"，他推崇的是身心兼养，以心为主的人生，他弘扬"全生"，痛惜"亏生"；《人间世》是人间于世，这是庄子的"处世观"，人如何因应外境，间世自如，他推崇的是自适自如，贬斥的是依适他人外物；《德充符》是德充之符，这是庄子的"葆德论"，他赞美真正的道德，贬斥伪德；《大宗师》是大其宗师，这是庄子的"明道观"，人如何顺应天道，他赞美真道，贬斥伪道；《应帝王》是应帝之王，这是庄子的"至人论"，如何才是一种理想人格，他推崇真人，贬斥假人……

庄子的文字虽然汪洋富丽，读时极易迷失其中，但跟其他诸子文章比，有一点是明显的，他的文字念兹在兹于人的内在超越，念兹在兹于人的自由。他让人相信，与如此瑰丽的人性极境相比，外在的大富大贵或名利，都是不值一提的。用庄子的话即:"是其尘垢秕糠,将犹陶铸尧、舜者也,孰肯以物为事?"不仅尧、舜这样的人不值得一提,不足以语至道,就是黄帝在真正的自由人如广成子那里也是毕恭毕敬,要向后者请教:"广成子南首而卧,黄帝顺下风膝行而进,再拜稽首而问曰:'闻吾子达于至道,敢问治身奈何而可以长久?'"

这一向内看的人生既有释迦牟尼的智慧,又有苏格拉底、康德们的理性。先秦其他诸子多不考虑人类或人性的具体情境,但庄子意识到了这一问题,他的《逍遥游》开篇即是大鹏从"北溟"起飞,欲至"南溟",他还点题,人类或人性的起点是处在"无何有之乡""广漠之野",这跟现代西方哲人所提撕的人类处境"无知之幕",有同有异。

"无知之幕"需要借助外援而进入知识的世界,但《逍遥游》中论述"无何有之乡"仍可逍遥,庄子的意思是人可以通过不断超越而无限接近终极。即庄子跟理性的哲学世界有所不同,更近于诗性的世界,"这里就有,就在这里跳舞吧。"在"无何有之乡",真正的"至人"致力于达到无己,江湖传说中的"神人"立功致力于无功,世间的"圣人"出名致力于无名。

《齐物论》则把"至人无己"深入展开,说明"至人为知,无己丧我",进一步阐明庄子的终极思想,那就大道是绝对的,世俗外物是相对的。《养生主》则从相对这一角度上展开,阐明人如何全生。《人间世》则进一步阐述"神人无功",《德充符》进一步阐述"圣人无名"。《大宗师》把庄子的终极关怀落实到现实人生中来,说明真人要明道,以抵御世俗的伤害。《应帝王》则阐明庄子的至高理想人格，是至知无知的"浑沌"。

庄子通过对人性处境的阐发，表明人虽然处于"无何有之乡"，但既可逍遥、彷徨，又可以抵达"南溟""天池"，即"藐姑射之山"。在那里，人们"肌肤若冰雪，绰约若处子"；在那里，"不食五谷，吸风饮露，乘云气，御飞龙，而游乎四海之外"……那里是人性的自由之境。他的"浑沌"之人格一如后来的诗人所说的："一个永远醒着微笑而痛苦的灵魂，一个注视着酒杯、万物的反光和自身的灵魂，一个在河岸上注视着血液、思想、情感的灵魂，……他无知又全知，无所求而又尽求。"

从庄子的角度来看世俗间的无知、小知、大知，不过是五十步笑百步的虚无者，因为在没有最坏只有更坏的世道中，"方今之世，仅免刑焉"，他们都是不自由的，都是受伤者，都是病残者，都是罪苦之人。庄子的内在超越之实现也在于必须经验并直面无数的无知、小知和大知们，只有如此，我们才能理解庄子这样的先知或至知们的工作。一如尼采所言："我要叙述的是往后两个世纪的历史。我描述的是即将到来，而且不可能以其他形式到来的事物：虚无主义的降临。这部历史目前就能加以讨论。因为必要性本身已经出现。未来正以一百种迹象倾诉着自己。"确实，尽管庄子领悟到了人间的虚无，但自庄子以降，中国人的专制生活或人心禁锢两千年之久。用鲁迅的话说，"悲凉之雾，遍布华林，然呼吸而领会之者"，不过庄子等人而已。

专制禁锢的生活、外在人性的异化在人类的专制时代是普遍的；因此庄子只能通过寓言等方式留下线索，留下真相。他的工作就像近代的先知尼采、布莱希特、帕斯捷尔纳克。尼采已如前述。布莱希特在《致后代人》诗中开篇即说:"的确,我生活在黑暗的时代。"帕斯捷尔纳克则借耶稣之口同样坚信:"我走进坟墓,三天后复活,所有的时代将从黑暗中涌出,像木排,像商队的木船,依次涌来,接受我的审判。"是的,所有那些秕糠般的尧舜、朝三似的猴子、嗒焉丧圣人父母如丧天下的民众,以及那些代大匠斫的大知小知们,都接受了人性的最高审判。

庄子同样是先知意义上的哈耶克和波普尔。后两者贴近极权社会观察,可以从容写下《通向奴役之路》《致命的自负》和《通过知识获得解放》,所有这些命题都在庄子那里考虑过了。庄子没有观察的对象,只有片断的历史、名词和形迹可疑的人性萌芽。但庄子以简驭繁,完全把握住专制社会里的种种丑态和罪苦的命运。比起西方哲人的繁复论证,庄子有着寸铁锻造拷问人心的力量。

庄子也是先知意义上的海德格尔和萨特,存在与时间,存在与虚无,在庄子那里有着最温暖的关怀。但天下沉浊,不可与庄语。庄子只能以寓言等方式说出他的天才洞见。他对人心人性的了解大概会让安·兰德感到安慰:"每一代人中,只有少数人能完全理解和完全实现人类固有的才能,而其余的人背叛了它。不过这并不重要。正是这极少数的人将人类推向前进,而且使生命具有了意义。"

庄子是否具足?他是否看全看透了,而不是他批评的"得一察焉以自好"?读庄子的书,我们其实也能够理解,只要在庄子身旁有墨子、孟子、屈原们，在庄子一侧有释迦牟尼、苏格拉底们，庄子就不是终极，他只是接近终极。

什么是"逍遥游"

一般人以为中国人的思想、关怀缺乏超验，缺乏绝对性。比如基督教徒们极为熟悉的，人永远无法与上帝的知识和能力相比；比如佛教徒熟悉的，佛的般若智慧所抵达的究竟境界……人们以为中国文化都在世俗中打转，缺乏神性、究竟。

这其实是一种误解。按照张远山先生等众多学者的卓越阐述，庄子就是这样一个跟佛、基督等人一样抵达终极的人物。在庄子天地美文至文的修辞寓言中，涵藏的正是人生社会的真谛。跟佛的涅槃、基督的担荷有所不同，庄子的终极是实现"逍遥游"；而这同样是人对自身有限性的超越。

张远山把庄子的境界划分成四种境界，即无知、小知、大知、至知。《逍遥游》开笔惊动千百年的人："北溟有鱼，其名为鲲。鲲之大，不知其几千里也。化而为鸟，其名为鹏。鹏之背，不知其几千里也，怒而飞，其翼若垂天之云。是鸟也，海运则将徙于南溟。南溟者，天池也。"这样的境界太壮丽了，这样的文字太美了。但是这只是庄子境界的"大知"之境。鲲在地而鹏在天，表明大知由地升空，鲲虽然是大知，但仍在黑暗的"北溟"，即使鹏有超越的意图，但仍未抵达天池这样的至知境界。

"野马也，尘埃也，生物之以息相吹也。天之苍苍其正色邪？其远而无所至极邪？其视下也，亦若是则已矣。"这样的情景对人来说仍是美好的。但小知从地面看天空，以为野马般的云天苍苍即是天之正色；大知从天空看野马尘埃，误为地之正色。无论是天极正色还是地极正色，都只是小知、大知们的一知半解，远非终极、至知。

其实作为普通读者，我们读庄子文章，也都能感受到庄子的文章并非只是某个层面的文字，文学、哲学、神话寓言等都不足以定义它。我们很容易流于庄子那些美的文辞当中，而忘记了一旦没有超越，没有终极关怀，只是贪看眼前风景或守着眼前所有——我们早就被庄子说破了。在庄子笔下，可以说，处处是寓言，处处是隐喻、哲理。

"蜩与学鸠笑之曰：'我决起而飞，抢榆枋而止，时则不至而控于地而已矣，奚以之九万里而南为？'适莽苍者，三飡而反，腹犹果然；适百里者，宿舂粮；适千里者，三月聚粮。之二虫又何知！"我们读这样的文字过瘾，但要深知其中有深刻的道理：小知无准备，大知有准备，那么至知呢？目标浅近者的过程必然轻易，高远者的过程必然艰难。那么要趋近抵达至知之境，必然极为艰难。而理解至知，也同样极为艰难。蜩与学鸠不明白鲲鹏图南的目标，"之二虫又何知！"。

在这个意义上，庄子揭示了一个人生社会的真谛。现代人受平等思想的影响，会把人的心智放在一个健康正常的位置；这跟司法"无罪推定原则"一样，属于默契、共识。人们经常说，大家都是聪明人，谁比谁傻啊？但包括孔子在内的东西方大哲都承认，人有智愚之分别。孙中山曾希望先知带动后知，后知带动无知不知；鲁迅则希望唤醒沉睡的人……这都是先贤们对知识在人群中分布不均的意识和求变的努力。

当代人对此种情形失去了感知，有学者则痛陈："你永远也无法唤醒一个装睡的人。"人们不理解，有的人并非装睡，他就是活在梦中，就是庄子笔下的小知甚至无知。当代人对精英、官员、成功人士的贪腐痛心疾首，有人问，那些位高权贵的人、那些不可一世的黑社会人员、那些张扬的明星，都在法庭上、电视上痛哭流涕，难道就起不到一点警示作用吗？这种问题就非大哉问，而是天真问。传统的"示众"惩戒完全不能发挥警示作用，这些"示众"的材料和看客，甚至执行"示众"的权力者，也都是小知的，其至无知的。

"小知不及大知，小年不及大年。奚以知其然也？朝菌不知晦朔，蟪蛄不知春秋，此小年也。楚之南有冥灵者，以五百岁为春，五百岁为秋；上古有大椿者，以八千岁为春，八千岁为秋，此大年也。而彭祖乃今以久特闻，众人匹之。不亦悲乎！"从朝菌、蟪蛄到冥灵、大椿，正好是无知、小知到大知、至知的序列。在这样的知识境界里，那些朝菌式的人格还不可一世，不亦悲乎！

我们由此可见，庄子笔下的自然界、生物界、人间社会，都是天地各种层面的知识境界的显象。庄子的天才在于他把这些自然生物的自得其乐召唤到一起相碰撞、相比较，"故夫知效一官,行比一乡,德合一君,而征一国者,其自视也亦若此矣。而宋荣子犹然笑之。且举世而誉之而不加劝,举世而非之而不加沮,定乎内外之分,辩乎荣辱之境,斯已矣。彼其于世,未数数然也。虽然,犹有未树也。夫列子御风而行,泠然善也。旬有五日而后反。彼于致福者,未数数然也。此虽免乎行,犹有所待者也。"庄子告诉世人或他的读者,要永远记得"自视"为人所笑。这正是"人类一思考,上帝就发笑"的中国翻版。

庄子说:"若夫乘天地之正,而御六气之辩,以游无穷者,彼且恶乎待哉!故曰:至人无己,神人无功,圣人无名。"在这样的境界面前,人类的渺小和可怜是一个多么确定无疑的事实。但无知和小知者们永远故步自封,他们会问庄子:我就是渺小了,怎么样呢?我的使命就是做好我的这个渺小,难道不是吗?

这样的反问问不倒庄子,因为庄子说得明明白白,无知小知要理解的不仅是外在的大知至知,还是自己存在的大知至知。人确实渺小,朝菌确实不知春秋,但人和朝菌仍有永恒的可能性,朝菌和人的目的,在于自视中意识到这一可能性。只有在这样意义上,人才能做自己身心宇宙的"逍遥游",也才能做天地、人生社会的"逍遥游"。

如何才能实现"逍遥游",即趋近至知境界。庄子说得明确,要"无待""无己""无功""无名",我们由此理解,启蒙运动中卢梭的名言,"人生来是自由的,却无往不在枷锁之中"。我们当代人站在人类文明释放出的"空前的红利"之上,不无狂妄,所谓无知者无畏,小知者有理。我们很多人其实是为眼前的功名、地位、社会资源等诱惑、俘虏、束缚了，自视自诩成功，他们终其一生难以理解"人生的灿烂"。

在庄子的"逍遥游"中，有鲲、鹏、学鸠、尺鴳、魍魉、影子、蛇蚹、蜩翼、众狙、狙公、鹦鹉子、长梧子、孔子、栎社树、匠石、匠石弟子、唐尧、许由、藐姑射神人、楸树、柏树、桑树、蝴蝶等众多的天地生人景观。我们读《庄子》，既可以从他提到的无数的动植物和人间寓言中得到启迪，也可以把他构建的生命境界跟我们的现实相对比。只有如此，我们才能既不为功名利禄所累，也不为生老病死所累，能够在生命"无所逃于天地之间"的前提下，依然可以"独与天地精神往来"。人的使命，在于使自己从无知、小知、大知中解放出来，去抵达至知的终极，这才是庄子的自由自游境界，是佛"明心见性"的真谛。

人世的自觉

先秦儒家孔孟的书以讲道理为主，他们也谈论自己，但那种谈论是活泼的、流动的、生发的，虽然在君王的炫耀面前他们的自我期许不免有酸涩之嫌。墨家谈论自己时则多有金石之气，其大义凛然可谓能够使贪者廉顽者立怯者勇。道家的老子几乎绝口不谈自己，这一缄默的意味是由庄子来揭示了，庄子的感觉是苦涩的。人性的精神发育正在其中，酸涩属于青春、春天、东方；辛辣属于成年、秋天、西方；苦涩则属于壮年、夏天、南方……

对人生社会的不同感觉导致了不同的言路和思路。

跟悉达多王子相似，庄子的出身也是高贵的。研究者多认为，庄子是春秋时代的一代霸主楚庄王的后裔，只是距楚庄王二百多年后的庄家已经破落了。历史的因缘或吊诡在于，楚庄王的故事，"三年不飞，飞将冲天；三年不鸣，鸣将惊人"几乎是其家族的一个规律，到庄子生活的楚威王时代，庄家只有一个叫庄𫘧的武将闻名于世，庄𫘧的开疆拓土还使千年后的毛泽东写诗称道："有多少风流人物？盗跖庄𫘧流誉后……"千年后我们可以猜想，以先秦中国人恢宏的视野和感应强大的心理，庄子或者承受着家族的荣光，也跟悉达多王子那样明了自己的使命。

跟当时暴发式成功的孟子相比，庄子基本上见证了生活的败落史。他曾当过漆园吏，生漆是当时诸侯社会的重要物资，楚国漆器的装饰极具神秘感和想象力，可见庄子不仅身任重要战略物资的主管，还因此得到了艺术的熏陶。他的生活曾经不算差，"我先前比你阔多啦"，只是后来败落了，甚至一度穷困潦倒。据说他的衣服穿了几年还在补着穿，鞋子的后跟磨光了还在拖着穿。妻子经常跟着他处于半饥饿状态，为此，庄子曾不得已到监河侯家里借粮。监河侯说："好啊，等我收到市邑的租金后，就借给你三百金，你说好吗？"庄子说："我昨日来的时候，路中有呼救声，回头一看，原来在车轮压下去的地方，有一条鲋鱼在那里。我就问它：'鲋鱼啊，你这是干什么呢？'鲋鱼回答：'我是东海里的水族，您能取一斗水救我吗？'我说：'好。我马上到南方吴越游走一番，请他们引西江的水来救你，好吗？'

鲋鱼气得要死：'我失去在水中的正常生活，现在我只需一斗水就可以活命。您这样敷衍我，那还不如到干鱼铺子里去看我死掉的模样！'"

跟一般人不同，比如李白、杜甫以降的读书人或"穷屌丝"们，在此情形下仍不会得罪监河侯一类的"人物"，但经历过富贵的庄子不在乎这一得失，他要当面揭穿这些人物的虚伪。虽然代价是沉重的，他的妻子就是在贫病交加中去世的，但庄子受了这样的打击，竟然想通了一切。就像悉达多看到生老病苦而要去寻访大道一样，庄子是在苦难面前有"目击道存"的彻悟，他因此没为妻子的死亡而悲伤太久，而是"鼓盆而歌"："是其始死也，我独何能无概然！……今又变而之死，是相与为春秋冬夏四时行也。人且偃然寝于巨室，而我嗷嗷然随而哭之，自以为不通乎命，故止也。"他说，妻子刚死的时候，他何尝不慨然流泪，但想到妻子的生死就像春夏秋冬四季那样运行不止。现在她静静地安息在天地之间，而他却还要哭哭啼啼，这不是太不通达了吗？所以止住了哭泣。

庄子的通达并非自以为是的"看透"，而是在苦难中更努力地研究，更深入地思考。历史学家司马迁说庄子对任何学问都研究过，"其学无所不窥"。这应该是真实的记录。跟一般富贵子弟的家学渊源相似，庄家的世代积累到庄子这里败落得也只剩下学问了。何况庄子确实对学问情有独钟，这种努力在当时人人都追求成功、追求名利的环境里，可以说是"逆流而动"。大概知道庄子的身世，也知道庄子渊博的学问，使得一些君王也能容忍他的穷窘苦相,面对他的抢白讥讽而无可奈何。有一次,他穿得破破烂烂,去见魏王,魏王说:"庄先生怎么这么狼狈呢?"庄子说:"我这是贫穷,不是狼狈。读书人不能躬行道德,那才是狼狈;穿破衣服,拖破鞋子,是贫穷而已。这就是所谓没遇到好时代的现象……"庄子还在魏王面前毫不客气地指明时代的昏乱,"今处昏上乱相之间,而欲无惫,奚可得邪?此比干之见剖心征也夫。"

但庄子的努力荣耀了大道,使人世的大道显示其力量。楚威王也开始知道了庄子的分量,他派使者去迎请庄子。司马迁的记载是,楚威王闻庄周贤,使使厚币迎之,许以为相。庄周笑谓楚使者曰:"千金,重利;卿相,尊位也。子独不见郊祭之牺牛乎?养食之数岁,衣以文绣,以入太庙。当是之时,虽欲为孤豚,岂可得乎?子亟去,无污我。我宁游戏污渎之中自快,无为有国者所羁,终身不仕,以快吾志焉。"

这样的人生选择在今天仍在考验每一个人,我们时代仍有人在台上一脸正经地装扮作秀,以上台表演为人生的目标。庄子自己记载的这一事件是,庄子钓于濮水,楚王使大夫二人往先焉,曰:"愿以境内累矣!"庄子持竿不顾,曰:"吾闻楚有神龟,死已三千岁矣,王巾笥而藏之庙堂之上。此龟者,宁其死为留骨而贵,宁其生而曳尾涂中乎?"二大夫曰:"宁生而曳尾涂中。"庄子曰:"往矣!吾将曳尾于涂中。"

但大夫认知的道理却未必能够实行,一般人也不易实行。庄子的朋友惠施也是。在一次庄子去梁国想去拜访做相国的朋友惠施时，有人跟惠施说恐怕你的朋友是来取代你的，惠施听信了命人搜查庄子，庄子就去跟老朋友讲了一个故事，"南方有鸟，其名为鹓鶵，子知之乎？夫鹓鶵发于南海，而飞于北海，非梧桐不止，非练实不食，非醴泉不饮。于是鸱得腐鼠，鹓鶵过之，仰而视之曰：'吓！'今子欲以子之梁国而吓我邪？"

看破名利富贵的庄子是真正理解了富贵的某种本质。曹商在他面前夸耀说："住穷弄窄巷里，因为贫穷而要编织鞋子，这不是我曹商所能耐的；出门见君王，获其欢心，赏车百乘，这是我老曹的本事。"庄子回敬："听说秦王有病，悬赏说能够消除他身上肿痛的，赏车一乘；替他舔痔的，赏车五乘。治疗越下，赏车越多，难道你是给秦王舔痔的吗？你快去吧。"

只可惜，曹商乃至一般人都不理解庄子的话，他们即使同意庄子，也未必接受庄子的人生选择。庄子希望人们接受本真的生命，在他看来，在一个乱世，尤其需要人们保全生命。这个毁灭生命本真灵性的乱世却被人为地"养食"并"衣以文绣"，被人们说成是发展的时代、占有的时代、消费的时代……但庄子说，方今之世，仅免刑焉。

庄子的选择不仅跟一般世人有别，也跟悉达多王子的选择有别。后者是明了苦谛而寻找解脱之道，庄子是明了苦谛而去经验人生诸苦。他们也有共同点，悉达多王子的选择是涅槃、弃绝，庄子则是坐忘、心斋；但庄子仍跟普通人一样经验着人生，他只是告诫说在经验中不要忘记大道。就像龟一样，龟贵为神龟并非大道，龟在烂泥中摇头晃脑才是大道。即使烂泥中有苦，那也是生活，也是存在的生命，也是本真的生命。

怒者其谁的平等

现代中国人对"平等"的理解多半来源于启蒙运动以来的思想启蒙和政治建构，也有来自佛经、《圣经》一类的教导，这种便利使人的精神发育成长容易错失两大资源：现实的和中国历史的。我们经常以为人是平等的，但忘记了人与人之间深刻的不平等，在性格、材质、经历、认知感受、人生目标等诸多方面是不对等的，难以形成有效的交流沟通，也难以因材施教。这样的情形也极易使我们走向另一极端，即以为人是不平等的，有的人天生是"高富帅"，生来有福；有的人注定受苦受累……可以说，平等意识如果没有现实和历史的路径，就难以落实。而中国的历史资源中，庄子无疑是最为完备的。他的《齐物论》一如佛经智慧，对众生平等、是非平等、万物平等、物我平等做了深刻的阐述。

人们都说庄子的《齐物论》是少有难懂的文字，里面有思辨、有寓言，有哲学、有信仰。如果我们换个角度来理解庄子的《齐物论》，就容易把握庄子的精神了。即以佛经思维来看庄子，确实，庄子对世间的不平等和平等所达到的认知，大概只有释迦牟尼能够与之并列。

《齐物论》开篇即说，"南郭子綦隐机而坐"，一如佛经中说佛陀的"打坐""敷座而坐"。"仰天而嘘,荅焉似丧其耦",一如佛陀在很多时候示现异象,以为缘起而方便弟子提问。颜成子游立侍乎前,曰:"何居乎?形固可使如槁木,而心固可使如死灰乎?今之隐机者非昔之隐机者也?"子綦曰:"偃,不亦善乎,而问之也!"这几句,一如佛经中弟子发问,佛陀善其问:"善哉,善哉。"熟悉佛经如《金刚经》的人都了解:"如是我闻……尔时世尊食时,著衣持钵,入舍卫大城乞食。于其城中,次第乞已,还至本处。饭食讫,收衣钵,洗足已,敷座而坐。……时长老须菩提在大众中即从座起,偏袒右肩,右膝著地,合掌恭敬而白佛言:'希有世尊!如来善护念诸菩萨,善付嘱诸菩萨。世尊,善男子善女人发阿耨多罗三藐三菩提心,应云何住?云何降伏其心?'佛言:'善哉!善哉!'"

　　这样对勘来读《庄子》,让人对人类和人性不无赞叹,并保持信心。那样一个穷窘状态的庄子,其言路、思路居然再现了活着时即为人间导师佛陀说法的场景。庄子的文章,尤其内七篇,其文体表达和思维样式,也是多如佛法思维。因缘设问,层层递进,风波跌宕,一波未平,一波又起。我们如果以佛经的阅读习惯来看《齐物论》,很多问题可以说是迎刃而解。《庄子》开篇提示的问题,就是要告诉人们,你整天听的都是世间声尘,却不知道"反闻闻自性"。据说古希腊的哲学家也说过,宇宙群星每天都在演奏非常壮观的交响乐,只不过我们人的耳朵听不到。如果人能听到的话,一定会惊叹那个宇宙之声,那首宇宙交响乐的美妙、壮丽与伟大!

庄子说，"夫大块噫气，其名为风。是唯无作，作则万窍怒呺"。他还代为发问："夫吹万不同，而使其自己也。咸其自取，怒者其谁邪？"用佛法的角度，庄子想说，"万物"由"自心随外境摇动"而"有"。"大知闲闲，小知间间；大言炎炎，小言詹詹。其寐也魂交，其觉也形开。与接为构，日以心斗。缦者、窖者、密者。小恐惴惴，大恐缦缦。……日夜相代乎前，而莫知其所萌。"这不就是"无明""轮回"吗？"非彼无我，非我无所取。是亦近矣，而不知其所为使。若有真宰，而特不得其朕。可行己信，而不见其形，有情而无形。"这不就是"如来""佛性""本心""自性""真心""金刚般若波罗蜜""摩诃般若波罗蜜""首楞严三昧""阿耨多罗三藐三菩提"吗？

庄子以他的般若智慧，看到了世间万物的虚妄或"空性"，他说："百骸、九窍、六藏、赅而存焉，吾谁与为亲？汝皆说之乎？其有私焉？"这样的提问顺理成章地通往《心经》中所说，"无眼耳鼻舌身意，无色声香味触法"。庄子还说："一受其成形，不亡以待尽。与物相刃相靡，其行尽如驰而莫之能止，不亦悲乎！终身役役而不见其成功，苶然疲役而不知其所归，可不哀邪！人谓之不死，奚益？其形化，其心与之然，可不谓大哀乎？"这样的悲哀一如佛陀在《楞严经》中说："自诸妄想展转相因。从迷积迷，以历尘劫，虽佛发明，犹不能返。"

"至人神矣！大泽焚而不能热，河汉冱而不能寒，疾雷破山、飘风振海而不能惊。若然者，乘云气，骑日月，而游乎四海之外。死生无变于己，而况利害之端乎！"这样的成就一如佛陀所说："若我说是佛顶光聚般怛啰咒，从旦至暮，音声相连，字句中间，亦不重叠，经恒沙劫，终不能尽。亦说此咒名如来顶。汝等有学，未尽轮回，发心至诚取阿罗汉，不持此咒而坐道场，令其身心远诸魔事，无有是处！……若我灭后末世众生，有能自诵，若教他诵。当知如是诵持众生，火不能烧，水不能溺，大毒、小毒所不能害。如是乃至龙天鬼神、精祇魔魅，所有恶咒，皆不能着，心得正受。一切咒诅、厌蛊、毒药、金毒、银毒、草木虫蛇，万物毒气，入此人口，成甘露味。"

庄子在世间万象中发现了天籁、地籁、人籁的存在，证实人在放弃成见后，从纯净的自性中流出来的声音话语才是自然的、和谐的、有意义的。他独立发现了佛法中的"诸法无我"，他对"自我"做了深刻的反思，他跟佛陀一样认识到人的渺小，同时又寻求超越之道。这就是平等。

庄子的悲悯也一如佛陀，他在《齐物论》中讲述了一个后来流传千年的寓言和流传千年的成语——朝三暮四。他称那些未能看到万物之"同"，即"空性""真性"的人物为"朝三"。何谓"朝三"？狙公赋芧，曰："朝三而暮四。"众狙皆怒。曰："然则朝四而暮三。"众狙皆悦。名实未亏而喜怒为用，亦因是也。是以圣人和之以是非，而休乎天钧，是之谓两行。

但就是这样的一个寓言，千百年来的人多以为是狙公赋予众狙食物，很少人看出是狙公向众狙征赋。也就是说，千百年来的众多读者以为大家的生计是大家长赋予的，他们的心思既善意、乡愿，又为三、四而患得患失。他们跟众狙一样或悦或怒，但借用庄子的话，怒者其谁？他们未能意识到自己被剥夺或自己的迷失，他们未能意识到万物之齐、自己在宇宙大化中的平等。如果用庄子的话说，他们也是"朝三"。后来的明白人，刘伯温看到了这一点，他说："楚有养狙以为生者，楚人谓之狙公。旦日，必部分众狙于庭，使老狙率以之山中，求草木之实，赋什一以自奉。"在庄子之前的明白人——老子看到了这一点，他说："民之饥，以其上食税之多。"

庄子看到众生之迷，众生追逐于假象或未定的"是非"，他主张全面地看待"是非"，而休止于永恒不变的"天钧"，如此才是"两行"，各得其所的自行发展。读《庄子》，我们其实也能感觉到他也怒的，只不过跟佛陀一样，他的怒都化在虚无、相对的情景中了，让一般人难以感受。他怒的是众生的迷失、无明、轮回，他张扬的是"无我""齐物""如梦"。在《齐物论》最后，他发布有名的"庄周梦蝶"的寓言，他提出一个观念：只有看出万物之齐之深刻平等的，才能终其天年地"物化"，自然死亡而又自然新生。

千百年后读《庄子》，站在东西方的文化资源上去汇通理解庄子，可以看到人心在最纯粹极致处的思考的相似或相同。如此我们更可对人性人心怀抱信心，在万物之不齐中认出"齐"，认出"平等""物化"之同。我们也可以理解钱钟书在读尽东西方典籍之后的感叹："东海西海，心理攸同；南学北学，道术未裂。"

孔子

入世而生动

自省之书：中国原典的当代精神

孔子的光辉并不在他说了多少深刻的道理，而是他的常识感和常心常行，他因此从常人中浮现出来，首先为弟子们感受到这一光辉，并感动了千秋万世。

孔子确实是大禹、墨子之外华夏世界最早、最勤奋的人物了。禹墨的勤劳为人周知，孔子的勤奋少有人道，他的勤奋一生堪称是最早把人一辈子都搞得"团结紧张严肃活泼"的一生。

反对孔子和返回到孔子那里去，都是人性和文明的真实。

夫子自道

孔子的仁爱、忠恕、礼乐、伟大、神圣、光辉……不言而喻。人们读《论语》等经典，却总是因孔子的丰富多面而迷失，人们猜不透或把握不了孔子是何许人也。黑格尔就道出了不少人的心思，他说《论语》"所讲的是一种常识道德，这种常识道德我们在哪里都找得到，在哪一个民族里都找得到，可能还要更好些，这是毫无出色之点的东西"。

黑格尔还说："孔子是一个实际的世间智者，在他那里一点也没有思辨的哲学——只有一些善良的、老练的、道德的教训，从里面我们不能获得什么特殊的东西。……我们根据他的原著可以断言：为了保持孔子的名声，假使他的书从来不曾有过翻译，那倒是更好的事。"这样的话相当客气而刻毒，这样的想法也是一种"孔子读法"。当然，还有别的读法，如我见过的读书会，一大群青年人集体给孔子像鞠躬后再读的仪式之神圣；我还见过当代学者以二三十年的精力都用来注解《论语》，以为孔子字字都有其正确或"微言大义"，连"小人与女子难养也"这种带着"时代烙印"的偏见都有其道理……当然，李零教授说，去圣乃得真孔子。

其实，读《论语》，尽管孔子的形象随时出现，最值得注意的还是他对自己的评论或描述。孔子从不回避跟人谈论自己，这跟我们一般人的态度正相反。一般人的经验是，评论别人头头是道，但一涉及自己，就嗫嚅起来，羞怯起来，悬搁起来，总之是回避的，人们很少能够正面地"解剖自己"（鲁迅语）。人们多用的是笼统办法，是概括话，自夸也是时下语，如说自己迂腐、不能免俗、混口饭吃、"技术盲"、社交恐惧等，这也说明孔子跟我们的不同，他是对自己负责的，他有着"认识你自己"（苏格拉底语）的修行，他有着对自己的人格期许……

从这一点看，读《论语》也可以把孔子的自我认识跟我们的人生目的结合起来。看看孔子的自议，我们可知自己的距离。这些"自画像"并不多，却极鲜明可感，如在眼前。如《论语·述而》，叶公问孔子于子路，子路不对。子曰："女奚不曰，其为人也，发愤忘食，乐以忘忧，不知老之将至云尔。"孔子在这里的"自画像"极为精彩，如果我们实打实地把自己的生活跟孔子相比较，恐怕很少人能够达到孔子的这一境界，因为并不需要去附会、引申，我们都能明白，这一"自画像"里不仅表明孔子是刻苦的、勤奋的，也是独立的、精神的……

《论语·公冶长》的一则："巧言、令色、足恭，左丘明耻之，丘亦耻之。匿怨而友其人，左丘明耻之，丘亦耻之。"孔子在这里的"自画像"是跟前辈左丘明看齐，希望自己拥有一种健康的人格，正直、坦率、诚实，不要口是心非、表里不一。

《论语·子罕》的一则："子曰：'吾有知乎哉？无知也。有鄙夫问于我，空空如也。我叩其两端而竭焉。'"这话跟苏格拉底的"我只知道自己一无所知"异曲同工，他们都是随时保持开放的心灵，因此能够接纳外界的因果，能够获得事物的真相。如果联想到现代社会"知道分子"大行其道，我们可知，这两种人格的不同。

《论语·子罕》还有一则："达巷党人曰：'大哉孔子！博学而无所成名。'子闻之，谓门弟子曰：'吾何执？执御乎？执射乎？吾执御矣。'"这个村民对孔子的态度很有意思，又敬又嘲，又尊重又平视：孔子真是了不起，他博学是博学，可惜样样都通，件件稀松。孔子的回应也是平等的，他在专注一处和广泛浏览之间也是随心所欲的。

事实上，孔子如此不回避地谈论自己，正是因为他知道自己抵达的人的境界如何。他是认可自己的。他谈论得平常，甚至不无骄傲，以至于大傲若谦。他当然也当仁不让。《论语·宪问》的一则："子曰：'君子有道者三，我无能焉；仁者不忧，智者不惑，勇者不惧。'子贡曰：'夫子自道也。'"这跟我们寻常人不同，我们的大傲若谦是做给别人看的，我们的当仁不让是要跟别人抢的。

我们读孔子，跟自己做对照，可以看到：尽管孔子说的都是家常话，都是黑格尔们不屑的"常识"，但常人还真比不上孔子的"肉身成道"。孔子的生活，是真正实践了老子所说的"吾道甚易知、甚易行，而天下莫能知、莫能行"。孔子是这少数能知能行的人。

夫子自道。这一成语也是千百年来中国人诉说自己或他人的荣耀。孔子的光辉并不在他说了多少深刻的道理，而是他的常识感和常心常行，他因此从常人中浮现出来，首先为弟子们感受到这一光辉，并感动了千秋万世。

常言道，仆人眼里无英雄。因为不识庐山真面目，只缘身在此山中。弟子眼里的老师也多是寻常的。但孔子的弟子们却超越了常识，颜渊感叹："仰之弥高，钻之弥坚，瞻之在前，忽焉在后。夫子循循然善诱人，博我以文，约我以礼，欲罢不能，既竭吾才，如有所立卓尔。虽欲从之，未由也已。"子贡感叹："譬之宫墙，赐之墙也及肩，窥见室家之好；夫子之墙数仞，不得其门而入，不见宗庙之美，百官之富……"

我在《孔子为什么反而不倒》中感叹：在当时人都活得飘忽不安的时候，孔子的弟子们见证了跟老师一起的欢乐和充实。因此，孔子死后，他最杰出的弟子们在就业机会俯拾皆是时能够为他服丧三年，而"存鲁，乱齐，破吴，强晋而霸越"的大商人兼当时第一流的外交专家——子贡，一人庐墓六年。这是有限时空中的无限把握，一种优雅高尚的信仰情怀。

我们今天也活在现代性的飘忽不安里，但我们欢乐充实吗？我们能够"夫子自道"吗？

人生的准则

读《论语》，想见孔子为人，千载以下，仍让我们觉得温暖亲切。但孔子是说不尽的。孔子有很多言行事迹会伴随我们一生，只要我们读过，我们就不会轻易失去。尤其是，孔子确立的人生伦理，一种超越又包容我们生理心理的生命理性，不断地挑战着、冒犯着我们的生存状态。任何一个诚实的人面对孔子提撕的伦理，都会意识到自己的成绩和局限。

在这些人生伦理中，孔子晚年对自己的人生总结是一个极为精彩的原则。孔子说："吾十有五而志于学，三十而立，四十而不惑，五十而知天命，六十而耳顺，七十而从心所欲，不逾矩。"

很多人都很熟悉这段话，但很少人意识到这段话已从个人的经验中抽象成为历史或人性的参照，更少人将其跟自己的人生相对应。一旦做这种对应，我们就知道，我们的生活处于何等矛盾、何等荒诞的境地！

我们今天站在前人的肩上，活在数千年文明积累的财富滋养里。我们多以为自己很幸运地活在空前的文明时代，我们享用着空前的文明成就，一切都圆满，一切都能把握。但我们很少想到自己没有把握，不够确定，很少想到我们的局限、不足、悖谬……以孔子的标准，我们几乎很少有及格的。

"十有五而志于学"？今天的青少年为声光电气、影像、信息和技术等包围，他们难能"志于学"。

"三十而立"？无论"高富帅"或"屌丝"，要他们立起来，可能相当困难。对很多30岁出头的青年来说，他们不做"啃老族"，不给亲人添麻烦就算立住了。

"四十不惑"？我们都以为自己知道一切，技术文明带来的便利使图书馆、天下大事都在"掌握"之中，但我们很多中年人，既有深深的困惑，也抵挡不了生活和社会的诱惑。有人则强调，孔子"四十不惑"，其实是指人到中年仍坚持理想不动摇。如从这个角度来看，我们社会的中年阶层更是不及格的。因为社会学、心理学都注意到，中年阶段是人生的虚无期，很多人在此阶段放弃了年轻时的理想，甚至为自己找理由说，从一场梦中醒来。鲁迅因此说这些中年人是会"做戏的虚无党"。

"五十知天命"？这样的话跟自己对照，我们更能见出当代人的无根性。我们很少意识到"天命"的存在，我们以为那是玄虚的东西，我们不以为自己的存在有天命可言。这种生存的偶然感、赌徒心理使我们切断了跟天地自然、跟命运深刻的联系。我们意识不到人生社会的必然性。在知天命方面，当代人几乎都是交了白卷。

事实上，用不着一条条地对照，我们只要揪住任何一条跟自己、跟身边人、跟社会相对照，我们就知道我们当代人良好的生存感觉是多么虚幻。只要我们对自己诚实，我们就能体认这种虚幻。著名学者胡绳在他80岁生日时写诗并铭，就指出了这种虚幻。他的《八十初度》一诗说："生逢乱世歌慷慨，老遇明时倍旺神。天命难知频破惑，尘凡多变敢求真。"他的《自寿铭》

说:"吾十有五而志于学。三十而立,四十而惑,惑而不解,垂三十载。七十八十,粗知天命。"一个80岁高龄的知识分子如此回顾自己的一生,虚幻、沉痛,值得当代人深思。

很多人以为孔子的话实行起来不难,有人甚至以为他"立"得早,"不惑"得早,"耳顺"得更早。但事实上孔子当年就知道这不容易,孔子尊敬的蘧伯玉曾有名言:"行年五十,而知四十九年之非。"蘧伯玉曾派人来看望孔子,孔子问他:"夫子何为?"(您家蘧老先生忙什么呢?)来人回答说:"夫子欲寡其过而未能也。"(老先生总在想减少自己的过错,还不能办到啊!)孔子感叹:"好一个君子使者!"

好的人生准则应让我们时时用以检验自己。这让我想到现代的案例。知识界多年讨论"宽容",跟孔子说的"耳顺"相仿佛,如西方人所言:"我不同意你的说法,但我誓死捍卫你说话的权利。"胡适也有名言,容忍比自由更重要。但事实上,我们大部分人都做不到宽容、自由等原则。即使胡适,他的朋友叶公超写了一篇为鲁迅辩护的文章,他也不能容忍,责怪叶为什么要捧鲁迅⋯⋯我们由此可知,知行合一虽然是很多人提倡的,但在孔子的人生参照面前,我们多难以知行合一。

可以说,孔子的"而立""不惑""耳顺"等人生原则是实实在在的参照,不断地以之做对比,我们可以了解自己的人生是否及格了。我曾经说,以孔子的话"四十不惑"为参照,大部分中国中年人的人生都滞后了。像曾国藩也是40岁之后又过了若干年才不惑的。我们的人生也只有以之为参照,才不会为眼前的一点成就而扬扬得意。

联合国前秘书长潘基文随身携带《论语》的事为很多人熟知，潘基文承认："在我的一生中，我一直在受到孔子和孟子思想的影响……目前，孔子的很多教诲仍在为我指引方向。"潘基文的皮夹里有一张烟盒大小的纸片，上面是用韩文和汉字抄录的孔子名句："三十而立，四十而不惑，五十而知天命，六十而耳顺，七十而从心所欲，不逾矩。"

事实上，不仅潘基文，古今中外的很多人都以自己的一生向孔子的这句话致敬，向孔子的这句教诲行注目礼。方回有诗："而立年前髭未长，金台早已擅名场。"曹雪芹的朋友则说他："四十萧然太瘦生，晓风昨日拂铭旌。"张九龄写诗："五十而无闻，古人深所疵。"……这样的诗可以无限地列下去。中华民国开国的国父之一黄兴亦有名诗："卅九年知四十非，大风歌好不如归。惊人事业随流水，爱我园林想落晖。入夜鱼龙都寂寂，故山猿鹤正依依。苍茫独立无端感，时有清风振我衣。"

人在伦理之中

我们中国的文化乃是伦理本位，对人的认识并非孤立的，而是将其放在各种关系之中。人的存在并非仅仅属于他自身，而是归属于天地之间。人并非无法无天的。自孔子以降的儒家则将这种关系逐步伦理化，提炼为"天地君亲师"。国学大师钱穆先生曾指出："'天地君亲师'五字，始见《荀子》书中。此下两千年，五字深入人心，常挂口头。其在中国文化、中国人生中之意义价值之重大，自可想象"。虽然现代以来，这伦理关系遭到了破坏，但经过百年来的实践反思，人们的伦理意识不仅没有泯灭，反而得到了新生。由台湾地区启动倡导的第六伦，即陌生人一伦，有力地补充了"天地君亲师"五伦的熟人社会之不足，使现代人的伦理关系更为坚实。

读《论语》有很多角度。从这种伦理关系中可以读出孔子的思想，可以获得对今人的教益。比如孔子对五伦之一地的论述较少，只有两三则，这表明了他对大地认知方面的缺失，不过他对大地成为人生息的位置有一个看法，"贤者辟世，其次辟地，其次辟色，其次辟言。"这说明他的一个态度，人使大地成为是非之地，贤德的人应该避开是非之地。当代人有离开都市，到乡村生活的冲动，也是有"避地"的想法。当然，我们还可以说，天地之为人伦，在于天和地跟每个人之间有着价值和情感伦理的认同。如果没有认同，我们就会污染天而无动于衷，毒害土地也无动于衷。这也是我们今天呼吸的空气、饮用的水都被污染的一大原因。

孔子对君的论述极为经典，"君君、臣臣、父父、子子"，即统治者管理者要像个样子。这一伦理后来为孟子发挥，他曾说过一句经典的判词："望之不似人君。"如果君不君，国君不像话，那么臣也可以不臣。当代中国人在重温儒家伦理时，把"君"字改成了"国"字，即我们赖以生存的国家或政治经济共同体。这是有意义的，个人与共同体之间确实需要建立起有效的情感伦理认同，个人需要服务于国家，国家则要保护个人。如果国将不国，那么个人也会用脚投票。"逝将去汝，适彼乐土。"

孔子对亲师的论述也可圈可点，如"君子笃于亲，则民兴于仁"，这句话相当于特蕾莎修女的名言："回家，爱你的家人吧。"即只要人们能够爱亲人家人，这个世界就会美好。但我们常见的现象是：精英或成功人士都忙得"不着家"，他们口口声声说在忙于致力于社会繁荣世界和平，但真的是这样吗？重温孔子的教诲，也是很有意义的。

孔子眼里的老师或可以启蒙的思想资源、人格形式随时随处可见，自己是，他人也是。"温故而知新，可以为师矣。""三人行，必有我师焉；择其善者而从之，其不善者而改之。"

在这些伦理关系中，孔子对天的论述是最多的。我们从中可见在孔子心中，天是他关怀的终极。他的起点和归宿在天，他是对天负责。他的一切都要给天看的。

天在孔子心中并非虚无缥缈的，而是有着具体可感的存在。天是人世间的终极所在，王孙贾问曰："与其媚于奥，宁媚于灶，何谓也？"子曰："不然。获罪于天，无所祷也。"王孙贾问的话，是一般人以为的县官不如现管，但孔子劈头就否定了县官也否定了现管，他认为天才是人依从的。人最不能得罪的是天，最不能对天犯罪。

天是有目的，有轨迹的。孔子说，"五十而知天命。"天是有结果，有答案的。子曰："予欲无言。"子贡曰："子如不言,则小子何述焉?"子曰:"天何言哉?四时行焉,百物生焉。天何言哉!"天也是有情有义的。仪封人请见,曰:"君子之至于斯也,吾未尝不得见也。"从者见之。出曰:"二三子何患于丧乎?天下之无道也久矣,天将以夫子为木铎。"

在孔子自己,他也感受到了天对自己的眷顾,这使他有人格的自我期许,有一种天命所在的"自信""达观"或说"自负"。子曰:"天生德于予,桓魋其如予何?"这样的事不止一次。子曰:"不怨天,不尤人,下学而上达。知我者其天乎!"还有一次。子畏于匡,曰:"文王既没,文不在兹乎?天之将丧斯文也,后死者不得与于斯文也;天之未丧斯文也,匡人其如予何?"

我们今天不知道孔子感知到天的存在,何以感知到天命在身,那肯定是一个极为动人的故事。遗憾的是因此我们也难以感知自己为天所"眷顾"。只有在绝望的时候,我们才会想到老天,我们会说,"老天,你睁开眼吧",或问:"天理何在,天良何在?"司马迁注意到了人性中这一深刻的经验,他写道,"人穷则返本,故劳苦倦极,未尝不呼天也"。只是司马迁以及后来者包括我们普通人,再也没能获得到孔子那样虽然惨痛却温润达观的心境。

孔子的一生也是对天负责。如果有怀疑,有失望,他就会求助于天,他会对天发誓。子见南子,子路不说。夫子矢之曰:"予所否者,天厌之!天厌之!"这种对天发誓也是我们中国人的常态,只是孔子的表达较一般人要优雅许多。颜渊死。子曰:"噫!天丧予!天丧予!"

孔子对天的论述还有很多，这已有的足以让我们明白，在人伦秩序里，天最大，至高无上。不少人指责孔子没有价值理性，只有实践理性，但看孔子对天的尊崇，我们当知，他一生都以天为绝对价值来指导自己。这一态度在今天尤其值得提出来，供当代人深思。因为我们当代的人生，多以三五年的物质成功、技术文明推拉的生活模式为指导，我们很少有人以天为绝对原则。也因此当代社会的发展取得了如此空前的成绩，却也带来了一些问题。对当下中国大范围的雾霾灾难，很多人都在寻找原因和解决之道，但其中基本的原因乃是全体国民的"共业"当可定论。

据说雾霾将是长期的，洛杉矶的雾霾之患曾长达50年，跟发达国家走过的道路相比，我们当代的生态灾难更甚，治理更难。一些"警世危言"也多因此流布。在此种现代化的成就和危难面前，重温孔子的态度，或许我们能够对自己和周围如何"消业"有新的认识。

学习的至上价值

数年前，我见到哈佛大学的黄万盛教授，谈起哲学研究的方向问题，他说自己重在价值哲学。他曾跟同事、《正义论》的作者罗尔斯讨论过，当自由、正义一类的价值不再是理想，不再是空中楼阁时，人生社会仍需要弘扬的至上价值是什么？甚至，具体一点，人生社会的幸福跟哪些价值相关？答案就是学习、公益、安全、信任……黄先生说,这些并非新发明,而是文明固有的。他举例说,儒家经典《论语》并非孔子自己编写,而是其弟子和再传弟子们编写的,时隔那么多年,弟子们想起老师的教诲时,开篇即说,"学而时习之,不亦说乎?"可见,他们的印象之深。

这样一说,确实令人印象深刻。孔子平时谆谆教导弟子,倡导的价值可谓多矣。提倡仁,提倡孝,提倡礼,提倡做君子儒不做小人儒……但大家在一起讨论时,发现老师是学习的好榜样,学习才是老师至上的价值。老师生前就开始被人封圣,但老师说了,"我非生而知之者,好古,敏以求之者也""圣则吾不能,我学不厌而教不倦也""子入太庙,每事问"。故老师虽少也贱,却多能鄙事。在老师眼里,没有比学习更好的生活了,"吾尝终日不食,终夜不寝,以思,无益,不如学也。"

老师的学习精神值得大书特书,他自己总结说,"吾十有五而志于学,三十而立,四十而不惑,五十而知天命,六十而耳顺,七十而从心所欲,不逾矩。"他学习的志向从少年起开始,再未中断,贯穿了一生。"学如不及,犹恐失之。"他的学习意志强大,"朝闻道,夕死可矣。"他说:"敏而好学,不耻下问,是以谓之'文'也。"到晚年还在学习,老而好《易》,"韦编三绝",他说:"加我数年,五十以学易,可以无大过矣。"

老师的学习方法也很值得今人学习。他说过,"三人行,必有我师焉。"这跟我们一般人的态度不同,我们崇拜权威、名人不假,但对时人、周围的人,我们多半是瞧不大起的。网络上数年不息的"口水战",大家相互揭底、执拗地证明自己正确的戾气,一些才子、学者动辄狂言自己在学问、观点上"独孤求败"……即说明我们的学习跟孔子的学习有某种本质的不同。孔子还说过,"知之为知之,不知为不知,是知也""学而不思则罔,思而不学则殆"。孔子的学习还有一个特点,就是教学相长,他不只是自己学习了,他还要去教导别人。这也跟我们今人不同,我们是不愿费心教育别人的。孔子说,"温故而知新,可以为师矣。""默而识之,学而不厌,诲人不倦。""学然后知不足,教然后知困。"我们经常说别人"脑残","孺子不可教也",但孔子却说,"有教无类"。

可以说,古往今来最简单的学习,在我们这里跟在孔子那里都有绝大的不同。因此,读《论语》,读孔子,恐怕也需要从这最简单的地方入手,看看我们的差距在哪里。孔子为我们做出了极好的示范。

孔子谈论学习的名言有几十条,都可圈可点。"见贤思齐焉,见不贤而内自省也。""知之者不如好之者,好之者不如乐之者。""君子食无求饱,居无求安,敏于事而慎于言,就有道而正焉,可谓好学也已。""好仁不好学,其蔽也愚;好知不好学,其蔽也荡;好信不好学,其蔽也贼;好直不好学,其蔽也绞;好勇不好学,其蔽也乱;好刚不好学,其蔽也狂。"……

因此,孔子虽然是时人眼里的"丧家狗",是失意者,非成功人士,但他的人生幸福非寻常人可以理解,随时随地的学习足以使之充实幸福了。"子在齐,闻《韶》,三月不知肉味。"

"君子谋道不谋食,君子忧道不忧贫。""士志于道,而耻恶衣恶食者,未足与议也。"他的自画像就是,"其为人也,发愤忘食,乐以忘忧,不知老之将至云尔""饭疏食饮水,曲肱而枕之,乐亦在其中矣。不义而富且贵,于我如浮云"。

难怪弟子们编辑老师语录,不约而同地认定学习值得放在开篇。孔子的学习人生也给了后人榜样,如三国时东吴的吕蒙,发奋读书,留下"非复吴下阿蒙""士别三日,即更刮目相待"的美谈;南朝陶弘景"读书万余卷,一事不知,以为深耻";南宋朱熹更是倡导"无一事不学,无一时不学,无一处不学"……

说到学习,当代人的感受可能更深。技术的推动使我们每个人都生活在手机这一移动设备上,网络随时向我们传递朋友圈、微博的内容,论坛上的新闻、信息、文献……我们无时无刻不在吸收新知,但似乎我们离孔子说的"知者不惑"更远了。

因此,读孔子还要从孔子那里学习如何学习,如何把学习跟人生相结合。如当代价值哲学表述的,如何把学习当作人生至上的价值。这一点,孔子也做得相当好。他自承"吾不如老农""吾不如老圃"……他不仅向老子、苌弘、师襄等前辈学习过,他也从弟子颜回、子路、子贡那里学习过。黄万盛教授曾总结,除了书本知识,我们还要向前辈学习,以建立我们的学术谱系;向同龄人学习,以建立属于这个时代的交叠共识和历史记忆;向年轻的人学习,以使我们具有未来的方向,使自己成为一个有责任的精神力量。从孔子那里,我们可以学习到人生通过学习抵达完善、快乐和幸福!

谁还记得果仁？

　　《论语》中有很多人生的教诲，人们总结了孔子的很多关键词，如"礼"，如"君子""刚毅"等，最核心的关键词大概没有疑义地数"仁"。有统计说，仅《论语》中提及"仁"的次数有109次。"仁"是孔子的，也是儒家思想的基础和核心。但"仁"究竟是什么，仍值得今人参详。

　　孔子一生都在向弟子们传授"仁"的思想，"仁"的情感。"仁"在孔子那里的重要性不言而喻。子曰："人而不仁，如礼何？人而不仁，如乐何？"子曰："里仁为美，择不处仁，焉得知？"子曰："不仁者不可以久处约，不可以长处乐。仁者安仁，知者利仁。"子曰："唯仁者，能好人，能恶人。"子曰："苟志于仁矣，无恶也。"子曰："好勇疾贫，乱也。人而不仁，疾之已甚，乱也。"子曰："知者不惑，仁者不忧，勇者不惧。"

　　成仁取义因此是孔子和儒家的理想生存。如何成仁呢？子曰："富与贵，是人之所欲也，不以其道得之，不处也；贫与贱，是人之所恶也，不以其道得之，不去也。君子去仁，恶乎成名？君子无终食之间违仁，造次必于是，颠沛必于是。"子曰："仁远乎哉？我欲仁，斯仁至矣。"子曰："克己复礼为仁。一日克己复礼，天下归仁焉。为仁由己，而由人乎哉？"子张问仁于孔子。孔子曰："能行五者，于天下为仁矣。""请问之。"曰："恭、宽、信、敏、惠。恭则不侮，宽则得众，信则人任焉，敏则有功，惠则足以使人。"

什么是"仁"呢？孔子似乎没有给出一个确定的唯一的答案。颜渊问仁。子曰："克己复礼为仁。"仲弓问仁。子曰："出门如见大宾，使民如承大祭；己所不欲，勿施于人；在邦无怨，在家无怨。"司马牛问仁。子曰："仁者，其言也讱。"樊迟问仁。子曰："爱人。"

由此可见仁在中国人人生社会中的地位。自孔子以后，中国人都高度注重仁的有无。我们评判一个人卑劣——不仁不义；我们嘲笑一个人伪善——假仁假义；我们感叹一个人的最大努力——仁至义尽……仁在中国人心中有着特殊的意义，我们称赞一个有节操的社会人格——仁人志士；我们表白一种平等的态度——一视同仁；我们称颂医生的医术医德——仁心仁术……

仁在我们这里的意义太重大了。只是自孔子以来对"仁"的解释都不够精确，孔子将其理解为一种道德范畴，理解为人与人之间的亲爱。但他用了太多的比喻和具体的案例来解释"仁"，他给了"仁"足够的空间，作为一种道德原则、道德水准和道德境界供人们栖息其中。他说过，杀身以成仁。

但"仁"究竟是什么，对有着逻辑理性思维的当代人来说，需要给出新的精准的界定。这也是我的一个看法，当代人的认知水准决定了传统的可能性。传统是无明的，它需要今人去照亮，需要当代人去发现而非去膜拜。读孔子，对孔子的"仁"，也需要我们做出当代的解释。

事实上，将印度文明、西方文明的尺度纳入进来，我们看孔子的"仁"就简单多了。仁不仅是一种情感道德属性，也是一种时间属性,还是一种方位属性。中国文明的五行模式,将东方、春天、少年等时空定性为仁,最准确不过地表明孔子及其"仁"之于东方大陆个体及整体的意义。仁注定跟中国人结缘,跟东方人难解难分。

就是说,从时间属性来说,仁是起始阶段,是生物或人的起点。我们称道童心之可宝贵,即在于此。我们中国人甚至称果核等种子为"果仁",因为知道有仁,即可以生发、长大、开花、结实。

因此,重视仁,记取仁,即是记取我们人生最初的美好、善意和对世界的爱。关注仁,即是要扪心自问,我们是否记得我们的来处?这也是现代性最伟大的三问的第一问——我们从哪里来?只有记得初衷,我们才知道我们是谁,我们要到哪里去。这也是今人情感类思绪最经典的开头语:谁还记得我们当年;谁还记得初衷;谁还记得青少年时期的梦想、希望……

遗憾的是,大多数人忘记了自己的初衷。《诗经》有名句:"靡不有初,鲜克有终。"也许正是对人人忘记初衷的观察,孔子才如此强调"仁"。他也无意中"迎合"了东方民族的方位属性,这种无目的的合目的性足以让今人记取仁的重要性。

回到起点,回到初衷。其实不仅孔子,不仅中国人、东方人,就是西方人,也一再强调要认清来路,他们喊出的口号是,回到希腊,回到康德,都是为了认清某一起点,都是为了强调当初的愿心。因为起点和真正的过程,都写好了结果。艾略特有名诗:"我的起点就在我的终点处。"当然,起点更蕴藏了灵丹妙药。人从自己的身体出发走向全世界,会有种种不适,中间更有疾病丛生,但人们意识不到,身体这一果然自有大药,人体自有大药。

关于东西方对"仁"的认知过程,潘雨廷曾说:"凡人初出母胎,本来潜备无穷无尽德用,是大宝藏,入此大宝藏得《乾坤衍》,不已较龙树入龙宫以得《华严》为发展乎!合诸西洋文化,哲学基础在自然科学,由天文、地质、物理、化学而生物,由生物进化而究其生命起源,莫非在窥此大宝藏。自成立分子生物学以至量子生物学后,其义大显……"

既然牢记初衷,知道结果,知道自己要到哪里去,那还怕什么呢?故孔子说,"仁者无忧"。既然牢记初衷,人生人身都可以看得很透,故孔子说,"志士仁人,无求生以害仁,有杀身以成仁"。

孔子为什么反而不倒?

孔子的缺点太多、局限性太大,反他容易,打倒难。

自他从老子、子产、师襄、郯子、苌弘等一系列师友那里闻道得道起,他就跟师友们拉开了距离。因为师友们或者传统保守,或者投闲置散,或者在形格势禁中演完自己宿命般的人生剧本而已。孔子知其不可为而为之,他雄心勃勃,用现代的语言表述,即孔子善用了当时天下的文化中心——鲁国保存下来的华夏经典,以及最先进的交流工具——文字,培育了当时世界上最庞大的人才团队——孔门贤达,准备建设他心中的王道乐土——大同社会。

尽管文字在当时记录话语思维的有效性并不大，老人家唯一亲手动笔劳作的《春秋》被后人称为"断烂朝报"，但鲁国文字的先进已经为天子和列国周知；有周公后人和史官们一代代的努力，到了孔子时代，文字开始了突变。孔子整理了古籍；集体智慧更在孔门弟子那里获得了历史的展开，弟子和再传弟子们合力把孔子的话语记录下来，成为一时的典范。有效文字一经出现，由公卿至于列士、瞽者、史者、师者、瞍者、蒙者等保存下来的诗曲书赋，以及春秋战国时代新的文明思考、问题答案，开始了沉淀、积累，开始了数百年间的启蒙传播，自然地，那些无名的天才劳作假借黄帝、文王、周公外，就只有假借孔子才能闻名于世。直到汉朝，《内经》《易经》《礼记》等口耳相传或个体原创的华夏典籍仍多要借助于孔子的盛名才能大行其道。

因此，孔子占了便宜，但这个便宜如果真要给某个人的话，也非他莫属。他是集大成者，是三代以来最大的贯穿天、地、人三才的王者，他被后人称为"素王"。

有效文字的出现是一件大事。文字本来有着"天雨粟鬼夜哭"的神奇力量，甲骨文一类备忘符号、钟鼎金石一类的训诫符号还不足以把人类的史前史照亮，人类在黑暗中多只能歌哭、谈话、对话，有效文字的出现使得言为心声、手写己口成为可能，使得个体的沉思、反思、写作等成为可能。在东方红亮的过程中，孔子的作用是最大的。故此宋儒们感慨，天不生仲尼，万古如长夜。

但在人生的事功方面，孔子失败了，他承认自己是"丧家狗"，他不是一个成功人士。据说，失怙造成的对父亲的想象，使得他一生的言行依傍于权力、依止于人主。但他的弟子比他更善于傍官傍商，甚至成为一流的官僚商贾。孔子没有自铸伟辞，他的话卑之无甚高论，多是把三代以来或周公以来的华夏普遍专制和等级专制装饰得更为温情，但这种人生的往返省思更值得听闻者珍惜。诸侯散落，政逮大夫，陪臣执命，世衰道微，邪说暴行有作；臣弑其君者有之，子弑其父者有之。春秋之中，弑君三十六，亡国五十二，诸侯奔走不得保其社稷者不可胜数。在当时人们都活得飘忽不安的时候，孔子的弟子们见证了跟老师一起的欢乐和充实。因此，孔子死后，他最杰出的弟子们在就业机会俯拾皆是时能够为他服丧三年，而"存鲁、乱齐、破吴、强晋而霸越"的大商人兼当时第一流的外交专家子贡一人庐墓六年。这是有限时空中的无限把握，一种优雅高尚的信仰情怀。尽管孔子的思想在国际社会像疯狗一样争霸逐鹿时是不合时宜的，但一旦六合扫定、海县清一，农耕时代的差序格局定型，他的仁道、恕道、君臣父子伦理等思想就是王土王臣们尽忠尽孝或说人生展开的不二之选。

孔子是现实的，他从未像释迦牟尼一样为个体的生老病死忧患而寻求安身立命，未像苏格拉底一样去爱智慧，未像耶稣一样自傲称"我的国不属这一世界"……但孔子也没有爱国情怀，他的梦不在春秋的鲁、齐、陈、卫，他的梦在周公、在三代以上，这个造次于是、颠沛于是、念兹在兹的梦没有成就现实的大同，却无意中成全了当时文明面临革命前夕最稀缺的思想理论，这个梦想无意中成为"超越性突破"，用雅斯贝尔斯的话是，孔子参与的"轴心时代"建构的思想原则塑造了不同的文化传统，也一直影响着人类的生活。用马克思话的是，孔子等人的传统，梦魇般地压在活人的心头。

"轴心时代"的孔子何以噩梦般地纠缠活人的头脑？用现代理性的眼光解释，无非是社会的路径依赖、偶然性的先入为主等导致的，他是"箭垛式"的人物。但孔子万世长存，也自有其必然性，有其自身的努力。孔子确实是大禹、墨子之外华夏世界最早、最勤奋的人物了。禹墨的勤劳为人周知，孔子的勤奋少有人道，他的勤奋一生堪称是最早把人一辈子都搞得"团结紧张严肃活泼"的一生。

孔子的一生是典范的一生。用后来儒生们总结的话说，他是履践的，他不仅心仪礼乐，他自己也活在礼乐世界里；他不仅表达真理，他本来就活在他表达的真理之中。他的爱在人世而非爱于纯粹的自己或食色之欲，因此成就了最为美丽也最为现实的人类精神家园——一个文化中国，在他、老子、墨子、庄子、孟子、荀子、屈子等先秦巨子们的梦想中诞生，并经千百年来的学人、才子、士大夫们开疆拓土，成就了人类传承最丰富的庄严国土，成为东土大陆对峙政统、权力、金钱、宗族、迷信、商贾、农工等最有魅力的人生之道。孔子是这个文化中国最坚实的奠基者，是三代文明精神的传承者和集大成者。自孔子之后，一切权力、金钱、血亲可以兴勃亡忽，但文化中国越百世而不亡，贯穿千秋江山而始终。

尽管文化中国的开国之父不止于仲尼一人,但只有孔子集中了当时华夏文明的资源优势。用现代的语言来说,他不仅拥有意识形态,他还培育了干部队伍;他不仅有产品,他还懂得市场营销;他不仅有价值理性,他还有理性工具;他不仅提供了立国原则,他还提供了外交哲学、家国天下的个人生存坐标……因此,无论是来自外部的反对派如阳虎、叔孙武叔、齐景公,还是内部的反对派如墨子、庄子、楚狂,都不足以撼动这个国度。这是孔子反而不倒的秘密。

当然,反对孔子者有足够的理由。一旦他从边缘走进中心,走向了神坛,他被政统利用,甚至被文化中国的执掌话语权者利用,他也就成了管制和异化的工具,成了打人杀人的凶器。也就是说,"孔子"是安土重迁的农耕文明的意识形态,是现世安稳岁月静好的大同梦想,是地主阶级的外衣,却非个体心灵的自我完善、非人身成道的开放人格、非大同而异端的力量。无论是外部的文化如印度文明、基督教文明,还是内部的精神、心灵等无限丰富的探索,甚至革命转型、移民时代、陌生人社会……都有着孔子不可思议的不虚真实。孔子和孔子霸权有足够的弱点、缺点、局限、盲区、短板、罪错等来供人们仇恨、逃避、造反。

但孔子反而不倒。孔子如佛陀、耶稣、老子一样,构成了我们人类已知行为和思维的边界。除非我们如庄子所说的往而不反、孤标傲世,如宗教家们所倡导的万法唯心、因名因信称义,或如科学主义所谓的独立远行、探索无极。对转型时代、移民时代的人类来说，没有孔子，他们确实也活出了新天新地，活得空前绝后、真实不虚。当王安石痛惜两汉以来的中国圣人多生于佛门中时，张方平说，因为儒门淡薄，收拾不住人才，所以江西马大师、汾阳无业禅师、雪峰、岩头、丹霞、云门等一流的天才皆归释氏。大字不识的惠能大师说过，心生万法。五四诸巨子说过，打倒孔家店。这都是我们自家人欲因应时世安置心灵和性命的必由之路。反对孔子、打倒孔子、离开孔子，是我们文明从宗亲单位走向四海之内、六合之外的必然过程，是我们文明从中国之中国走向亚洲之中国、世界之中国的必然过程。

老子说过，反者道之动。孔子反而不倒。反对孔子和返回到孔子那里去，都是人性和文明的真实。

如果现代科学、哲学给现代文明提供的基础支持足够有效，我们可以乐观地预言：当人类的一体化状态日渐深入人心之际，孔子的思想、言行、人生将是我们人类社会最可观的个体榜样。我们人类社会确实活出了老子、庄子，活出了基督、佛陀，但我们也活出了孔子。迄今为止，未完成的现代化其实是人类的一体化。未完成的现代性其实是致广大以尽精微而未能返回的现代性，它的返回或完成将是对传统文化的包容或说有效归队，是极高明而道中庸的反思人生。在这方面，无论是偏重个体化的老子、苏格拉底，还是同样有教主气概的耶稣、佛陀，都不如孔子那样入世，那样生动。文明在动态的平衡中，在沉淀积累中，或者将在加入陌生、异端、怪力乱神等第六伦后，把孔子以来的天地君亲师伦理发扬光大。

孟 子

健旺的生命力量

自省之书：中国原典的当代精神

将孟子的话跟当下的生活相对照，我们会马上想到今人的生活是回避"大道"的，今人不管"得道""失道"，今人追求的是拥有生存感，是时势权力。

有人问孟子，你对富贵不动心吗？孟子说他40岁以后就不动心了，他要的是"天爵"（仁义忠信），不要"人爵"（功名利禄）。

孟子对快乐的理解比拜物拜金者要深刻，即纯粹的物质拥有并非快乐，快乐跟物质无关，而是跟人心人性相关，跟他人的承认相关。物质只是基础，只是需要，快乐必须跟他人相连。

孟子的时间观

我曾多次说，孔子对时间没有什么感觉，如果他能思考时间的本质，大概他会从伦理学家进化成逻辑学家或科学家，会跟同时代古希腊的柏拉图、亚里士多德有更多的相似性；这一遗憾是由比亚里士多德小12岁的孟子来弥补的。遗憾的是，孟子的时间观没有得到足够的重视。在今天我们既追求浅近目标又瞻望历史和宇宙的长远目的之际，重温孟子的时间意识是很有意义的事。

孟子的时间观既是科学的，又是哲学的、政治的。在他那里，客观世界是可以认知的，"天之高也，星辰之远也，苟求其故，千岁之日至可坐而致也"。在这方面，最重要的尊重客观规律，也就是要尊重时间。在中国历史上，大概孟子是第一个重视时间的人了。

时间赋予了万象意义，时间有指示、有力量、有作为。孟子认为，人生社会最重要的是不要违背时间的指令。他为梁王设计治国方案时，把"不违农时"放在首要位置："不违农时，谷不可胜食也。"他反复强调："百亩之田，勿夺其时，数口之家可以无饥矣。"他再三强调："百亩之田，勿夺其时，八口之家可以无饥矣。"

孟子对时间的感觉是极为细腻的，他并非农人，但对农耕生产极为熟悉，如他跟梁王谈话时就说："王知夫苗乎？七八月之间旱，则苗槁矣。天油然作云，沛然下雨，则苗浡然兴之矣。其如是，孰能御之？"

虽然孔子因为时代的限制对时间没有过深入的思考，但孟子高度评价了孔子的时代意义："伯夷，圣之清者也；伊尹，圣之任者也；柳下惠，圣之和者也；孔子，圣之时者也。孔子之谓集大成。"可见，在孟子那里，有天文自然时间，有人文社会时间，人要像农夫那样知时、守时、不违时。也许因为孟子的这一教化，后来的中国人也极为重视人与时间的关系，我们经常说一个人命好命坏，说他发达或倒霉，就说这个人"时来运转""走运了"，或"背时了"。

除此以外，孟子还有一种更宏大深远的时间观。他对人生百年、对世代、对代际传承也有开创性的发现，他说过："君子之泽，五世而斩；小人之泽，五世而斩。"这句话也影响了千百年来的中国人，许多中国人对此"判词"深信不疑。

为什么孟子会有这样的看法？其实他是立足于当时华夏文明的时间意识而得出的结论。在孟子的时代，华夏文明有着"五行生克"的思想，金、木、水、火、土五行相生相克；同时，一个循环的时间链条也是春、夏、长夏、秋、冬五季。木生火，即为春后为夏；火生土，即为夏后必为长夏；土生金，即为长夏过后必是秋；金生水，即为秋后必然为冬；五行循环之后，则要开始一轮新的循环。故孟子根据这样的时间意识得出结论，一个君子的功德或小人的遗产，顶多到了五代，就结束而告一段落，进入新的生长序列了。

孟子的这一时间意识影响了后来的不少人。苏东坡有名句："'月明星稀，乌鹊南飞'，此非曹孟德之诗乎？西望夏口，东望武昌。山川相缪，郁乎苍苍。此非孟德之困于周郎者乎？方其破荆州、下江陵，顺流而东也，舳舻千里，旌旗蔽空，酾酒临江，横槊赋诗，固一世之雄也，而今安在哉？"

因为对五行思想的排斥，不少人想当然地认为孟子的观念来源于经验观察，很多人甚至认为，孟子的观察还太善良了，因为大家看到的，君子小人的传承不是"五世"而是三世，即所谓"富不过三代，穷不过三代"。但实际上，孟子的观察既立足于经验，也立足于坚实的时间观，后者既是科学，也是信念。

现代人对孟子理解肤浅了。聂云台在他的《保富法》中写道："我私下常想孟子所说的'君子之泽，五世而斩'这句话的含义。乐山公的子、孙、曾、玄四代都发了科第做官，到了第五代的亦峰公，也仍然能够积极地行善积德，发扬祖先的遗德；而到了我的父亲中丞公，则更为贵显。本人则忝为第七代，仍然承受着乐山公的余荫遗泽。所以说乐山公的厚德，泽被子孙，实在是已经超过孟子所说的五代了。"聂云台没有理解，他的家族七代八代而昌，是因为他家"乐山公"不仅积下厚德，也建下大功。孟子之前的思想家说过"夫成天地之大功者，其子孙未尝不章"。聂云台以及众多的中国人更没有理解，孟子的"五世而斩"谈论的是一种生命的完整性。即一个人的精神再怎么丰富，他仍是有缺憾的，他需要子孙来填充，来寻找人世的完整。

就是说，"五世而斩"可以理解成"五世而成"。家族成员之间、代际之间，在社会上的体验或角色表达上有分工之必要。家的本质之一即是分工，这种分工后的综合则意味着全面、整体。也就是说，社会分工落实到家族成员之间，只有一个家族走遍社会的阶层、职业或事业时，这个家族的使命才算告一段落。一世开拓既浇灌了它的王谢人物，也成全了寻常百姓。这就是为什么我们都同意，"旧时王谢堂前燕，飞入寻常百姓家"不仅仅是悲剧，也是正剧。我们也都看到，那些曾经权倾一时的家族，那些富可敌国的家族，其后代必然会有在文化艺术上的胜出，其后代也会在渔樵耕读上下功夫，道理即在于此。人们说"三代看吃，四代看穿，五代看文章"，道理即在于此。

事实上，对时间的观察思考是先哲或中国文化的一个重要领域。如"岁时"就是一种时间组合的概念系统，"岁"指一年的时间周期，"时"指一岁之中的时令季节。一个轮回的时令季节组成年度时间，即古人所说的"四时成岁"。先人在观察自然物候变化的经验基础上，还发现大地的万物生长与天空的日月星辰有一定的对应关系，于是产生了时间、空间、人事（农事）相互对应的时令意识，也叫"月令"，一种律令。先人对时间的观察是极为精细的，人们称研究时间的人为"传天数者""日者"。司马迁甚至不惜笔墨，为"日者"写传，即史记中极为精彩的《日者列传》。

孟子是最早意识到要重视时间的思想家之一，他曾经说过："今之欲王者，犹七年之病求三年之艾也。苟为不畜，终身不得。苟不志于仁，终身忧辱，以陷于死亡。"后来的思想家也明确说："夫大人者，与天地合其德，与日月合其明，与四时合其序，与鬼神合其吉凶。先天而天弗违，后天而奉天时。"苏东坡的名言是："用舍由时，行藏在我，袖手何妨闲处看。"

在关于时间的思考中，孟子还说过一句名言："五百年必有王者兴！"他的原话是："彼一时，此一时也。五百年必有王者兴，其间必有名世者。由周而来，七百有余岁矣。以其数，则过矣；以其时考之，则可矣。夫天未欲平治天下也；如欲平治天下，当今之世，舍我其谁也？吾何为不豫哉？"有不少人认为孟子的话并不科学，"不足为据"，孟子的话属于"无稽之谈"。

但事实上，对人类生命有深刻感知和研究的人能够理解孟子的结论，他的结论建立在概率、数据统计之上。即人类生命的诞生，按照年、月、日、时的类型来推算，大概240年能够穷尽一遍全部类型；从概率学上说，其中至吉类型即使错过一次，也会在下一个240年内出现。这在大吉的时辰诞生的人类之子负有治平天下的使命。这就是孟子的结论，五百年必有王者兴！时、空之于生物界的关系，其实是普通人也能感知到的。穷山恶水、荒年凶时，难以生成优秀的景观，难以出现优异的人物。那么，以长时段来论，必然会有优秀者出现。当然，孟子还说过人的主体意识："待文王而后兴者，凡民也。若夫豪杰之士，虽无文王犹兴。"

较之孟子的时间观，我们今人的时间意识是极为薄弱的。我们对他人对后来人的期望真正是"无稽之谈"。我们曾经指望过"少年中国""五四青年""上山下乡的一代""80年代的新一辈""90后"……我们经常说，自己这一代是不行了，要指望出文学大师、学术大师，可能得靠"90后""00后"了；我们经常说，要想出跟世界接轨的政治经济人物，可能还得几代人之后；我们经常说，相信后代人比我们有智慧，把问题留给他们，把争议搁置起来留给他们……我们很少像孟子那样从"五百年必有王者兴"一语中起兴，能够正视自己的位置，能够自信自己对人类的贡献，而道"舍我其谁"！

舍我其谁

人们观察到现代社会的一个现象是，"搭便车"严重，这是我们当代人的乡愿或犬儒思维。对人生社会中很多应该做的工作，我们多指望别人去做，我们要么跟随其后，要么等着去享受、沾光、受益。这种心理使得我们对自己的生活缺乏足够的自信，我们的人格是矮化的。据说有中关村的企业家面对比尔·盖茨那样的企业家时就有些抬不起头来，"没想到他活得那么阳光！"其实，活得阳光的人岂止外人，翻开《孟子》一书，孟子本人就给我们做出了人生的表率。在照亮幽暗的心理、培育健全的人格方面，没有比《孟子》更让人提气的书了。

我多次说过，传统中国的圣贤都有着现代社会所称道的公民人格。这句话来源于《孟子》，孟子说过："圣人，与我同类者。"（《告子上》）。在孟子时代，世道浇漓残酷远甚于今日，以至于他比孔子等前贤要更多地关注人性的善恶，但他坚定地说，人性是善的。他认为"人皆有不忍人之心"，"所以谓人皆有不忍人之心者，今人乍见孺子将入于井，皆有怵惕恻隐之心。非所以内交于孺子之父母也，非所以要誉于乡党朋友也，非恶其声而然也。由是观之，无恻隐之心，非人也；无羞恶之心，非人也；无辞让之心，非人也；无是非之心，非人也。恻隐之心，仁之端也；羞恶之心，义之端也；辞让之心，礼之端也；是非之心，智之端也"。

我们可以想象，孟子并非没有看到人性的阴暗一面、社会的无望一面，但他仍对人或说人生寄予了美好的希望。他的目的无非是如钱穆先生所说：一是启迪人们向上的自信；二是鞭促人们向上的努力。他自己在40岁出头时起就奔走于邹、齐、鲁、宋、梁、滕等国之间，在诸侯之间宣扬自己的学说，但直到70余岁仍是徒劳无功。他一辈子都没有实现自己的理想，但他坚定地"自任以天下之重"。

读孟子的书，了解他的人生，令我们很多人汗颜。当代的很多"屌丝"或受过教育仍以为自己是"升斗小民"的人，面对孟子恐怕应该惭愧才是。我们以为自己穷苦，没有条件，但孟子的名言就是，"君子不怨天，不尤人"；我们以为苦难遥遥无期，活着的目标大概只能是早日脱贫而已，但孟子却说"故天将降大任于斯人也，必先苦其心志，劳其筋骨，饿其体肤，空乏其身，行拂乱其所为，所以动心忍性，曾益其所不能……"。

孟子的心力太强大了，当代社会很少有孟子那样的人物。我们从孟子那里可以感受到一种健旺的生命力量，用他自己的话说，这是一种"天地浩然之气"。在孟子看来，每个人都有这种浩然之气，就看人是否能够自觉到这一点。有这种"人的自觉"的人在中国历史上大概只有魏晋风度和五四运动、新文化运动等时期的思想家们可与之相比。

曾有人问孟子，你有何长处？（"敢问夫子恶乎长？"）孟子的回答是："我知言，我善养吾浩然之气。"我们今天在这类谈话中，多半是说自己会英语、驾驶、会计、企业管理、职业培训，换言之，我们把自己人力资本化了。但孟子坚持人格的丰富完整，他在讲述"我善养吾浩然之气"时说："其为气也，至大至刚以直，养而无害，则塞于天地之间。其为气也，配义与道；无是，馁也。是集义所生者，非义袭而取之也。行有不慊于心，则馁矣。"孟子认为，个人只有善养这种"浩然之气"，才能贯通天地，并使自己跟万物有同情之理解。"万物皆备于我矣，反身而诚，乐莫大焉；强恕而行，求仁莫近焉。"这样的话相当于马克思所说的"人所具有的我都具有"。

这种对人格的自我期许值得今人深思。孟子奉行的是积极入世的人生观，他是真正"知其不可为"也要"为之"的典范，他是力挽狂澜的榜样。在他那里，时代混乱也罢、残酷也罢，都需要人挺身而出。后来人在这种人格方面退步了许多，一退为

"天地闭,贤人隐"的思想,再退为"用舍由时,行藏在我"的思想,三退为"同流合污"(If you can not lick him, join him!)的思想……

孟子说他那个时代的混乱,"杨、墨之道不息,孔子之道不著,是邪说诬民,充塞仁义也。仁义充塞,则率兽食人,人将相食……"在这样的世道面前怎么办?孟子说他想到了历史上的圣贤们:"昔者,禹抑洪水而天下平,周公兼夷狄驱猛兽而百姓宁,孔子成春秋而乱臣贼子惧……我亦欲正人心,息邪说,距诐行,放淫辞,以承三圣者,岂好辩哉?予不得已也。能言距杨、墨者,圣人之徒也。"

孟子的这段话可圈可点。他想到了圣贤精神,即我们说的现代文明国家的公民精神,我们从王小波的名言中也可以印证这种精神与公民之间的关系。王小波曾说:"我认识很多明理的人,但他们都在沉默中,因为他们都珍视自己的清白。但我以为,伦理问题太过重要,已经不容我顾及自身的清白。"

可以说,王小波的感叹、孟子的"不得已"都说明人面对黑暗的态度,那就是迎难而上。孟子总结,这就是舍生取义,"生,亦我所欲也;义,亦我所欲也,二者不可得兼,舍生而取义者也"。孟子说,"仁,人心也;义,人路也。舍其路而弗由,放其心而不知求,哀哉!人有鸡犬放,则知求之;有放心而不知求。学问之道无他,求其放心而已矣"。

读孟子的书让我们重温何谓大丈夫、何谓大写的人,但孟子让我们理解,这才是正常的人、阳光的生活。只有这样的人格才能自信而努力，用孟子的话便是："王如用予，则岂徒齐民安？天下之民举安。"也只有这样的人格才不会把世界交给别人，而是当作自己的，才能自救并救他，自度并度人。用孟子的话说："五百年必有王者兴，其间必有名世者……如欲平治天下，当今之世，舍我其谁也？"

人生的乐趣

说起圣贤对人生的看法，多半让人沮丧。比如老子把人生跟"道"捆绑在一起，孔子把人生跟"礼"捆绑在一起，墨子明确人要"非乐节用"，释迦牟尼认为人生是苦的，耶稣认为人生来是有罪的……即使承认人生有快乐，但大多数圣贤对快乐的阐释也过于简单化，以至于一般人不敢公开正面谈论人生的乐趣，一般人以为做一个圣贤或做一个高尚的人就是一脸严肃、苦相、忧患……

当孟子见梁惠王的时候，梁惠王正站在池塘边看着他驯养的飞禽走兽，见孟子也好奇地看着他养的宠物，梁惠王开口了，他问孟子："像你这样的贤人也好这个吗？"还有一次，齐宣王在别墅雪宫里接见孟子，见孟子顾盼，齐宣王说："像你这样的贤人也喜欢这种享受吗？"我们可以想见今天的"土豪"在其庄园或别墅里跟前来做客的学者作家聊天，大概也会有这样的谈论。可以说，从古到今，人们多以为知识人尤其是圣贤、仁人志士们是穷困的，是忧国忧民的，是与快乐、享受无缘的。

但孟子颠覆了古今中外的这种印象。他对梁惠王明确地说，贤人因为其贤才会有物质享受，不贤的人有物质基础也不会感到快乐，"古之人与民偕乐，故能乐也"。贤人与大家同乐，故能够享受真正的快乐。他与齐宣王谈论别墅一类的物质享受时则说："人不得，则非其上矣。"人们要是得不到这种快乐，就会埋怨他们的政府。"不得而非其上者，非也；为民上而不与民同乐者，亦非也。乐民之乐者，民亦乐其乐；忧民之忧者，民亦忧其忧。乐以天下，忧以天下，然而不王者，未之有也。"

孟子对快乐的理解比拜物拜金者要深刻，即纯粹的物质拥有并非快乐，快乐跟物质无关，而跟人心人性相关，跟他人的认同相关。物质只是基础，只是需要，快乐必须跟他人相连。这就是心理学所说的"承认的需要"。这种"承认"，中国人一度将其庸俗化，以为自己的成就需要他人的"看见"，如古人所说，"富贵不还乡，如衣锦夜行"。也是因为这种认知，梁惠王、齐宣王、今天的"土豪"都希望有人"看见"他们在享受，孟子说，真正的快乐不是这样的，他举例说，《诗经》里记载周文王建"灵台"这个建筑，"经始灵台，经之营之，庶民攻之，不日成之。经史勿亟，庶民子来。"周文王开始规划造灵台，仔细营造巧安排。天下百姓都来干，几天建成速度快。建台本来不着急，百姓起劲自动来……周文王发动大家来干活，大家干得挺欢乐，这就是真正的快乐。

孟子一再阐发快乐的普世性。当庄暴忧心忡忡地告诉他齐王是音乐"发烧友"，只喜欢听流行音乐时，孟子从这一喜好中看到了劝谏、改善的契机，"王之好乐甚，则齐国其庶几乎！"他面见齐王，用道理事例启发齐王，独乐乐与人乐乐，独乐不若与人；少乐乐与众乐乐，不若与众。结论是与民同乐，可以统一天下。

这种从音乐出发以说明人生快乐真谛的办法，可说是中国文化的一大特色。即人生快乐的通道之一是音乐，音乐即悲欢快乐。《礼记》中记载说："美哉轮焉！美哉奂焉！歌于斯，哭于斯。"《诗大序》中说："情动于中而形于言。言之不足，故嗟叹之。嗟叹之不足，故永歌之。永歌之不足，不知手之舞之，足之蹈之也。"孔子则明确地说："兴于诗，立于礼，成于乐。"音乐是人生的大成就，快乐是需要哼唱咏叹的。其实不仅中国人深谙音乐的本质，其他民族的文化也洞明音乐的功能，即音乐是人的天性表达，音乐跟快乐幸福相通，跟物质无关。罗斯金观察到，一个少女可以为失去的爱情而歌，守财奴却不会为丢失的钱财而唱。这也说明音乐、快乐跟人性人情的审美一面或高尚一面相关。

遗憾的是，后来的中国人在某种意义上失去了音乐细胞，比起周边民族，汉族是一个不大会歌唱的民族，汉族因为天灾人祸饱受折磨，成为一个苦大仇深、身心受创的民族，汉人的快乐因为乐感的丧失而大打折扣。今天的很多人对音乐的理解多执一端，很少丰富全面。尤其是当代的知识人，在孟子面前恐怕要惭愧得多，因为孟子不仅心忧天下，他也是一个快乐的人，他也是一个对音乐有极深体验、极高感悟的人。孟子论孔子，正是从音乐的维度来谈论，并从音乐的角度说明孔子是人生的大成就者，"孔子之谓集大成，集大成也者，金声而玉振之也。金声也者，始条理也；玉振之也者，终条理也。始条理者，智之事也；终条理者，圣之事也"。其实，不仅孟子十分懂音乐，孔子也是音乐"超级发烧友"，他自称闻《韶》"三月不知肉味"，这是何等的生命感觉，何等的生命体验，何等的生命享受！

我们由此可见，孟子对人生快乐的理解是通达的，他的心量是宽广的。在孟子的快乐里，人生没有忧郁、狭隘可言，没有阴暗、琐碎可言。不仅如此，孟子还详细说明了一个君子的三种快乐："父母俱存，兄弟无故，一乐也；仰不愧于天，俯不怍于人，二乐也；得天下英才而教育之，三乐也。"孟子再三强调："君子有三乐，而王天下者不与存焉。"也就是说，那种以德服人统一天下的事业不在"君子三乐"之中。我们考察孟子的"三乐"，可以说都是一个人人生的正常经验，能够养亲守身，能够心地坦荡、俯仰无愧，能够跟天下英才相交，证道传道，这是人生的快乐。

这种"君子三乐"是一个参照，现代社会中的国民与之相比，都值得反思。我们现代人的人生与之相比，快乐太脆弱、太短暂了，孟子的"三乐"则夯实了人生的修齐层面，夯实了大道的传承层面。一个如此快乐的人生真正是值得过的。

民贵君轻的大丈夫

年轻时读《孟子》，对孟子会想当然，总觉得他气势压人，后来通读《孟子》，才发现他的伟大，他能够被称为"亚圣"实在是当之无愧。编辑《东方圣典》一书时，再次通读《孟子》，竟多次为孟子的言行感动，孟子不但有形而上的思考，且对普通人的生活有具体切实的安排。他是热心的，也是务实的，他对当时华夏民族的人生社会有着"总体性"的解释和方案。儒门中有这样的思想家是儒门的光荣。

孟子的思想博大，但我们读《孟子》，最重要者可能要面对他照一照自己。历来都有统治者读《孟子》想到自己而恼羞成怒，估计我们很多普通人面对孟子也会羞惭无比。孟子几乎是中国历史上第一个提出"民贵君轻"思想的人，这一思想在今天"官本位"盛行的心理面前仍有极大的意义。

孟子"轻君"不是我们普通人对君王任意贬损，他承认当时的官爵体制"君一位，卿一位，大夫一位，上士一位……"，也就是说，君王并非无等级可言，并非可以为所欲为，他只不过高卿一等而已。为此，他曾逼问齐宣王："士师（最高法院院长）不能管束下面的士（法官），该怎么办？"齐王说："撤职。"孟子又问："国内政治不轨，该怎么办？"齐王只能"顾左右而言他"。这种官大一级只是班爵定位而已，各有职守，各司其事；如不称职，则可以撤换。但后来的中国人不仅把君权抬到神权的地步，甚至把官家抬到至高的地步，官民认可这样的政治原则：官大一级压死人。这样的民族心理较孟子大大退步了。

孟子"轻君"的基础在于贵民。他说过这样的意思："民为贵，国家政权次之，君王为轻。故得到民众的拥护，就可以做天子；如果君王危害到国家政权，就另立新的贤王。如果社会财富积累得很多，大型活动美轮美奂，却还发生天怒人怨之事，就要另建新的国家政权。"

民贵君轻的思想在中国有着悠久的历史。《尚书》中明确地说："民可近不可下；民为邦本，本固邦宁。"最早唱出"帝力于我何有哉"歌谣的是一个无名的老者，喊出"时日曷丧"的据说也是夏朝时的民众……这些想法多出于本能，到了春秋时代，华夏民族心智开启，人们开始理性地思考人生社会秩序。春秋时期随国的贤臣季梁开创性地提出"夫民，神之主也"，他认为君王应先使民众有所成就，然后才尽力于事奉神灵。宋国的大夫子鱼则说："祭祀以为人也。"祭祀活动是为了人的福祉。楚武王的夫人邓曼说，如果士兵没有伤亡，只有君王死在路上，这是国家的洪福啊……但正如思想史家们指出的，这些思想停滞在"民本主义"的阶段，而孟子却在君权、神权盛行的时代，跨入了民权主义的殿堂。

《孟子》记载了两次他跟君王的对话。一次是齐宣王问孟子："商汤流放他的君王夏桀，周武讨伐他的君主商纣，有这样的事吗？"孟子回答说："古书上有这种记载。"齐宣王问："难道臣子可以妄杀君主吗？"孟子说："伤仁者谓之贼，害义者谓之残，残贼一类的人，称为匹夫。只听过诛杀匹夫纣，没听

孟子·健旺的生命力量　095

说过这是弑君一类的事情。"另一次，孟子告诉齐宣王："君王把臣子看作自己的手足，臣子就会把君王看作自己的心腹；君王把臣子看作犬马，臣子就会把君王看作过路的人；君王把臣子看作泥土草芥，臣子就会把君王看作仇人。"

孟子还说："君有大过则谏，反复之而不听，则易位。"君王有大过失就要批评，再三劝说不听，就要换掉他。这样的思想可能后来的知识分子都不曾有过，曾有学者说，很多知识分子对统治者的态度是孔子式的，"跛踏如""与与如""鞠躬如也"……这是说见大人物不由自主地显示出局促不安的样子、中规中矩的样子、点头哈腰的样子，他们对大人物寄予了幻想，即使幻想破灭，他们仍无表示。已故的思想家朱厚泽先生说，"我们这些人的存在，给了你们年轻人以希望，而事实上，没有这个希望。"这是真正的大见识，即每一个人的成就或救赎都只能靠他自己的行为，而非寄望于外界。

对有事无事来运动民众的大人物，孟子也有明确的态度，他说："无罪而杀士，则大夫可以去；无罪而戮民；则士可以徙。"就是说，动不动以"莫须有"罪名来抓捕人以维持稳定，"恐怖下的和平"，人们有权利以脚投票，移居外国他乡。至于残仁害义者，那更应该代天行诛了。在这方面，跟孟子同道的是罗尔斯，罗尔斯在跟学生讲他的正义论时，学生问，你的理论头头是道，但若遇到的统治者是希特勒怎么办，罗尔斯的答案是，我们只有杀死他，才谈得上建设公正的问题。

因此，统治者面对孟子的恼怒可想而知。宋代的高宗皇帝就大为不满，问臣子："纣王是一个君王，孟子凭什么叫他'一夫'？"臣子说："这不是孟子的发明，是他引用武王誓词中说'独夫受，洪惟作威'里的称呼。"高宗问："凭什么说'君之视臣如土芥，则臣视君如寇雠'？"臣子回答："这也不是孟子的发明，他是根据《尚书》'抚我则后，虐我则雠'而说的。"宋高宗还算理性，到了明代的朱元璋，看到孟子的话，立刻废掉对孟子的祭祀，并用箭射伤进谏的大臣。

我们由此可见孟子思想的冲击力，它今天也仍挑战着我们。有不少学者指明我们社会流行的主义是"官家主义"，流行的文化是"官本位"文化，社会心理是人人争做大人物的心理，也许我们从精英到普通人，面对孟子都应该汗颜才是。孟子的民权思想是一以贯之的，他甚至看透看穿了大人物的虚妄，他明确地说："说大人，则藐之，勿视其巍巍然。堂高数仞，榱题数尺，我得志，弗为也。食前方丈，侍妾数百人，我得志，弗为也。般乐饮酒，驱骋田猎，后车千乘，我得志，弗为也。在彼者，皆我所不为也；在我者，皆古之制也。吾何畏彼哉？"有网友这样翻译孟子的话：跟大人物说话，就得轻视他，不要把他身披的貌似巍巍然的"马甲"放在眼里，他不过就是住得宽敞，吃的菜好，女人多而已。他那一套咱们有机会也不肯干，咱们干的都合古礼，都合人生社会正义，怕他干什么？

孟子的人格平等观念是我们社会极为欠缺的。杜甫有诗："朝叩富儿门，暮随肥马尘。残杯与冷炙，到处潜悲辛。"是我们中国普通人包括知识人的写真。宗臣的名篇《报刘一丈书》

中说一个见大人的趋炎附势者对熟人吹牛"适自相公家来,相公厚我,厚我!"这同样是今天人们面对大人物、名人、官员的心理,是人类追星时的心理写照。遗憾的是,具有孟子思想的人太少了,也有例外。宋代的官员宋祁曾遇到过一个老农,他慰劳那个正在耕地的老农:"丈人甚苦暴露,勤且至矣。虽然,有秋之时,少则百囷,大则万箱。或者其天幸然?其帝力然?(老丈辛苦了,但到了秋天您会大丰收啊。您觉得应该感谢老天眷顾,还是该感谢皇上洪福呢?)"老农俯而笑,仰而应,说:"何言之鄙也!子未知农事矣。……今日之获,自我得之,胡'幸'而'天'也?且我俯有拾,仰有取,合锄以时,衰证以期,皐乎财求,明乎实利,吏不能夺吾时,官不能暴吾余:今日乐之,自我享之,胡'力'而'帝'也?吾春秋高,阅天下事多矣!(你真的不懂农事。我每日辛勤劳作,今日之获,全是我汗水换来,为何要感谢老天爷?我按时纳税,官吏也不能强我所难,我为什么要感谢皇上?吾春秋高,阅天下事多矣,没见过你这么蠢的!)"

有人问孟子,你对富贵不动心吗?孟子说他40岁以后就不动心了,他要的是"天爵"(仁义忠信),不要"人爵"(功名利禄)。他说:"今之人修其天爵,以要人爵。既要人爵,而弃其天爵,则惑之甚者也,终亦必亡而已矣。"孟子对人格的赞美千百年来鼓舞了无数的中国人——"富贵不能淫,贫贱不能移,威武不能屈,此之谓大丈夫"。

孟子眼中的道

孟子生活的时代，战国的序幕已经揭开。庄子总结说："道术为天下裂。"大道隐藏难现，甚至含污忍垢，那么人们的生活需要遵道重道吗？事实上，人们与大道相距甚远，人们没有生活在大道上、行走在大道上，人们在自行其是的道路上是拥挤的、推搡的、争执的。

孟子也深知大道不行，他只能怀念古代。他说，"古之贤王好善而忘势，古之贤士何独不然？乐其道而忘人之势。故王公不致敬尽礼，则不得亟见之。见且由不得亟，而况得而臣之乎？"古代贤明的君王一心向善，不把自己或他人的权势放在心上。古代的贤能之士何尝不是这样？他们一心追求永恒的法则，不把他人的权势放在心上。

当然，孟子自己身体力行了。他像"乐道忘势"的古之贤士一样，在君王面前不卑不亢，在义利面前舍利取义，在生和义面前舍生取义……道是重要的，孔子时代的抗暴人士跖被人骂为强盗，但他说过，盗亦有道。只是后来人们忘记了大道，人们宁愿挤在小路上，挤在自以为是的道路上，这就是鸡鸣狗盗之徒都津津乐道的人生的雕虫小技。人们说，蛇有蛇道，狼有狼路。

孟子对这种"道"并不看好，他认为与其称之为"道"，莫如说是时势，是势利。有人问他："公孙衍、张仪岂不诚大丈夫哉？一怒而诸侯惧，安居而天下熄！"孟子说："是焉得为大丈夫乎？子未学礼乎？丈夫之冠也，父命之；女子之嫁也，母命之。往送之门，戒之：'往之女家，必敬必戒，无违夫子。'以顺为正者，妾妇之道也。居天下之广居，立天下之正位，行天下之大道。得志，与民由之；不得志，独行其道。富贵不能淫，贫贱不能移，威武不能屈，此之谓大丈夫。"就是说，那种行"妾妇之道"而得势，一时权利熏天的人物，并非大丈夫，因为他们不在大道上。

孟子的这段话，对今天的我们尤其有启示意义。我们跟媒体一样，经常为成功人士、权贵人物顶礼，结果"起底"之后，我们才发现，这些成功人士和权力人物既无道德，是无道不轨之徒，又无能力保护自己和亲友，是失败者……

用孟子的话，这些人物、这些媒体，包括追逐其中的我们只具有"妾妇之道"。这样的人生是不值得的，也会是灾难性的。在孟子看来，这种无道之势组成的是无道的天下。但即使生活在无道的时代，真正的人仍有约束有规则，孟子说："天下有道，以道殉身；天下无道，以身殉道。未闻以道殉乎人者也。"就是说，在无道的时候，人应该把自己献祭出去，以弘扬大道，而不是让道屈从世俗的人和社会。

孟子对道的思考远非停在思辨、口号层面。孟子批评过他之前的思想家，如他认为杨朱、墨子都有片面性，都跟道相背离；至于另一人子莫取中庸，这当然好，但也不能一概而论，因为如果执中庸而无权变，就像一根筋一样，也是损害了大道。"杨子取为我，拔一毛而利天下，不为也。墨子兼爱，摩顶放踵利天下，为之。子莫执中。执中为近之。执中无权，犹执一也。所恶执一者,为其贼道也,举一而废百也。"可见孟子之陈义并非过高,而是极为平实的,他守道而不走极端。

孟子把人生落实在道义上,在他看来:"故士穷不失义,达不离道。穷不失义,故士得己焉;达不离道,故民不失望焉。古之人,得志,泽加于民;不得志,修身见于世。穷则独善其身,达则兼善天下。"这句有名的话,人们可以做很多阐述。孟子明确地说"穷不失义",即一个人在穷窘时不要因为挣生活而失掉道义。20世纪90年代初,中国的知识界中流行一个说法:先"下海"挣钱,等挣到钱了再来搞学术、搞文艺创作,我们从中可知当代的"士"跟孟子的要求有多么大的差距。孟子还说过,"达不离道",即一个人发达了不能因为权势而失掉道义。但我们看到生活中的情形往往是,一个人登上了高位,就为权势绑架了,他和亲友相诫或相勉的话多半是"不给他添麻烦""有事没事都别找他"……中国人感叹,"侯门一入深似海",或"人阔变脸",说明中国人生对大道的偏离。

孟子弘扬道义的生活,我们说这远非口号、大话、推理,而是东西方圣哲都洞明认可的宇宙法则。孟子看到了道的功用,他说:"域民不以封疆之界,固国不以山溪之险,威天下不以兵革之利。得道者多助,失道者寡助。寡助之至,亲戚畔之;多助之至,天下顺之。""得道者多助"一句今天已经成为中国人熟知的话语,孟子如此判断,背后有深刻的经验和理论证据。用佛法的话说,就是发心发愿之正大,从而心生万有万法。孟子之前的孔子,甚至说过极端的话,"朝闻道,夕死可矣"。后来的人对孔孟代表的先秦原儒精神充满了敬意，称其为"孔孟之道"。这个"道"，就是天地间的大道正道，就是我们的心灵。

将孟子的话跟当下的生活相对照，我们会马上想到今人的生活是回避"大道"的，今人不管"得道""失道"，今人追求的是拥有生存感，是时势权力。即使用孟子的话说，今人信奉的都是"妾妇之道"，但今人以为只要拥有权力，拥有了房子、车子等物质财富，也是值得的。遗憾的是，即使当代的文明财富足够个体在其中侥幸，在其中如鱼得水，但人们生存的命运仍在孟子之道的笼罩之下。

孟子说"失道者寡助"，我们在生活中也经常见这样的情形，无道失道者成为无助的孤家寡人；寡助之至，不仅周围的人畔之，就是他的亲戚也会畔之。我们看现实中很多争得不可开交的场面，看那些故意挑衅的场面，我们都可以想见其中的失道寡助畔之的原因。

由此看我们生活中的拥挤、拥堵、"口水战"，其实都与大道相去甚远；他们争论的弘扬的不是大道，他们争论的是"妾妇之道"，是自己作为"妾妇"的另一种姿态，即或者低眉顺眼，或者挤作一团。我们读《孟子》，或许能够回顾自己的生活。在挣到生活的同时，是否得道？

墨子

平民的理想主义

自省之书：中国原典的当代精神

墨子坚定不移地自称"贱人""北方之鄙人",他的学说,也多立足于工匠的实际生活,用当代人的话,他是"接地气的",他说的是"人话"。

读墨子的书,给我们最大的印象,在于他树立了人生社会的标准。这种标准并非普通人高不可攀,而是普通人都习以为常的性情道理。

"他以自己的天才力量不仅沟通了天地,而且沟通了上层下层,沟通了大人先生和黎民百姓。墨子以游士身份不曾依附上流生活,却把自己锻炼成了人民,从历史的黑暗中浮现出来。"

日常生活演绎出的理性

　　读《墨子》，给人印象最深的是他的思想、观念完全立足于现实生活、日常实践。他的书中充满了木鸢、车辖、咫尺之木、方圆、规绳、陶者、穴师……这类市井话语。他有名的《所染》开篇即是："子墨子言，见染丝者而叹曰：'染于苍则苍，染于黄则黄，所入者变，其色亦变，五入必而已则为五色矣；故染不可不慎也！'"

　　墨子从日常生活中的观察中抽象出普遍的道理，并运用到历史现实中去。"齐桓染于管仲、鲍叔，晋文染于舅犯、高偃，楚庄染于孙叔、沈尹，吴阖闾染于伍员、文义，越勾践染于范蠡、大夫种。"他最后感叹："'必择所堪，必谨所堪'者，此之谓也。"用我们现在的话说，墨子从染坊这一行业联想到人生社会的环境、交往对人的影响。

　　这是一种了不起的生活智慧。我们每个人都有这样的思维偏好，从一点、一个细节出发去把握万事万物的结构；比如当代人从《纸牌屋》《来自星星的你》等电视剧里去认识官场、爱情的本质或美国、韩国社会的生态，国人从《西游记》一类书中人物的命运中去把握中国社会的秘密……但墨子的高明处在于，他比一般人走得更远一些。他的抽象性演成了一种了不起的理性、逻辑，后人尊称为墨辩逻辑，跟古希腊的形式逻辑、古印度的因明逻辑并称为轴心时代的人类三大逻辑。

古希腊哲人德谟克利特认为，求故胜当波斯王，即找到一个原因的解释，胜过当波斯王。墨子的思想跟德氏有相似处，《墨经》中说："巧传则求其故。"即对世代相传的工艺技巧，要探明其缘故。也许正是这种求知心，使墨子发展了我们中国人极为罕见的理性，他成为我们中的异类。

墨子感慨："百工从事，皆有法所度。"墨子不仅求其所以然，还把理性精神上升到极为抽象的层面。他的工作是一步一步地完成的。我们看他的很多判断都似曾相识，如"知，材也""知，接也""身观焉，亲也""闻耳之聪也""久，弥异时也""传受之，闻也"……到了"循所闻而得其意，心之察也""执所言而意得见，心之辩也"，就有了思辨，有了分析综合的活动。而到了"中央、旁也""端，体之无厚而最前者也"，就出现了认识的飞跃，进入到思维的自由王国里。墨子意识到，一个事物的中央，可以是另一事物的周边，这是异于传统和常识的卓越见解，从中不难理解那些中心主义者的自大。后来的惠施说："我知天下之中央，燕之北、越之南是也。"而对点的理解，无厚而最前，不仅与欧几里得对点的定义相似，而且明白预示了由一点开始生成大千世界的本质。

由此可知我们跟墨子的距离。墨子跟我们一同起步，甚至他比不少"成功人士"或富贵二代的起点要低，但他从浅近处入手，持久地努力，一步步走向了思维王国的堂奥，收获了我们一般人少能窥见的大道至理。用墨子的话是："者行行者，必先近而后远。远近，修也；先后，久也。民行修，必以久也。"

我们以墨子的"兼爱"为例。他的兼爱思想就是从现实中收获的。我们今天知道，这是一种了不起的情操、观念意识和社会主张。包括中国人在内的东方人很少直面"爱"这一话题，人们多谈论"恩"，多谈论忠孝，最多把爱跟"仁"放在一起讨论，仁爱，而仁爱在我们这里是以己为中心推衍开来的"差序格局"。人们很少像墨子那样谈论爱，墨子是我们中间的异数，在于他像耶稣那样要求"爱邻如己"，他的"兼爱"既是启蒙运动以来的"自由平等博爱"之号召，又是当代社会深入人心的"公益""慈善"等人生社会价值的关键。现代很多志愿者意识到，在家国体系里，个人很难超乎家庭家族的利益，但在今天的时代，个人的情感认同、爱的实现则自然而然地跟他人相连了。

墨子的"兼爱"思想并非凭空想象，而是从现实中推断的。墨子说："天下之人皆不能相爱，强必执弱，富必侮贫，贵必敖贱，诈必欺愚。凡天下祸篡怨恨，其所以起者，以不相爱生也。""'无言而不应，无德而不报。投我以桃，报之以李。'即此言爱人者必见爱也，而恶人者必见恶也。"……墨子的比喻极为现实而精彩，"爱人非为誉也，其类在逆旅"。就是说，爱人不是为个人沽名钓誉，就像旅店接待客人一样，是为了与人方便。

墨子 平民的理想主义 *107*

墨子进一步的收获令人击节赞叹，他说："爱人不外己，己在所爱之中。"爱别人并没有把自己排斥在外，在爱别人的同时也就爱了自己。他从事物的包容性中看到了爱的真谛。他还说，"爱众众世，与爱寡世相若。兼爱之有相若，爱尚世与爱后世，一若今之世人也。"爱世间多数人和爱世间少数人相同，兼爱就是这样。爱上世之人和爱后世之人，都像爱今世之人一样。他从事物的共性和个性上看到了爱能抵达的终极。

什么是命运？

因为社会转型的特殊性，导致年轻一代人的生存"压力山大"，社会风气推波助澜，影响所及，很多人也以为人生命定，社会有"超稳定"结构。曾经遇到年轻朋友诉苦，他们说，就连村里的老人也不相信"勤劳致富""知识改变命运"一类的话了。社会流行的是人生身份地位的"形格势禁"，流行的是"啃老""拼爹""穷屌丝""高富帅"一类的宿命论词汇，就连学者出书也会使用"死生有命，富贵在天"一类的书名……我们还能上溯到几十年前的"血统论"——"老子英雄儿好汉，老子反动儿混蛋"。如果我们追溯中国的王朝社会的劝世打油，有"命中只有八分米，走遍天下不满升""阎王要你三更死，谁敢留你到五更"……我们可以说，对命运的理解仍是中国人或人性的一个难题。

但墨子在命定论面前的态度是坚决的，他的思想中即有"非命"一说。无论人们怎么说，"命富则富，命贫则贫；命众则众，命寡则寡；命治则治，命乱则乱；命寿则寿，命夭则夭"。一切都得听天由命。墨子斩钉截铁地说，强（努力）即命运，"强必富，不强必贫；强必饱，不强必饥"。这也是老子说的"知人者智，自胜者明"。

即使墨子为算命先生算计，他也仍有强大的逻辑和心性坚守自己。有一次，他要到北方的齐国去，遇到了算命先生。算命先生告诉他："帝以今日杀黑龙于北方，而先生之色黑，不可以北。"墨子不听，结果到淄水过不了河只好返回，算命先生说："我谓先生不可以北（我就说今天不宜北行嘛）！"墨子嘴硬："若用子之言，则是禁天下之行者也。是围心而虚天下也，子之言不可用也。（如果按照你的意思，那就天天不能出门了，这不是要禁止天下人互相往来吗？你这种违背人们正常意愿，将导致天下荒无人迹的鬼话，我是肯定不会采纳的。）"

墨子的"非命"有一套完整的表述。其中一个经验式论证道出了我们习焉不察的感受，那就是，我们对当下的大人物、成功人士多以为其命定，但对历史人物，又多承认其努力之功，这是我们未曾深思的矛盾，稍加追究，我们就明白命定论的荒唐。墨子说："列士桀大夫声闻不废，流传至今，而天下皆曰其力也，必不能曰我见命焉。"这些名士和杰出的大夫能名声长存，流传至今，天下人都说这是由于他们自己努力的结果，必定不会说是由他们的命运所决定的。

墨子说："夫安危治乱,存乎上之为政也,则夫岂可有命哉!"意思是,国家的政治清明,国家就会兴隆;国家的政治昏暗,国家就会衰落,这根本不是什么"命运"。墨子还说:"命者,暴王所作,穷人所术,非仁者之言也。"意思是,残暴的统治者编造出命定论的谎言,然后在劳动人民中传播,使劳动人民相信命运,从而巩固其统治,这是一种欺骗的行为。

不少人说墨子的非命是对当时的命定论的反抗,是对儒家学说的反抗。儒家确实对命运抱有一种达观的态度,孔子明确地说,"五十而知天命";孔子还说,"不知命,无以为君子"。但孔子乃至后来的孟子、荀子都对命运抱持积极的态度,这跟墨子的态度一样。孔子明确,"知其不可为而为之";孟子说,"吾善养吾浩然之气";荀子说,"人定胜天"……只是这些先儒或原儒的精神在实践中式微,他们对命运的某种认可也为后来者利用,如孔子说,"唯上知下愚不移";孟子说,"莫非命也,顺受其正"。而子夏说的"生死有命,富贵在天",更为小人儒或腐儒上场造势,他们把"知命""完命""尽命""改命"等庸俗化了。以至于后来的曾国藩等人都低头感慨:一命二运三风水,四积阴德五读书,六名七相八敬人,九交贵人十养生……

我们当代人对命运的理解仍停在经验层面,对先哲的思考和实践视而不见。自然,科学领域里的成果和命题,也不在我们的视野之内,我们很少了解,生命的起源、智能的结构仍是科学家们探索的命题。在科学尚无结论的地带,我们似乎还没有证据去断言或大言欺世：人的命，天注定。一些人甚至认为"官二代""富二代"注定为官为富，"学二代"为学，明星二代继续做戏子明星……这是一种情况，还有一种宿命是，一为文人，便无足观。民众的看法是，一旦读书，就迂腐成了书呆子。我们现在也是有如此感慨，那些多读了几本书的博士、学者、教授，摆脱不了寒酸气，且他们四肢不勤，五谷不分；那些农民子弟有小农意识……但是，这类命定的格局，在先哲那里也是可以打破的。

墨子以自己的人生实证了这一点。他本是儒门子弟，"墨子学儒者之业，受孔子之术"。他的作品中广泛引用《诗》《书》之章，也证明他确实学习"儒者之业"。墨子好读书，连目高于顶的庄子都称他"好学而博"。子墨子南游使卫，车中载书甚多。弦唐子见而怪之，曰："吾夫子教公尚过曰：'揣曲直而已。'今夫子载书甚多，何有也？"子墨子曰："昔者，周公旦朝读书百篇，夕见七十士，故周公旦佐相天子，其修至于今。翟上无君上之事，下无耕农之难，吾安敢废此？"可见墨子也是一个"书痴"。但墨子显然没有中了儒门的"毒"，人们都承认他叛出儒门，不仅跟孔子分庭抗礼，也大大校正了儒门的不足。

儒门的淡薄并非一般人能够理解，因为学儒可取功名富贵，故文化中人对儒门趋之若鹜，只有少数人能够理解儒门的本质或格局。千百年后，王安石还想以"变法""振兴儒家"自居，但张方平告诉他，赶超孔子的圣贤并不少。"江西马大师，汾阳无业禅师，雪峰，岩头，丹霞，云门是也。儒门淡薄，收拾不住，

墨子 平民的理想主义

皆归释氏耳。"这话让目高于顶的王安石欣然叹服。但是，即使这些一流的高僧大德，仍跟儒者处于相当的高度，尚未能像墨子那样，不仅同高，自作元命，而且补益，不依傍前贤而自铸伟辞，另开天地。

因此，我们可以理解墨子那样的"贱人"，能够自信、中气十足地说："执有命者，此天下之厚害也。"他认定命由心生，命由力成。这种对人生社会的乐观自信，也只有启蒙运动以来的口号可与之相比，如英国人说，人是宇宙的精华，万物的灵长！俄罗斯人说，做一个人多么骄傲！德国人说，人是目的！

贱人的自性和自信

我们中国"轴心时代"的诸子里，老子、孔子、庄子、孟子、韩非子、屈子等名声之大，几乎两千年来人人都能说其二三事；唯有墨子，当时及其后辉煌一时，秦汉后突然淡化以至消失，即使清末民初的知识界重新发现了他，但他在国人心中仍是相对可有可无的存在。这是一个令国人可羞的事实。

因为墨子既被标签化也归属于标签化的本质，即他跟孔老庄孟等人不同，后者更是书生的、精英的、成功人士的、上层的，墨子虽与上层打过交道，但一生都是底层平民的、力行的、苦行的、好学的……墨子几乎是传统中国文化中的异类，或许他也因此为传统中国遗忘两千多年。

我们今天学习墨子，首先要从墨子的人生当中受益。墨子有着先秦其他诸子少有的现代精神，这是我们当代人最应该感念墨子并从中取法的地方。先秦诸子，无非多是想做"人上人"，用当代人的话，想做"成功人士"、"富贵人士"；但墨子坚定不移地自称"贱人""北方之鄙人"，他的学说，也多立足于工匠的实际生活，用当代人的话，他是"接地气的"，他说的是"人话"。

读墨子的书，给我们最大的印象，在于他树立了人生社会的标准。这种标准并非普通人高不可攀，而是普通人都习以为常的性情道理。"兼爱""非攻""尚贤""非乐"……是墨子的关键词，亦是他的思想核心。这种思想，正是启蒙运动以来提撕的现代精神：自由、平等、博爱……

但我们注意到，这些思想，其实是平民大众日用而少有总结的习俗。遗憾的是，人性中最大的贪念之一，在于人性的自私、贪婪和懒惰，使人以为墨子的主张跟人性相冲突。墨子的思想是人生的高标而非人心理想，墨子的人生适合"清教徒"式的个人或团体组织，墨子流行一时，难以适应为欲望裹挟的大众。而现代人最大的误区之一，在于认为现代化是使人享乐的社会，是不需要人付出劳动、情感、思考的社会；墨子的思想因此被误解为是付出大于收获、吃力不讨好的。当代人多读孔子、老子，却少有人光顾墨子。

但墨子其实是值得我们再三致意的。我们说墨子代表了极为珍贵的现代精神，现代人需要充分的社会化，也需要充分的个体化,墨子的一生做到了。他生前被人称为"布衣之士",这是了不起的荣誉。用毛喻原的话来说,做一个普通人,是一项了不起的成就。包括传统士大夫或当代知识人在内的很多人,都可以被称为学者、仁者、诗人、作家,但很少人能被称为普通人。墨子做到了这一点。

这种现代性,在近代,为鲁迅意识到了。他的名言是:"有我所不乐意的在天堂里,我不愿去;有我所不乐意的在地狱里,我不愿去;有我所不乐意的在你们将来的黄金世界里,我不愿去。"鲁迅表达的,正是墨子终生实践的——活在当下,活在此时此地;不去羡慕天堂地狱,不去羡慕黄金世界,不去羡慕成功人士或上层下流生活。

充分的社会化和充分的个体化,这是"贱人""布衣之士"才具备的开放精神,才能抵达的人生圆满。跟普遍专制和等级专制中的人生不同,墨子是自由的社会的个体。正是启蒙运动以来的历史和理想告诉我们,天地间最伟大的事业,莫过于做一个人,因为一般者还不是人,因为学者、大师、政治家、巨富还不是人,因为名利包装的还不是一个人,因为人实际上是你,是我,是为那个全称的极远之你所完全映照的我。

墨子的社会化和个体化是一项至今少有人注意的成就,但从历代中国人的评价中可以看出某种人生社会的消息。庄子由衷地称赞:"墨子真天下之好也,将求之不得也,虽枯槁不舍也。"孟子对墨子意见极大,但他承认:"墨子兼爱,摩顶放踵利天下,为之。"北宋的道学家程颐在对墨子做激烈批评的同时,也不得不称赞:"墨子之德至矣。"

至于近代,梁启超曾说:"古今中外论济世救人者,耶稣之外,墨子而已。"晚年的鲁迅,他跟胡适一样称墨子是有史以来最伟大的人物,是我们民族的"脊梁"。

确实,如果我们不带偏见地看待墨子,他几乎是我们当代大众社会公民人格最合适不过的代表人物了。他的自性跟自信一样不假外求,他不需要外来的荣誉和装饰,他会衣衫褴褛地去见楚王。这一场景,两千年来,大概只有圣雄甘地见英国女王的情境可以相比,虽然丘吉尔那样的绅士或上层人恶毒地批评甘地是"半裸的骗子",但只有自性具足的人才知道衣物的无足轻重,精神的光辉已经说明一切。

这样的人生,也正是我们普通人日用而不知的情境。我们当代人日益把学习、公益、安全、信任等人生价值提倡弘扬,这正是大家尤其是墨子的一生实践的道路。借胡适的一句话,千载以下,我们看其他诸子有些远,但读墨子,我们知道,这个人是我们的人,是我们中间的一员。他让我们自信,也让我们返回自性。

疾病的哲学

墨子生活在大众之中,他有着我们一般人少有的底气。他对疾病的认知很健全。在他的思想里,疾病几乎是一个观察人生社会的喻体，一个独特的价值评判角度。

墨子善用疾病这一喻体。他有名的"兼爱"开篇即说，"圣人以治天下为事者也，必知乱之所自起，焉能治之；不知乱之所自起，则不能治。譬之如医之攻人之疾者然，必知疾之所自起，焉能攻之；不知疾之所自起，则弗能攻。治乱者何独不然，必知乱之所自起，焉能治之；不知乱之所自起，则弗能治。"庄子名言"治国去之，乱国就之，医门多疾"，大概是从墨子这里得到启发。

墨子劝说楚国停止攻打宋国时，也善用这一喻体，制止了一场"单边主义的国际战争"。墨子的智慧在于自己不说出病症而由楚国国王承认。他说的是："今有人于此，舍其文轩，邻有敝舆，而欲窃之；舍其锦绣，邻有短褐，而欲窃之；舍其粱肉，邻有糠糟，而欲窃之。此为何若人？"楚王脱口而说，这个人一定得了小偷小摸的偷盗病。接下来，墨子跟楚王、公输般继续论说，使楚王下决心停战。我们由此可知庄子"窃钩者诛，窃国者侯"一句名言的灵感来源。

当然，也有人跟墨子辩论时用这一喻体来嘲笑他，但他很好地化解了。巫马子谓子墨子曰："子之为义也，人不见而助，鬼而不见而富，而子为之，有狂疾！"巫马子这个儒生对墨子说，你行侠仗义，没见什么人服你，也不见鬼神赐福给你，而你还要行义，你大概有狂热的毛病吧！墨子反过来问巫马子赞同什么人，结论是巫马子也是赞赏这类有狂病的人。"疾病"在这里是一种情操，一种品质偏好；一如后来德国诗人歌德所说：

"我年轻时领略过一种高尚的情操,我至今不能忘掉,这是我的烦恼。"

就是说,在墨子那里,病有可恶,也有可贵。可贵的就是高尚情操的,可恶的则如"窃疾"一类的;但有更伤心的一面。子夏之徒问于子墨子曰:"君子有斗乎?"子墨子曰:"君子无斗。"子夏之徒曰:"狗豨犹有斗,恶有士而无斗矣?"子墨子曰:"伤矣哉!言则称于汤、文,行则譬于狗豨,伤矣哉!"墨子说,伤心啊!你们言则称商汤、文王这样的圣王,行事则以猪狗相比,伤心啊!墨子的这段话在今天尤其需要致意,从个人来说,大道息争,君子无斗,好斗的人多半有"疾",好斗的人也通常没有什么好下场。

我们知道,墨子在当时即被人们尊称为圣人,"才德全尽谓之圣人"。圣人会生病吗?圣人也会生病。子墨子有疾,跌鼻进而问曰:"先生以鬼神为明,能为祸福,为善者赏之,为不善者罚之。今先生,圣人也,何故有疾?意者,先生之言有不善乎?鬼神不明知乎?"子墨子曰:"虽使我有病,何遽不明?人之所得于病者多方,有得之寒暑,有得之劳苦。百门而闭一门焉,则盗何遽无从入哉?"

墨子病了,他的弟子跌鼻进来问他,先生怎么会生病呢,先生以为鬼神明察秋毫,能给人祸福,行善的得奖赏,为恶的遭到惩罚。先生是我们时代社会的圣人啊,怎么会得病呢?难道先生的话有不对的地方吗?难道鬼神瞎眼了吗?墨子回答说,虽然我生病了,但何必说鬼神不明察?人生病有多方面的原因,有因为寒暑冷暖不适而得病的，有因为劳动太苦太累而得病的，好比一百道门只关了一道门，强盗何愁不能进入呢？

墨子的这段话是大白话，他表达了一种健全的疾病观，即是人都是要生病的。只不过，疾病的性质有不同，如前说，有可恶的，有可贵的；如佛家说，有业力病，有外因病。我们身心所患的病症或是自找或是无意中外感而得，只要认清这一点，我们就会平实地看待疾病，对那些自找的毛病如"三高"、肥胖，我们应该批评；对那些外感风寒一类的毛病，我们则无须挂碍。很多人对疾病抱有不切实际的想法，一些人则受"心灵鸡汤"一类的洗脑洗心，以为人是可以不得病的，很多人以为锻炼者、练功者、修行者、大成就者、伟人圣人们是不得病的。人们忘了，就是墨子这样的圣人也是要得病的；就是释迦牟尼那样具足神通的觉者也是要得病的，佛陀晚年灭度前给众生示现的正是疾病，佛陀思想中极重要的人生之苦，病苦就占了四分之一。我们能够做的，就是靠风寒感冒一类的疾病增强身心的免疫力；同时，努力使自己远离颠倒梦想，不要得自我造业的"富贵病"或"不治之症"。

在去世前两年，鲁迅写下《非攻》，向墨子致意。他说墨子走了十天十夜赶到楚国，草鞋都断了好几回，像一个"老牌的乞丐"。墨子为宋国立了大功，但回到宋国时更晦气："一进宋国界，就被搜检了两回；走近都城，又遇到募捐救国队，募去了破包袱；到得南关外，又遭着大雨，到城门下想避避雨，被两个执戈的巡兵赶开了，淋得一身湿，从此鼻子塞了十多天。"

墨守的意义

我们都知道"墨守成规"这一成语。它来源于墨子和墨家学派,"墨守"的本义是指墨子善于守卫,他是一流的守城大师;但随着墨子和墨家学派影响的式微、我们文化中对积极进取精神的强调,"墨守"一词变得负面。明代的黄宗羲使用时就用了其不肯改变之义:"如钟嵘之《诗品》,辨体明宗,固未尝墨守一家以为准的也。"清代的王韬则说:"而至今,中法每不如西法之密,何哉?盖用心不专,率皆墨守成法,未能推陈出新耳。"这些大思想家们无视墨守更为伟大的意义,而借其指一种"固执旧法,一成不变"之义,将墨守成规一语狭隘化了。

我们读《墨子》,当知墨守成规的本来意义。墨子是"非攻"的,他反对战争,但在战争客观存在的现实里,他也不惧战争。他以道理和事实证明,他比一切好战者更善战。他的善于守城、能战和善战的事迹,早已名垂青史,千古传颂。中国文化中强调,止戈为武。以战去战,虽战可也。这在墨子身上表现最为典型。司马迁在《史记》中称赞墨子"善守御"。"墨翟之守""墨子善守"逐渐简化为"墨守"。经学家何休写书取名为《公羊墨守》即指《春秋公羊传》义理深远,不可驳难,像墨家守城一样坚不可摧。

墨子对战争的心得是:"战虽有阵,而勇为本焉""勇,志之所以敢也"。这不仅适用于战争,也适用于人生社会。在墨子看来，勇敢是跟智慧和道德相结合的，并非本能的、盲目的。因此，墨子从来不打无准备之战。他的防守工作极为细致，他以大量的篇幅来帮助人们如何"备城门""备高临""备梯""备水""备突""备穴"……可见其有备无患。

《备城门》篇说，在距离城门五步或城墙外战栅七尺处开掘深沟，地势高的地方掘一丈五深，地势低的地方掘到地下水位下三尺为止，以使沟内有水……《备穴》篇说，让陶匠做瓦管，放上糠与炭。在穴内建如窑大灶，用四个牛皮鼓风机和鼓风工匠来吹炭生烟而熏击敌人。若是敌人使用烟熏战法，则用酒精来排毒、消毒。这类似于现代战争中的施放催泪弹，且烟熏战和反烟熏战还体现了如今化学战的思路。《备穴》篇还说，当敌人挖坑道攻城时，在城内沿城墙挖井，把蒙上薄皮的瓦坛放入井中，让听觉敏锐的人伏在坛口细听，可以测出敌人的方向，从而进行反击。这是相当于测声仪了，且《墨子》中提到的类似的技术极多。墨子发明的连弩车一次可发射60支小箭，需要10个人来操作，"用矢无数"，是当时威力最大的武器。此外还有掷车，可以投掷刀剑、炭火筒、石头以及蒺藜；另有射机，可以旋转发射。看墨子一派发明的武器，其原理思路并未过时，至今仍在战争中使用。

我们读墨子的书，对其防御战考虑得那么充分、细致，真是有一言难尽的感慨。要知道，这是一个悲天悯人的思想家的贡献，他对人类的悲悯并非抽象的，他反对战争，却为人类考虑而把守卫战准备到极致。他的关怀是宏大而又细微的，他的方法是着眼于长远而又落实得极为具体的。正是有此种准备，他不仅能从道理上"非攻"，也能从"沙盘推演"上让对方心服口服。墨子以布衣之身去说服楚王和公输盘别攻打宋国。楚王同意了，但他们都舍不得放弃公输盘发明的攻城器械，想在实战中试试它的威力。墨子就当场比画，他解下衣带，围作城墙，用木片作为武器，让公输盘同他分别代表攻守两方进行表演。公输盘多次使用不同方法攻城，每一次都被墨子挡住了。攻城的器械已经使尽，而墨子守城的计策还绰绰有余。

墨子因此在当时即被誉为"善守的圣贤"。"墨守"的意义在今天想来格外新鲜。因为墨子代表了我们文化中少有的一种品质，即在清谈之外有更切实的努力。他虽然是"贱人"，一无所有，但他武装了自己，他能文能武，举手投足之间都具有创造力，而且是原创。在某种意义上，墨子的精神更与西方民族是近亲。在墨子的同时代，大概只有希腊的圣贤们可与之相比，像罗念生所告诉我们的："那些希腊诗人都是些高贵的公民，他们且是政治家，是重甲兵，他们自己是自己的保护人，从不望人家施什么恩惠。"

也就是说，墨子的精神首先是守卫自己、将自己锻造成人的精神。他也求于人主，但绝不像儒生们那样依赖他人，"三月无君则皇皇如也"。他也有清议玄思，但他立足于现实。一个年轻朋友曾经皈依佛门，后来还俗，无所事事，一度去帮一外出的诗人看守其房子。师父点化他说，自己的房子都没看守好，还去看守别人的房子。这一故事用来注解墨守，最好不过。

致歉墨子

行者纪彭要我给您写一封信，我轻率地答应下来，想想却犯难了。以我这样的中年，给您写信，从何说起呢，您和我的心智如何对话呢？您一生自苦、勇猛精进，我是在跟什么状态下的您交流呢？您去楚国制止一场战争的时候，不到30岁，跟纪彭的年龄差不多吧。你们都是行者，哪里听得进我的唠叨呢？我若饶舌，那不就成了您成行前的小人儒公孙高了吗？或成了您的学生曹公子一类大言炎炎者了吗？

那么我就祝您一路平安。

您走了十天十夜，到了楚国，经过动口动手的较量，打消了楚国攻打宋国的念头，用今天的话说，您制止了一场"单边主义的国际战争"。这一成就是当代的"纵横家们"望尘莫及的，那些在空中飞来飞去的政客去做"和谈"，多是加剧了国际社会的不安。

梁启超曾说："古今中外论济世救人者，耶稣之外，墨子而已。"晚年的鲁迅，他跟胡适一样称您是"有史以来最伟大的人物"，一向尊重我们民族的"脊梁"。在去世前两年，鲁迅写下《非攻》，向年轻的您致意。他说您到楚国时，草鞋都断了好几回，像一个"老牌的乞丐"，但为宋国立了大功的您回去时更晦气："一进宋国界，就被搜检了两回；走近都城，又遇到募捐救国队，募去了破包袱；到得南关外，又遭着大雨，到城门下想避避雨，被两个执戈的巡兵赶开了，淋得一身湿，从此鼻子塞了十多天。"

像您这样的年轻人,勇于行动者,我们今天的中国也有不少啊。我相信,他们都是您的精神传人。在世界范围内,像您这样的行动者更多。前不久,齐泽克在"占领华尔街"运动中演说:"(他们说)我们全是失败者,其实真正的失败者就在华尔街里,他们要靠我们付出数以十亿计的金钱救济才能脱困;有人说我们是社会主义者,但其实这里早就存在社会主义——是专为富人而设的社会主义;他们又说我们不尊重私有产权,但在2008年的金融海啸里,许多人辛勤工作买来的私有产业都被摧毁了,数量之巨,就算我们这里所有人夜以继日去动手破坏,几个星期也破坏不完;他们又告诉大家,我们这群人正在做梦,其实真正在做梦的,是那些以为现有的一切将会永远持续下去的人……"哈,我当时一看,就想到了墨子您。您提倡"兼爱""非乐""节葬""非命"等,也正是今天的行者志者们多所努力的。

比较您和今天的行者是没有意义的,却也是有趣的。比如说您那么穷苦,却能够"登其堂,入其室",跟权力者对话,这在今天是不可想象的。今天的权力,包括一切有权势者,都由各种制度、习惯、人物等包围住了,已经难得跟外人、陌生人、您这样的行者进行一次认真的对话。这一方面是权势者的问题,一方面是"高尚其事"者的问题。双方渐行渐远,不再能够尊重彼此。对权势者的制约只有借助制度、他的熟朋友、舆论等等来进行,权势者不再直接跟天地君亲师或陌生异己交流。

这种比较工作可以无限地做下去。比如，我觉得您才像哲学家称道的古希腊人："那些希腊诗人都是些高贵的公民，他们且是政治家，是重甲兵，他们自己是自己的保护人，从不望人家施什么恩惠。"您把全部的精力用来探索世界、培养自己，因此，您的才学识能够服务于大家。您非战非攻，但您是不战而胜的军事奇才，是守卫大师。您是科学家、逻辑学家、教育家、哲人、社会活动家……您这样的人，在当时当下都是生命自我完善的典范。而我们太多的生命个体，在完善进化的阶梯上往往到了某一阶段就停滞不前，我们多半成了温室的花朵，要进入圈子、机构中去才能存活。

您不是没有机会赚取生存的物质条件，您游说楚王打消了侵略宋国的念头，楚王读了您的书，虽然不愿实行您的主张，但愿意"包养"您，后来还要给您五百里的土地。您推辞了，说："道不行不受其赏，义不听不处其朝。"这话说得多好啊。类似升官发财的机会很多，越国也想给您土地，但您回答："越王如果信奉我的理论，采纳我的政治主张，那么我就甘心为越国效劳，何必分封于我呢？相反，如果不信奉我的理论，不采纳我的政治主张，而我又前去接受赐封，那么我就是用义去换取显赫的地位，这是我所不能做的。"可惜大多数人只想过好日子，管什么道义不道义啊。我曾说，我们大多数人都是黑格尔存在意义的庸众。我们比您老到得多，"成熟"得多。

说到这里，我明白过来了：跟您对话，其实是跟我们自己的青春理想对话，只不过，我们大多数人背叛了自己的青春，而您将人性人生的理想高洁贯穿始终，一生都高尚其事。唯有像您那样，去实现青少年时期的梦想，才会变成一个希望世界和平的社会活动家，才会成就一个对光学、数学、物理学、宇宙发生论都有收获的大科学家，才会成为一个善启蒙的教育家，才会成为一个敢于抵挡强敌入侵的大军事家，才会成为哲人、演说家、诗人、思想家……

我们现代人的生活几乎都是一个充满背叛的人生。我曾经写过一篇名为《背叛》的小文，为背叛青春的社会现象而伤感，许多人跟我说：你写的是谁谁谁，你讽刺了某某人；实际上我并没有针对具体的对象，我只是为我们几代中国人的背叛伤感。好在每一代人中，都有一些知行合一、一以贯之的行者、仁者、志者，都有一些能够完全理解人类的才能并实现人类才能的人。以您的才华，您完全也可以背叛您的来路，离开平民大众，去做一个"肉食者"，但您没有那样做，您只是顺着您的人生要求去成全自己，因此您比诸侯国家活得更长久。

因此，您在60多岁的高龄，还会赶到齐国去，劝说齐国不要攻打鲁国。因为您把自己锻造成为人间龙象，使任何人主、权贵都会心仪或屈服于您的精神。子墨子见齐大王曰："今有刀于此，试之人头，倅然断之，可谓利乎？"大王曰："利。"子墨子曰："多试之人头，倅然断之，可谓利乎？"大王曰："利。"子墨子曰："刀则利矣，孰将受其不祥？"大王曰："刀受其利，试者受其不祥。"子墨子曰："并国覆军，贼杀百姓,孰将受其不祥?"大王俯仰而思曰:"我受其不祥。"

这一对话多么简洁、痛快!您再次制止了战争,因为您和齐大王都知道不能蹂躏、作践任何人或毁灭生命,否则会"受其不祥"。"生,事之以礼;死,葬之以礼。""死者为大!"这一正大的信仰是当时的儒家墨家、国君鄙人等都具足的,只是今天的我们完全隔膜了。我们今天在权力烦琐的安排和市场花样百出的游戏里往而不返,已经失去了这种最低限度的伦理共识。

我有时候想,这个世界的不幸灾难多半的原因是失去了这类共识,失去了您这样的人中龙凤。重建生命的伦理价值共识,也是我多年来想做的工作。一个"当代汉语贡献奖"做了十年,差强人意。当时,我还曾想做另外一个奖,即以您和大禹的名字来命名的"禹墨奖",我甚至设计了这一奖采用非现代民主表决的方式,师法你们的指令和推举办法,指令得主为行动者模范的"巨子",看看它能否自己去繁衍。我们所要做的,只是找到第一个"禹墨奖"得主就可以了;以后的得主以及"巨子令"就由前者传递了。这一考虑有充分的依据,它不是表决性的,但也不会是独裁的,每一位"巨子"在指令自己的精神传人时,会征求他人意见,并做出自己的裁决。这是一种在当代喧哗的社会人群中寻找同道、识别行动者"精神家族"的办法,以慰藉那些孤独者,以方便他们的归队。我当时想到的,高耀洁传姚立法,姚立法传胡佳,胡佳传王克勤……每年传递,十年二十年后将会多么壮观。

当然，这种"单线传递""花果飘零"般的做法仍受到朋友们的质疑，以至于"巨子令"迟迟没有设计出来。这一想法只成为少数朋友们的谈资。想到你们墨家的"巨子"，孟胜、田襄子、腹䵍，也没有传下来，不免让人遗憾造化弄人。人们批评你们是小生产者的代表，是民粹主义，是黑社会，是帮会的祖师……哎，这种批评实在是文明史上的大小苍蝇，而您的光芒即使被遮蔽千年之久仍会闪现出来。

也因为这些想法，我对您一直怀有歉意。我还认识一位意大利朋友，他在英国修中国哲学时，选择的研究对象就是您。看到他在一本中英文对照的您的著作中圈圈点点，我有无来由的感慨。他当然是极佩服您，称道您百科全书式的学问和力行精神。惭愧的是我们至今尚未认识到您的博大和完整，我们有一种现代的方便法门，总是把您和一切如您一样的先哲肢解、归类、消费……而您的生活，您的喜怒哀乐，我们是视而不见的。您和弟子的关系，耕柱子、高石子、禽滑厘等，真是如父子兄弟。这种共同向慕道义的人生在今天是看不到了。

在多年前写作《老子传》的时候，我在最后借老子之口提到对您作为后起之秀的赞叹："他以自己的天才力量不仅沟通了天地，而且沟通了上层下层，沟通了大人先生和黎民百姓。墨子以游士身份不曾依附上流生活，却把自己锻炼成了人民，从历史的黑暗中浮现出来。"我还在这一虚拟的历史情境里说："老子告诉老朋友，三代文明有（墨子）这样的结果，也算是正果。只怕天下之大，容不下这样的人。"

跟您聊这么多,不知道您是否理解,是否感到安慰。生活这样艰难,大道多歧,历史有时渺茫,但您和一切仁人志士给予的光明既照亮了自身,也照亮了世界。

愿您的灵陪伴我。

韩非

玩弄权术与勇敢发声

自省之书：中国原典的当代精神

韩非直面时势,他的解决之道则是因应时势,他的名言"且民者固服于势,寡能怀于义",意思是大众不会讲理想,讲道义,大众是看时势的。

韩非以及韩非的追随者们都是如此,他们对权谋的热衷、对统治者的攀附,他们的心智注定会出现变异,而在历史的车轮前行时被碾轧而死。

韩非是落魄公子,在时代的大动荡面前本应是自卑的,位卑言轻的,但他的时代精神却让他逆流而上,站在时代的最高点。

千百年之后读韩非,我们仍会惊奇他的力行精神,以及他与时俱进的变革精神。

言说的困难

我们每个人都对言说的困难深有同感。那种口才便给、辩才无碍一类的才华,那种舌战群儒、铁口直断一类的机缘不是没有,只是离我们一般人太远,何况口才好的"纵横家们"仍多给人"巧言令色,鲜矣仁"一类的印象。总之,言说、劝说之难,是人类生活至今没有解决的一个问题。

我们今天能够同情地理解韩非子的时代。那个时代,只要你口才好,能够打动君王、"人主",马上会有荣华富贵,就像苏秦、张仪等人那样。但天下之大,类似苏秦、张仪那样的"成功人士"是极少的,大部分人在"推销"自己的过程中都经历了失败再失败。何况苏、张那样的人也是把脑袋别在腰上,随时会有杀身之祸。在资源被垄断的时代,人们不得不求助于言说,以求分得资源,或求有机会重新配置资源,但言说充满了危险。

韩非为此写了《难言》《说难》,来分析言说的困境。韩非感叹:"至言忤于耳而倒于心""度量虽正,未必听也;义理虽全,未必用也。大王若以此不信,则小者以为毁訾诽谤,大者患祸灾害死亡及其身"。而历史中的言说现象也让韩非看到了悲剧:"文王说纣而纣囚之;翼侯炙;鬼侯腊;比干剖心;梅伯醢;夷吾束缚;而曹羁奔陈,伯里子道乞;傅说转鬻;孙子膑脚于魏;吴起收泣于岸门,痛西河之为秦,卒枝解于楚;公叔痤言国器反为悖,公孙鞅奔秦;关龙逢斩,苌弘分胣;尹子阱于棘;司马子期死而浮于江;田明辜射;宓子贱、西门豹不斗而死人手;董安于死而陈于市;宰予不免于田常;范雎折胁于魏。此十数人者,皆世之仁贤忠良有道术之士也,不幸而遇悖乱暗惑之主而死,然则虽贤圣不能逃死亡避戮辱者,何也?则愚者难说也,故君子难言也。"

韩非从人性的阴暗中看到了言说的艰难。他说,国君像龙,其实也是一条虫,是可以由人驯熟而骑的。但是龙的喉下长着一片径尺的逆鳞,如果有人触犯了它,就必定要丧命。给君主提意见,要做到既能让他接受,又不触犯他的"逆鳞"。这种忠言逆耳,类似于民众所说的"老虎屁股摸不得"。我们普通人其实也是大大小小的或龙或虫似的"国君",我们多会接受恭维,而听不得批评。

在这样的人性困境中,如何进行言说,一直是人类的命题。在世俗性情境中,人们采取的办法通常是不用较真,维持表面的一团和气。卡耐基在《人性的弱点》中说,永远不要与人争论,试图说服别人,即使你有再充分不过的理由。韩非的感叹"愚者难说也,故君子难言也",类似我们当代人所说的:"你永远不要一个愚昧的人争论,那会把你的智商降到他的水平上。"

这种困境,反而给了纵横家纵横捭阖的机会。对韩非这样的法家人物来说，虽然言说难于上青天，但这条路值得大赌特赌。这其实也是"人性的弱点"。即使今天，人们也会感叹一些老板、政客、学者是"脑残""榆木疙瘩"，但人们仍以见后者为荣，至于能向后者提些意见建议更是乐此不疲。许多人认为，只要给他们一个见面的机会，他们就能影响政客、老板、学者……

韩非是集大成者，他对言说的思考当然深入细致。他的结论至今仍是很多中国人奉若珍宝的名言："事以密成，语以泄败。"他提出的忠告几乎是心理学很少触及的领域，他说，在谈话中不要触及对方心中的隐私；千万不要让对方知道，你掌握他的全部机密；筹划不周备的时候，谈话的内容绝不能太全面；交浅言深是大忌，和对方关系一般，却无所不言，事情即使成功了，对方也会很快忘记你，事情失败，对方更为记恨你；对方有过错，千万不可高谈大义讨人嫌；对方出奇招办成了一件事自以为功，你同样也知道这个办法，不能让对方知道；不能勉强对方做他做不了的事，更不能劝他停止根本停不了的事。

韩非深谙人性。他的告诫如同白描：在谈话内容上，与对方谈大人物，不能让对方以为你在挑拨离间；谈小人物，别让人以为你在卖弄自己的身份。谈与对方关系好的人，不能让人以为你在拉关系；谈与对方有仇的人，别让人以为你在搞试探。在谈话方式上：直截了当，会被认为太笨拙；琐碎详尽，会被认为太啰唆；简略陈述意见，就被认为是怯懦而不敢说话；说话办事大大咧咧，会被认为是粗野不懂礼貌。这些都要忌讳。韩非告诫说："知饰所说之所矜而灭其所耻。"意思是，一定要学会粉饰对方自夸之事，同时掩盖他所自耻之事。

我们由此可知人类尤其是中国人在生活实践中是怎样言说的：揣摩迎合、纵横捭阖、辩才无碍、巧舌如簧、装聋作哑、胁肩谄笑、溜须拍马、顺风推船、与时委蛇……在韩非子千年后的史书《南唐书》记载：南唐大臣冯延巳在一首《谒金门》词里写道"风乍起，吹皱一池春水"，成为流传一时的名句，也有才华的皇帝李璟戏问冯延巳："'吹皱一池春水'，干卿何事？"知趣的冯延巳赶紧说："未如陛下'小楼吹彻玉笙寒'。"李璟听后才高兴。

我们从韩非对言说的观察分析中能够认知人性的弱点，或人性的悲剧。遗憾的是韩非过于卖弄聪明，一味地在人性的阴暗中流连忘返。他未能向儒家那样"直道而行"，否则以他的智商肯定能够为中国人的交往沟通提供新的处理方式。司马迁感叹："余独悲韩子为《说难》而不能自脱耳！"这其中的因果大概也只有少数人能够领悟。我们今天幸运地站在前人的肩上，能够对这种因果律进行通达的理解，从扬雄到司马光等人，都对韩非现象做了表态，让我们多少明白人生的花实跟人性相关：你信仰什么，你爱好什么，你就会得到什么；你置身于人性之欲之恶，你也为人性之欲之恶吞噬。扬雄设问，韩非作《说难》之书，而最后死在"说难"，为什么他明明知道凶险，在认识上那么高超，在行动上却如此愚蠢呢？他的回答很简单，言说的动机就已经写好了结果。

确实，不仅中国的圣贤们不计较言说的困境，"正其谊不计其利，明其道不谋其功"，韩非的老师荀子虽然也知人性之恶，但他仍坚定地说"以仁心说，以学心听，以公心辩"；哪怕是西方的思想家们直面言说，其态度和结论也有异于韩非。后人概括伏尔泰关于言说的观点为："虽然我不同意你的说法，但我誓死捍卫你说话的权利。"这一名言代表了人性向上、明亮、超拔的精神，而得到了人们的礼赞。至于当代，哲学家哈贝马斯为此提出"主体间性""交往沟通理性"等理念，以使人们实现有效的交流。我们由此可知，韩非虽然洞幽烛暗，理解人性的弱点，他却没能理解，人性有另一条通道。站在前人的肩上，重读韩非的言说篇章，我们更可确知，那些阴暗的人性心理是需要我们共同抛弃、超越的。

时代变了

每一时代的人在人生社会的展开中都会获得自己的时代意识，都会形成自己的史观。只不过，我们很多人的时代感或史观多是本能的，很少出于深入的研究思考。当时代不断派发红利时，我们会欢呼赶上了一个空前的好时代。当社会的污染触及空气和水时，我们会怀念曾有过的好环境。当世道淡漠人心飘忽不安时，我们会怀念逝去的亲情、家族伦理文化。甚至当知识人介绍民国风范时，我们会感叹历史的某种"倒退"……可以说，这种本能的时代感注定难能开启一种新生活，我们大多数人仍因循时代的活法而活着。

但有少数人因为对自己智力的自负，对寻找人生意义的负责任感，能够对时代社会进行深入的研究，而得出对理性或情感负责任的答案。在这方面，中国历史上没有比韩非更具时代精神的思想家了。其他的思想家、圣贤或学者，多有迂阔的思绪、不切实际的幻想或主张，但韩非的时代意识则合拍于他的时代，因此，我们今天读他的文字，仍能感受到他文字的力量、思考的力度。如果抛弃他思想中令人阴郁的恶之花，我们从他那里仍能感到一种健旺的人生力量。也就是说，很多人的文字让人安静、沉静、清心、寡欲、正经……但韩非的文字有让人起而行之的感觉。就像华兹华斯的诗："我感到/有物令我惊起，它带来了/崇高思想的欢乐，一种超脱之感，/像是有高度融合的东西……"

时代变了。但变了的时代不是让我们无可奈何地感伤，不是让我们怀念前朝做遗老遗少，而是让我们明认它那变化的本质。韩非有一种生命力强悍的品质，他不是到时代之外寻找秩序，他是在变动的时代中寻找秩序。他有一段极有名的话：

"上古之世，人民少而禽兽众，人民不胜禽兽虫蛇。有圣人作，构木为巢以避群害，而民说之，使王天下，号之曰有巢氏。民食果蓏蚌蛤，腥臊恶臭而伤腹胃，民多疾病。有圣人作，钻燧取火以化腥臊，而民说之，使王天下，号之曰燧人氏。中古之世，天下大水，而鲧、禹决渎。近古之世，桀、纣暴乱，而汤、武征伐。今有构木钻燧于夏后氏之世者，必为鲧、禹笑矣；有决渎于殷、周之世者，必为汤、武笑矣。然则今有美尧、舜、禹、汤、武之道于当今之世者，必为新圣笑矣。是以圣人不期修古，不法常可，论世之事，因为之备。宋人有耕者，田中有株，兔走触株，折颈而死，因释其耒而守株，冀复得兔。兔不可复得，而身为宋国笑。今欲以先王之政，治当世之民，皆守株之类也。"

这段话撕破了儒生遮盖三皇五帝们的"面纱"。在儒生们看来，三皇五帝时代，是多么值得崇敬赞美的治世，但韩非的描述更准确，更接近真实的历史。在此历史演进的基础上，他顺口讲起"守株待兔"的寓言，让人信服我们不必固守历史或先王之政。

韩非的时代感极强，他观察到历史演进的不同表现："上古竞于道德，中世逐于智谋，当今争于气力""古人亟于德，中世逐于智，当今争于力"。他的名言是："古今异俗，新故异备。"还有"世异则事异""事异则备变"……有人说韩非持有进化的历史观，有人说他只是一种变古的历史观，无论如何，他在时代的变革面前不向后看，不哀叹历史的雨打风吹去，用我们现在的话来说，他积极地拥抱时代，牢牢地把握时代。

韩非是落魄公子，在时代的大动荡面前本应是自卑的，位卑言轻的，但他的时代精神却让他逆流而上，站在时代的最高点。他甚至做了时代的先行者，为时代鸣锣开道，助产了一个帝国、催生了中国历史上政统人格的最高形式——皇帝。黑格尔梦想的"绝对精神""马背上的世界精神"并没有向他致意。但韩非推崇的君王精神，不仅使秦王跟他的心相通，也向他致意了。

这也是后人虽然哀悯韩非、痛恨韩非，仍能从他书中汲取力量的原因：他是最具有时代感的。他不怨天尤人，也不咒骂时代，而是在观察中在研究中思考出一个与时代同样有力量的文字世界。当然，他是希望积极用世的。他对儒生最为不满的是他们的儿戏、他们的清议，他说过："夫婴儿相与戏也，以尘为饭，以涂为羹，以木为胾。然至日晚必归饷者，尘饭涂羹可以戏而不可食也。夫称上古之传颂，辩而不悫，道先王仁义而不能正国者，此亦可以戏而不可以为治也。"这个寓言几乎可以用来观察很多文人、专家、学者们的会议，大家在一起议论国事天下事，议论世道人心，似乎人人都是可以风范典型的起点，但会议散后大家还是回到固有的生活，没有发生改变。在韩非看来，这样的人材质不美，"飞龙乘云，腾蛇游雾。……夫有云雾之势而能乘游之者，龙蛇之材美之也"。

韩非对时代的洞察并不流于表象，如他说："古者丈夫不耕，草木之实足食也；妇人不织，禽兽之皮足衣也。不事力而养足，人民少而财有余，故民不争。是以厚赏不行，重罚不用，而民自治。今人有五子不为多，子又有五子，大父未死而有二十五孙。是以人民众而货财寡，事力劳而供养薄，故民争，虽倍赏累罚而不免于乱。""古者人寡而相亲，物多而轻利易让，故有揖让而传天下者。……处多事之时，用寡事之器，非智者之备也；当大争之世，而循揖让之轨，非圣人之治也。"这其中已经隐隐然有当今"经济人理性"的因子。他提倡法制也因此水到渠成，他的法制与当代人的法治虽然南辕北辙，问题意识与解决方案却相通。可以说，韩非把握住了时代。因此，当战国时代结束，政治需要新的治理哲学，他集大成的法家思想几乎成为君王们的不二之选。

千百年之后读韩非，我们仍会惊奇他的力行精神，以及他与时俱进的变革精神。从他的时代意识中我们很容易想到蒋经国说的"时代在变，环境在变，潮流也在变"；也很容易想到诗人艾略特说的"因为去年的话属于去年的语言，明年的话等待另外一个声音"。今天，在技术、网络等空前变革面前，人类的生活也发生了极大的变化，但我们能够抓住这个时代吗？能够把握住时代的走向吗？

如何死法与心性相关

早年间，曾遇到一个帝王学传人的弟子，他说自己的老师在传授先秦七子之学时，曾对每一子都有简单的评语。如读通孔孟，一生富贵；读通老庄，一生清贵；读通韩非，不得好死……可见那时就把韩非之学跟死亡联系在一起了，但一种学问或一种心性如何通向死亡之路，确是我多年来思考的一问题。

读韩非的主张，多少可以明白这种联系。我们知道，韩非主张中央集权和君主专制，"事在四方，要在中央，圣人执要，四方来效"（《韩非子·扬权》），"万乘之主、千乘之君所以制天下而征诸侯者，以其威势也"（《韩非子·人主》）。为达此目的，君主应该使用各种手段来清除世家大族，"散其党""夺其辅"（《韩非子·主道》），用现在的话说，要借人头立威，把大家以为不会有事的王侯拉下来示众。对官吏的作用要有考核,选拔有实践经验的人进入干部队伍,"宰相必起于州部,猛将必发于卒伍"(《韩非子·显学》)。韩非子还主张改革和实行法治,要求"废先王之教"(《韩非子·问田》),"以法为教""以吏为师"(《韩非子·五蠹》)。用现在的话说,就是不用听知识分子的,一切听当官的就可以,只要官家出台了政策、发表了讲话,就要认真学习、深入领会。韩非子还认为,只有实行严刑重罚,人民才会顺从,社会才能安定,封建统治才能巩固,即"刑胜而民静"(《韩非子·心度》)。

我们读韩非的文字越多,越能理解,这是一种奇怪的人。他们的全部心智都用来考虑怎么帮君王更好地统治民众。作家周泽雄曾经给韩非写信,感慨韩非将一种"荒谬绝伦"的思想阐述得令统治者大喜过望,周泽雄将韩非与苏格拉底做比较说:"他与您的根本不同处在于,您对君主有多忠诚,他对真理就有多虔诚;您对权谋有多热衷,他对正义就有多向往;您对愚民术有多狂热,他对智慧就有多爱戴。目标上的南辕北辙,导致您和他的成就最终判若两橛,不可以道里计。"

韩非们确实十分荒谬,但他们居然能够风云际会。他们的全部本事在于将"荒谬绝伦"的统治术说得令统治者一人高兴。千百年来他们的身影死而复生,绵绵不绝。以前的人会用一句话来讽刺他们,"身在江湖心存魏阙";当代人则讽刺,自己是个骑自行车的命,却还要分享坐宝马、奔驰者的艰难……由此可知,我们这个国度盛产韩非们。

按照伟大的司马迁的表述,韩非有一个生理缺陷——口吃。

这也许是韩非能够在文字世界开疆拓土的原因,他把申不害、吴起、商鞅等人的"法术势"集大成,利用他天才的心智重新组织,把一种"荒诞透顶"的愚民术、治人方法阐述得有模有样。司马迁说,秦王见《孤愤》《五蠹》之书,曰:"嗟乎,寡人得见此人与之游,死不恨矣!"在后来的文人口中,秦王知道他是韩国公子,还在人间,就发动战争,把他抢过来了。

我们今天知道,中国史上为一人发动战争的例子不少,最让人感动的是,南北朝时期的苻坚、姚兴等人发动国家间战争,仅仅为争夺鸠摩罗什一人。但鸠摩罗什与国君之间的关系,是政统与道统之间的关系。韩非与秦王的关系,则类似于老虎和猫的关系,或秀才与兵的关系,其中注定有"飞鸟尽,良弓藏;狡兔死,走狗烹"的结局。韩非与秦王,虽然较这类关系复杂一点,但冲他那生理缺陷,也有我们现代人常说的"见光死"的特点。而且,韩公子的书生气发作,给秦王上书建议"存韩",给他的祖国留口活气,这就不仅让秦王失望了。然后,是同学李斯毁他,是小人姚贾害他,"秦王以为然,下吏治非。李斯使人遗非药,使自杀"。

韩非知道他的结局吗?应该说他是知道的,在他的书中,他把全社会分为五类人:君主、官员、民人、知识分子、法术之士。他以"法术之士"或"智法之士"自居,他说过:"是智法之士与当涂之人,不可两存之仇也。……故资必不胜而势不两存,法术之士焉得不危?其可以罪过诬者,以公法而诛之;其不可被以罪过者,以私剑而穷之。是明法术而逆主上者,不僇于吏

韩非 玩弄权术与勇敢发声

诛,必死于私剑矣。"(《韩非子·孤愤》)在周泽雄先生看来,韩非的生命终局"恐怕更适合理解成'吏诛'与'私剑'交加"。

韩非知道死亡是怎么回事吗?他也是知道的。他的书中多次谈及死亡,那个时代的刑戮,车裂、腰斩、枭首、弃市、肢解……太多了。他也知道自己的先辈商鞅、吴起的死亡,"二子(吴起、商鞅)之言也已当矣,然而枝解吴起而车裂商君者何也?大臣苦法而细民恶治也。"但儒家讨论的性善性恶、道家讨论的全身葆真、墨家讨论的兼爱非攻,在他那里全然没有存在的价值。

不知道出于什么考虑,韩非被尊为先秦七子之一,中国人甚至称他为"大思想家",但更多的人对他持有保留看法,认为他是阴谋家,是奴才,作家张远山先生称他是世界上"最无私的奴才"。韩非的主张和身世令我们读者为之不解为之羞惭,这是我们自家文化中的"怪胎"。这样一个天才的头脑,居然在著书立说中那样冷酷无情,那样阴毒,明知自己也没有好结果,却仍要走上那条不归路。

从心理学角度解释,一个人的心性是什么样子,他在人生社会的格局里就会注定那种结局。韩非以及韩非的追随者们都是如此,他们对权谋的热衷、对统治者的攀附,他们的心智注定出现变异,而在历史的车轮前行时被碾轧而死。我曾经遇到一个商人,说他喜欢收藏,一度喜欢谭嗣同,收藏了不少谭先生的书法和旧物,说看久了不行,总觉得心中有愤怒不平之气;后来他收些风花雪月物什来调剂才算平和了一些。这个例子正好说明前述读通韩非不得好死的话。我们也可以看到，历史和现实中那些读通韩非的人，那些头脑里全是权谋、阴谋的人，最终没有好下场。从人性的角度，他们在"不得好死"之前已经死了，他们已经失去了平易的物理和健康的人情。

面对人性黑暗怎么办

读《韩非子》，常常惊叹他对我国民人性之恶的洞察。要了解我国人的生存状态，梁启超、鲁迅、柏杨、孙隆基、吴思等人的论述未必超过了韩非。

韩非没有用"国民性""劣根性""国民素质""文化的深层结构""潜规则"一类的字眼来描述国人的生存品质，而是毫不客气地取用了一个字——"奸"。他认为自己的目的是"止奸"，他对"奸术"的观察在《奸劫弑臣》《备内》《八奸》《内外储说》中有大量的描述。

以系统的《八奸》为例。韩非从现实生活中归纳出八种"奸术"："同床"，这就是我们俗话说的"吹枕边风"；"在旁"，利用对方的身边人、对方的左右亲信来说情；"父兄"，利用对方的宗亲至戚来附和自己；"养殃"，利用古董收藏、酒色财气等来拉拢、腐蚀对方；"民萌"，利用小恩小惠来收买人心；"流行"，利用能言善辩之人来制造舆论；"威强"，利用暗杀来制造恐怖气氛;"四方",投靠外人来要挟对方……这些形形色色的"奸术"在韩非那里虽然是官吏迷惑君主的行为,但我们今天读来尤其觉得刺目脸红,因为"奸术"早已从官场逸出,上行下效,世世代代在全社会泛滥。对这些"奸术",我们的社会已经习以为常,我们自己在日常生活中都会自觉或不自觉地运用,我们视而不见其中的是非,善恶,正义之缺失。

韩非的研究者陈深先生说:"今读其书,上下数千年,古今事变,奸臣世主,隐微伏匿,下至委巷穷间,妇女婴儿,人情曲折,不啻隔垣而洞五脏。"另一位学者周孔教则说:"韩非子之书,世多以惨刻摈之,然三代而降,操其术而治者十九。"这些话堪称韩非子的知己。谭嗣同曾直白地说:"二千年来之政,秦政也,皆大盗也。"这是在韩非观察的"奸术"基础上所得出的必然的结论,如果把他们跟梁启超以降的国民性研究者的发现相印证,我们对国民人性的黑暗程度和普遍化状态未免绝望。我们今天可以说,韩非子是行动者的思想,民众是行动者,秦始皇是思想者的行动。这样的关系用一句时髦语说便是,有什么样的人民就有什么样的统治。

在韩非时代,民众还是朴素的,真正奸滑的是官吏,故韩非认为明君治吏不治民。后来不同,官腐民败成为社会常态,以至于外人摇头。王小波一直记得他老师的话,"你们中国人太老谋深算了"。杜威也对年轻的中国政治学者萧公权说,"你们中国的文明是过度了"。以至于我们社会和平时期整风、严打等各种运动不断,"严重的问题是教育农民!""严重的问题是教育官员！"等口号不断……

我们今天理解，这个文化的生态确实已经烂熟得腐朽，人们生来即在这"酱缸"里讨生活，争做人上人、偷奸耍滑。知识人多只能痛心疾首地描述现象，或做一些明天民主法治的梦。韩非子走得远一些，他主张"尊君"，比"权威主义"更极端；主张"法制"，比"法治"更惨苛。韩非的理论建立在"人皆挟自利心"的判断之上，今人会说这里有"经济人理性"，只是"理性"和"自利"导致了一种生态、世态、心态的失序，韩非的出路就是历代中国人陷入的生存怪圈，"乱世用重典"。他的话是赤裸裸的："夫发五苑而乱，不如弃枣蔬而治。""夫生而乱，不如死而治。"意思是说，与其让乱民活着，不如让他们饿死干净。

站在今天世界知识的肩上，我们回看韩非的问题意识，他对现象的描述和强调都是精准的，只是他寻找的出路过于极端、残忍。后来的思想家王充就批评他太片面，王阳明、李卓吾这样的思想家面对韩非的问题，同样没有求助权威、严刑峻法，而是提倡人的良知良能，提倡人的童心。现代知识谱系则以心理学、精神分析学、社会学、经济学、政治学为人性、人心、人格定位并指明方向。

也就是说，不仅是要指明"奸""酱缸""潜规则"等现象去揭露社会，不是要去斥责大众，而是从心理学、政治学等角度去安顿人，如此才是尊重人，才能把人请回存在的本体位置。如萨特等人所做到的，即使他人是地狱，但人有自由意志，存在主义是一种人道主义，存在是一种选择。

面对人性黑暗怎么办？韩非想到了"尊君"，后来人想到了"虚君"；韩非和后来人都想到了"治吏"。但民众呢？曼德拉提供的答案是：如果天空是黑暗的，那就摸黑生存；如果发出声音是危险的，那就保持沉默；如果自觉无力发光的，那就蜷伏于墙角。但不要习惯了黑暗就为黑暗辩护；不要为自己的苟且而得意；不要嘲讽那些比自己更勇敢热情的人们。我们可以卑微如尘土，不可扭曲如蛆虫。南非人则说，曼德拉是"黑暗中的一道光亮"。

人生社会的时势权力

韩非的思想博大精深，先秦诸子大抵如是丰富深刻。但一个精神巨子的思想跟现实的关系有远有近，比如老子要回到小国寡民状态，孔子要克己复礼，墨子则要求人们节制，等等，这样的言路和思路要么太保守，要么陈义过高，不够贴近现实。韩非的思想则要贴切得多，因此，春秋战国的竞争，韩非胜出，跟他关怀的现实性有关，用一句时髦的话说，不仅是秦始皇选择了韩非，而且也是历史选择了韩非。

我曾经说，孔子这类人不是没有注意到时易世异，但他们用理想来裁剪现实，而忽视了对时间的研究。韩非注意到了时间，他关于时间的思考因此并不过时。在韩非那里，时间既指天文时间、自然时间，也指人文时间。中国人爱讲"天时"，孟子讲"天时不如地利，地利不如人和"，这其实仍是一种理想状态，他没有把"人和"或"人不和"深入思考下去。韩非眼里的天时跟人心一样重大，他的原话是："非天时，虽十尧不能冬生一穗；逆人心，虽贲、育不能尽人力。故得天时，则不务而自生；得人心，则不趣而自劝。"也就是说，如果违背天时，即使有十个像尧一样的圣明君主也不能使庄稼在冬天长出一个穗子；如果违背人心，即使孟贲、夏育那样的大力士也不能使人尽心竭力。所以得到了天时，那就不用多努力，农作物也会自己长出来；获得了人心，即使不督促，人们也会自觉地卖力。

韩非的"天时"首先指大环境，用现代学者的话来说，他考虑的是长周期。遗憾的是，我们有很多人对此大时间视而不见，我们对大自然、大历史的时间缺乏把握。即使以一年的周期为例，一些人的生活也逆天时而生活，比如冬天为追求美丽而去做一个"冻人"，以为"美丽冻人"；比如夏天为求身体的一时感觉而吃一肚子冰棍，使肠胃紊乱……这还只是小事，大而言之，不少人在21世纪追慕20世纪、19世纪的生活，比如有人拒绝在寺庙里用电用自来水，有人拒绝用手机，这样不尊重时间或时代的人被人称为"遗老遗少"。还有一种现象，对时间的漠视，使人会在春天大吃大喝，从而造成青黄不接，秋收无成；人文现象则是青年人贪图享受，使自己一生平庸，到人生的秋天时无所成就。

韩非的天时就是如此既指天文时间，也指人文时间，即人类社会的演进。对此很多人看到了世道的重复或循环,很多人注重其相同性,但韩非注重其不同。他说:"故治民无常,唯治为法。法与时转则治、与世宜则有功。"韩非还因此对理想的儒生有批评,他说:"今世儒者之说人主,不言今之所以为治,而语已治之功;不审官法之事,不察奸邪之情,而皆道上古之传誉、先王之成功。"用今天的话是,知识人不考察时代社会的变化,不研究生活本身,只是用理想状态、用过去的或别人业绩来批评人,这是于事无补的。如此谈论开智启蒙,东西方文明的学子开学时间,都是在春天秋天,而不在夏天冬天,就是对天时的尊重;而对一个社会的启蒙亦然,少数先知先觉者,如果不能努力把人心天时推到春秋之季,如果他们在人心的夏天冬天大声疾呼,以为自己在从事启蒙,那是天真的或别有用心的。

韩非的时间意识极强,他的时间感重在当下,因此有人说,如果他生在今天,可能是主张现代化最起劲的学者。当然,韩非对时间的观察止于现时,他的名言,"上古竞于道德,中世逐于智谋,当今争于气力",仍只是一种现象观察。他并未揭示文明社会演进的方向。今天的社会学家或未来学家们的观察思考明显深入得多,比如人们熟知的人类文明的权力从暴力向财富、知识的转移,这样的思考在韩非那里就是空白的。

韩非对时间的思考是用来说明法、术、势的,他的法指法律、法制,术则指权术技术,法的具体运用,韩非的贡献在于对"势"的思考。什么是"势"?在韩非那里,"势"就是权位,是对现实的操控力和影响力,正如他的名言,"势者,胜众之资也"。他认可前人所说，"尧为匹夫，不能治三人；而桀为天子，能乱天下"。他说："抱法处势则治，背法去势则乱。"他还说过："权势不可以借人。"孔子曾说"唯名与器不可以假人"，意思差不多。

把韩非对时和势的思考结合起来，可以说他是最早意识到时势的中国人。后来人感叹，时势比人强。诗人则说，"时来天地皆同力，运去英雄不自由"。军事理论家们则指明，君子取势不取形……这都是对时势的领悟。当代的社会学家费孝通则从乡土社会中总结出四种权力：横暴权力、同意权力、长老权力、时势权力。费孝通说，前三者在乡村社会安稳的状态里随时可见，而时势权力则是变革时代特有的产物，在新旧交替、人们最惶惑无所适从的时候，就有人出来给人们指路向，这样就产生了一种权力——时势权力。费先生还说，时势权力在一个落后的国家要赶紧现代化的进程中表现得最明显、清楚……其实，把费先生的观察跟韩非的观察结合起来，我们可知，时势权力也是历史上屡见不鲜的一大权力。

如果把时势权力用于当代社会，人们应该更了然于心。我们就知道这种时势权力的无远弗届。一些人对时势权力不以为然，抱着自己的保守主义或理想去生活，怀才不遇，而苦不堪言。韩非批评这种迂腐的儒生："今学者之说人主也，不乘必胜之势，而务行仁义，则可以王。"

韩非直面时势，他的解决之道则是因应时势："且民者固服于势，寡能怀于义。"意思是大众不会讲理想，讲道义，大众是看时势的。韩非说："夫势者，便治而利乱者也。"这意思是说时势是双刃剑，看人们如何运用，可以用得好，也可以用得坏。韩非是看到了世道的病理，而追求有效地解决。有人说："六经，菽麦也；诸子，药石也。无病之时，固恃菽麦以养身；及其有病，则对菽麦而不能食，必藉药石摧陷廓清之，而屡服不已，又旋踵而死，不如不治。"至于《韩非子》，人们的评价是："乃药石中烈者，沉疴痼疾，非此不救；用之失当，立可杀人。"韩非的名言是"势不两立"，因为这种势不两立，在时势权力如雾霾遮天的时候，同样具足人的才华和权力的苏东坡找到了应对办法——用舍由时，行藏在我，袖手何妨闲处看？

我们今天处于文明转型和变革的时代，用时势权力的角度来解读这个时代，当多有会心。韩非对时势的把握是丰富的，他固然要求人们因应时势，但我们从他的思考中可以获得更丰富的时间意识和权力意识。对时势权力也是如此，我们固然要重视这一权力，也要看清其本质，如韩非所说："不期修古，不法常可。"苏东坡感叹过"固一世之雄也，而今安在哉？"，用当代人的解嘲，江山代有才人出，各领风骚三五年。

易 经

中国人的创世记

自省之书：中国原典的当代精神

读《易经》，不仅是还原先人的生活，不仅是体验某一卦的法则，还是对我们自身感觉心智的锻炼，是洁净精微而洗心退藏，是寻回我们童年不意拥有而今在成年生活中丧失的天真、直觉和般若智慧。《易经》的文本有着远比原初意图更丰富的价值，这就是现代人称道的"文本大于作者"的意思。

传统中国人则把《易经》当作人生自我完善的手段，也当作充实岁月的手段。人们说，闲坐小窗读《周易》，不知春去几多时。

读《易经》，需要我们从现代生活中的"方便""快捷"等形态中解放出来，以赤子之心、以赤条条的姿态面对生活的诸种可能性，如此与自然相遇而做出的反应，才是最自然最真实也最有道理的。

我们的空间意识

　　《易经》起源于天文历法，那是人类在文明初期通过笨拙的经验和智的直觉而获得的极为宝贵的知识。用康德的话来形容，《易经》八卦属于"先天综合判断"。这种知识之有无，对人类的意义大不一样。丢失时间，对人来说是一件致命的事。商纣王通宵达旦地喝酒，以至于忘了今日是何日，箕子从中看到了危险，事实证明了箕子的预见。农耕社会，知道天时、节气的人，比起不知道的人，生产的绩效大不一样，后者可能是歉收，而前者丰衣足食。传说古希腊第一个哲人泰勒斯，就利用他的天文知识赚了一笔钱。对中国人来说，从八卦演绎成六十四卦，伏羲的先天八卦演变成了文王的后天八卦，这一演变，在文明史上有极为重大的意义。

　　我们今天大概能够明白，这种演变就是从先天走向了后天，从天文时间走向了人文时间，走向了空间，走向了地理。时空概念谁先谁后是一个难以论证的话题，但从《易经》中可以推理，我们的空间意识是从时间中转化而来的。这种由时间来认知空间的方法，大概也是人类的经验。我们问一个孩子，最经常提问的次序是：你几岁了？你是哪儿人？我们填人事档案，也经常是出生在前籍贯在后……换句话说，知道了对方的时间坐标，我们就大体知道了对方的空间意识，知道了对方的世界图景。

因此，易学研究者曾把八卦时间、六十四卦时间演绎成空间，推测其中的多维空间，这不是没有可能。对我们来说，重要的是，《易经》的空间意识建立在对时间的发现上，这种时空一体的认知极有意义。而对《易经》的空间意识的把握，将使我们获得极为新鲜亲切的存在感。

我们知道，《易经》八卦中明确说："天地定位，山泽通气，雷风相薄，水火不相射。"我们可以说，空间并不是均匀的，它有着天地、山泽、雷风、水火之别，这些不同形态的空间，相互或者可以感通，如艮山与兑泽之间；或者成为敌手，如震雷与巽风之间，所谓风雷激荡；或者相互隔绝、抵销、毁灭，如离火坎水之间。空间形态的不同，使得生物的活动范围、速度、目标进程也大不一样。艮山的本质在于止，在山里生活的人容易停滞，是以年轻人的梦想就是要走出大山，到山外面的世界里去。兑泽的属性在于悦，故动物植物也都喜爱湖泊。离火在明，人类对火的崇拜有着重大的意义，后来又发明发现了与火相类的电，我们今天已经不敢想象生活中没有电会是什么样子。震雷在动，巽风在入，人们在这样的空间形态里生活，身心都受到影响，不由自主地动荡不安。至于乾健坤顺，我们也可以想象夏天人们健行不已的心态，想象田野上生息的农民的温顺善良。

对空间地理的不均衡性的发现，使先人明白，空间地理不同，生命的节律和速度也就不同，其中也有人生的哲理。《易经》说"无平不陂，无往不复；艰贞无咎，勿恤其孚，于食有福"，这个道理后来的人们几乎人人都清楚了，以至于佛道的高僧大德们会写这样的对联："要使鱼龙知性命，不妨平地起波涛。"一句话，《易经》告诉我们，要使我们认知自身的使命、性格并自我完善，我们必然要经历不同的空间形态，经历生活中的沟沟坎坎。

《易经》对空间地理的发现，首先是发现大陆中国的空间方位的吉凶。文王八卦，即指这后天地理形态的空间方位对生活其中的生物们的影响。文王八卦把乾卦放在西北方位，把巽风卦放在东南方位，可以说是发现了中国地理的秘密，也奠定了中国文化的格局。从战国的学者到汉代的司马迁，都发现了这一秘密，司马迁说："夫作事者必于东南，收功实者常于西北。故禹兴于西羌，汤起于亳，周之王也以丰镐伐殷，秦之帝用雍州兴，汉之兴自蜀汉。"这个规律在司马迁之后的时代仍在起作用，直到现代，中国社会变迁的格局仍是东南起事，西北收功。风起于青萍之末，但自东南开始的台风、梅雨，过了长江，到了黄河、黄土高原，就终结了。对空间能量形态的不同效果的认知，使得风水学在中国大行其道。遗憾的是，风水学尚未能说明它自身。

但《易经》的简易使我们能够很好地把握空间地理的某种特征。跟那种模糊的说辞不同，《易经》中对方位有明确的定义。《坤卦》中说："利西南得朋，东北丧朋，安贞吉。"这是明确指西南方易交朋友，东北方易丧朋友。即在大陆中国的空间形态中，西南方为坤，其西为兑其南为离，从象上看，全为女性，为朋；从义上看，坤顺，兑悦离明，为朋。东北方为艮，其东为震其北为坎，从象上看，全为男性，从义上看，艮止，坎险震动，跟坤卦是道不同者……对西南方位的看重，在《易经》中是少有的。《蹇卦》中说："利西南，不利东北；利见大人，贞吉。"《解卦》中说："利西南。"可见西南方在中国空间方位中的利好。东北之不利，在于东北为艮卦，本为终止，是一个成功、休闲、无所事事、缺乏创造的时空。而西南，则是在路上，安贞吉祥的时空。直到今天，中国的西南地区仍是人们度假、观光、寻找快乐的好地方。当然，在《易经》少有的评述空间方位的辞句里，还有关于南方的、西郊的。《升卦》中说："南征吉。"这是明确表示南方中国的美好，南方是光明、温暖、生气、活力的象征。自周朝以来，中国人从政治家到普通百姓，无数人的南巡南征，多半是吉利的。当代的改革开放也得益于南方的经济腾飞。《小畜》中说："密云不雨，自我西郊。"这是对大陆中国云雨规律的把握，后来的农谚也如此说："云往东，一场空；云往西，马溅泥。"

除了空间方位，《易经》对空间地理形态有更多的表述，如前所述八卦的空间关系。至于每一卦所代表的空间的功能，《易经》的表述也极为精彩。如坎卦，《易经》说："有孚，维心亨。行有尚。"这是指有诚信，心中通泰，行为上有原则，能够为人崇尚。《易经》系统解说坎卦说，坎的本义在于险："天险，不可升也。地险，山川丘陵也。王公设险，以守其国，险之时用,大矣哉!"我们从先哲对坎的描述中可以理解后世对坎水的运用,坎水代表危险、谋略、智慧,代表集体主义、群众运动,代表防线、战略物资……"水能载舟,亦能覆舟。"又如艮卦、遁卦,天下有山,山阻隔了人们的发展,但在危险关头,山是人们避难的地方,山还是人们修身、疗养、修行的导师……

《易经》对地理形态的把握有着"与天地准"的意义。在《屯卦》中有希望有告诫,在《需卦》中则分析了在郊外、沙滩上、泥泞里、洞穴里等多种地方的吉凶,在《泰卦》中发现"城复于隍"的危险苗头,在《小过》中明白"宜下不宜上"的道理……至于《困卦》,在"幽谷""蒺藜""乱石"中所困,结果也多半凶险。这些道理今天几乎是人们的常识。尽管人类文明今天对空间地理的征服无远弗届,但人类尤其是个体成员在空间地理中仍会有吉凶悔吝,有不舒服的情形,有失去生路的时候。《同人》中虽然说"同人于野,亨",但《复卦》中明确说"迷复",我们仍会迷路,会失去方向。

最为精彩的,我们个人一旦明白空间的不均匀,就知道以自己为中心,周围世界的八个空间方位的能量场各有特点。这就是中国人发现的生命的九宫八卦图。九宫八卦其实是人生的空间地理能量关系。我曾经告诉学生如何运用这一关系,在告诉了他们孔子的生命卦后,有学生将孔子一生以九宫八卦参照,感叹孔子周游列国的经历冥冥中契合《易经》的道理。

《易经》把人对空间地理的感觉还运用到普世层面。《既济》《未济》两卦源于人们渡河的经验,但这些经验抽象成为人生社会的规律。冯友兰就曾跟一个外国人说,你们西方人总想找个你们可以停下来做最后结论性的发言的地方。然而,天下没有最后结论,天下也没有停顿。《易经》第六十四卦,也即最后一卦是未济,"尚未完成!"

我们的时间观念

对《易经》稍有涉猎的人都明白,时、位是《易经》的关键之一。影响所及,我们中国人对时位的重视是空前的,比如说,与时偕行、与时俱进、时髦、不在其位不谋其政等。但由于《易经》蒙尘千年之久,我们对《易经》所揭示的时间意识并没有多少认识,我们知道时间很重要,但知其然不知其所以然。因此,读《易经》,掌握时间的某种本质仍是极为重要的。

《易经》是中国上古时期的百科全书,但重中之重的是,它是中国的历法书,它是关于时间的书。《易经》对时间的阐释大致分三类。一类是总体把握,即把时间对象进行分解,以求认知。这即是有名的"太极生两仪,两仪生四象,四象生八卦,八卦生吉凶,吉凶成大业"。我们从中可以看到,古人把一个时间单位如一个太阳年分成阴阳两半,再分成春夏秋冬四季,再分成乾坤震离兑巽坎艮等八卦。这就是中国人的卦历,现代人叫挂历。把时间挂起来,在日常生活该如何行动,该做什么不该做什么,一目了然。

这一《易经》思维既是经验的，也具有哲理。即《易经》认为，时间不是均匀的，它有吉与凶、业与绩的分别。我们看看其他地区，比如中国南部边疆的少数民族，把一年分成两半，旱季和雨季；印度地区的时间观，把一年分成三季，暑季、雨季、凉季，等等，就可以明白这种时间观对人生社会的意义。时间的不均匀性导致了不同时间出生、生长、创造的生命轨迹的不同。"生不逢时"有其深刻的道理，能量富足的时间会有利于生物的栖息。农村人告诫后生小子常说的话是"可怜啊，你在荒年出生，养你像养个小猫小狗的性命一样"；或者说"你们算是享福的了，生在好的时代……"。

　　《易经》的六十四卦在时间维度上极为精彩。它把我们日常的时期划分成了64类，每一类都有某种属性，只要想想"大壮""大有""大畜"一类的时间，我们大概不用猜想，就知道这些时间的吉利；只要想想"损""剥""蹇""大过"一类的时间，我们大概也知道这些时间有悔有吝有凶。至于"明夷"，一个光明受伤的时间，《易经》更是把三代黑暗时期的故事写进了卦爻辞中："箕子之明夷；利艰贞。"在商纣王暴虐无道的时候，贤者箕子只能佯狂躲避，在艰难中坚贞不屈才是有利的。这个时间也给了明末清初的思想家黄宗羲以灵感，他藏之名山的传世之作即为《明夷待访录》，在黑暗时代的言说，只能有待未来的读者。

　　《易经》思维的时间观远比一般人理解的"生不逢时"更为精深，因为它不仅承认有吉时有凶时，它还告诉了人们如何趋吉

易经 中国人的创世记

避凶。比如在《随卦》中，它明确提出"君子以向晦入宴息"，君子效法随卦的精神，白天出外劳作，夜晚就回家休息。如果时代昏暗，君子也隐以宴息，如伊尹、诸葛亮等人那样，待阳刚君子来照，则可以破门而出，建功立业。苏东坡有诗："用舍由时，行藏在我，袖手何妨闲处看。"

这种对吉时凶时的把握在《易经》中大量地存在。顺应时间、顺应时代的卦除随卦外，还有豫卦、姤卦、遁卦、睽卦、旅卦等卦，豫卦是一个做准备的时间，姤卦是一个兼容并蓄的时间，遁卦是一个隐遁的时间，睽卦、旅卦是欣赏风景观光的时间，在这些时间里，个人以慎言慎行为主。而到了另外一些时间里，比如革卦、大过、坎卦、蹇卦、解卦、颐卦，则是得到机会的卦，用我们现在的话说，是遇到好时候了，时来天地皆同力，风云际会，需要我们义无反顾，一往直前地行动。如《革卦》中明确说："革；君子以治历明时。"也就是说，君子在革命时机成熟时要一举革故鼎新，进行大创造、大变革。

《易经》对时间的把握比我们要丰富。我们当代人以为时间是均匀的，今天跟明天都是一样，去年跟今年也差不多一样，除了天气、物候外，我们以为"今人不见古时月，今月曾经照古人"或者"年年岁岁花相似"。因此，当代人对时间的理解，除了统一的定时，基本没有认识了。而对古人来说，不曾间断的昨天、今天、明天之间，并非只是日期、数字，而是有着"律令"式的义理。每一天都有天干，这种天干都有时间的本质规定，甲日即为起点、开始，乙日为初生，丙日为得见光明，丁日为壮实,戊日为茂盛,己日为成熟,庚日为更新脱皮,辛日为衰败,壬日为潜伏,癸日为冬藏……《易经》中这些天干纪日相当常见,《蛊卦》中说:"先甲三日,后甲三日,终则有始,天行也。"意思是在发生变故的时候,是像先甲三日那样既有生命的终结,又像后甲三日那样开始新的生命,所谓有破有立,终结了则有新的开端,这是上天的法则。《巽卦》中说:"先庚三日,后庚三日,吉。"意思是在秋风起来的时候,因为风起于青萍之末,我们几乎看不到它开始的样子,这就像先庚三日没有起点一样,但后庚三日却是终结,无初有终,这是吉利的。

遗憾的是,当代人把天干一类的日子忘记了,一旬十天对当代人来说没什么不同,一晃就过去了。这种对时间缺乏认识的现象既使人对时间缺乏细微的感觉,也使人对时间的长度缺乏足够的兴趣和想象力。甘阳先生曾感慨,我们现在想问题、说话都已经被最近十年左右的东西套住了,我们很难跳出去。人类思想从来没有这么僵化过,而表象上是人类思想从来没有这样自由过。我们几乎没有想象力。我们不敢想象,在我们还有可能生活在一个和现在的世界不大一样的世界。

而按照《易经》的时位观,人生也有六类时间阶段,这六类时间为元夫、士人、大臣、诸侯、天子、宗庙。一个人处于人生的第五爻即"天子"时间,那是飞龙在天的时候,是利见大人的时候;如果他的生命时间只是处于士人阶段,那就应该是"勿用而在田只问耕耘"的时候……以此来测度我们每个人的生命时间,我们应该多少明白我们当是时的使命。而宗庙时间,也是极有意义的，对很多老年人有着指导作用，那就是在老年时期要考虑自己跟过去和未来的联系，如果仍不服老仍要跟年轻人一样登台表演，那就是"亢龙有悔"，或"寿者多辱"。

把《易经》的人生时间跟现代心理学的成果相结合，可以印证我们的人生。众所周知，马斯洛有需求的五阶段学说，生存的需要、安全的需要、归宿和爱的需要、尊重的需要、自我实现的需要，这五个阶段，多少能够对应《易经》从元夫到天子的五类时间，生存安全的需要乃是士人的需要，归宿和爱的需要乃是大臣、诸侯服务于外界的需要，自我实现就是人成为他自己的天子。很少人知道，马斯洛晚年修正这一学说，他认为人还有超越性需要，超越是作为目的而不是作为手段发挥作用，超越是跟自己、有重要关系的他人、一般人、大自然以及宇宙发生关系。我们看马斯洛增加的这第六类人生需要，恰恰就是《易经》的第六爻时间，宗庙时间。

所以说，读《易》，可以丰富我们的时间意识，使我们真正活在时间之中。

不知春去几多时

《易经》在中国文化中占有崇高而重大的地位。几乎每一代中国文化的托命人，一生立言无数，最终都会在《易经》面前低头，猜测、考证、希望能说出几句自己的话，都会以自己的心得注《易》解《易》。除了先秦诸子如老子、孔子等对《易经》做过演绎、发挥或独创性理解外，先秦以下的中国君王圣贤、大臣才子，其思维成果都未超过《易经》。在王弼、朱熹等人的注解下，《易经》只是变成了先民占卜用的工具书，是先民经验的碎片集锦。近代以来，科学东渐，新文化运动时期的中国知识人"打倒孔家店"，反传统文化，《易经》更是被标签化，以至于胡适这样"整理国故"的中国文化人都对《易经》极为陌生而又不屑。今天，《易经》仍只是一个学院中的专业知识典籍，或江湖中日用不知的工具……

我曾经说，《易经》是中国人的创世记。因为读先秦诸子、读以孔子为名的《易传》，最终要追溯其源头《易经》，但我读《易经》多年不得其门，读古人今人相关的易学著作百十来种，以至于一度打开一本新买的易著，翻一两卦，就沮丧地废书而叹。可以说，读《易经》是对我们人类心智的挑战。晦涩难懂的书成千上万，但似乎只有《易经》的晦涩是有着可以安身立命的秘密。去年曾经跟几个学生讲《易》，先教他们画卦，有人画不下来，据说课程结束后回到单位，他无所事事时想起画卦，居然一下子画通画对，兴奋地跟我说，真感觉有"天人之际"的意思。由此可见《易经》的妙用，在重温易卦的经验中能够获得某种安顿。

其实用不着今人再来证明《易经》的意义。用登山家们的话来说，因为山在那儿！我们读《易经》，因为《易经》在那里，因为这是我们中国的。我们参与《易经》的研读运用，一定像登山一样，会获得极致而又个体化的经验；同时，在世界各大文明的传统经典绝大多数已经呈现自己的庐山面目时，我们的努力或者能使《易经》服务于全球化时代的文明社会。

读《易经》没有定法，人们可以从孔子的《易传》入手，也可以从《易经》的六十四卦入手。在我的经验中，读《易》最重要的仍是还原先人的生活。一切经典都是历史叙事，都是日常经验叙事。《易经》六十四卦并非占卜的碎片条目的汇总，它有着极为精准的生存法则。它是先秦中国的百科全书，是先人面对世界的实然和可能性，在文字匮乏状态下的备忘记录。其卦象卦辞具有律历功能，即人生社会经历到某卦某爻，其卦爻的辞义就像规律一样呈现。《易经》其实是先人对时空系统的精准理解，这种理解至今仍是生物界的法则。比如，我们看《复卦》，这一卦写的是冬至后的时空现象，先人系辞说："亨。出入无疾，朋来无咎；反复其道，七日来复。利有攸往。"意思是，这是一个请客的、亨通的、祭祀的时空，这时候大家和乐往来，优哉游哉，不用着急，从容自在，朋友送来财物也可以安然收下，出门办事不会走得太远，办事也很顺利……这样的现象，今天仍在冬至后的华人世界重复。从冬至到元旦、春节，今人仍是"出入无疾"，一年辛苦在此时从容安排过节，注重进补养生，"朋来无咎"，今人也是收发红包，是亲友情谊以"压岁"以图喜庆，这跟收受贿赂是两种性质，故无咎错。

这样的例子在《易经》中比比皆是。如《离卦》，这一卦写的是春天捕捉野牛的故事，先人系辞说："利贞，亨；畜牝牛，吉。"意思是，这是有利的时空，是兆头不错的时空，是可以请客祭祀的时空，在这个时空里畜养母牛，是非常吉利的。如《涣卦》，是秋天洪灾的故事，"涣：亨，王假有庙，利涉大川，利贞"。涣卦时空是要祭祀请客的，君王会到宗庙里去号召、凝聚人心，集中力量渡大江大河办大事是有利的，兆头是有利的。这其实涉及东方文明中的"治水"哲学，如果中外学者如黄仁宇、魏特夫等人能够读懂这一卦，或者对他们的"治水说"有莫大的助益。如《大畜》，是写畜牧生活，"利贞；不家食，吉；利涉大川"。兆头好，利于贞固走正道。不在家里吃饭，吉利。跋山涉水寻找牧场有利。这一下子把人们牧放牛羊的生活写得活灵活现。

　　在读《易经》本文的时候，我们多能理解，《易经》的六十四卦几乎是先人生活的白描，寥寥几笔，先人的生活如在目前。但遗憾的是，先秦以降的注《易》解《易》者，几乎绝大多数人的思维受《易》为卜筮算命之书一说的影响，以为《易经》的辞句只是筮草或龟壳上临时、偶然留下的字句；反其道者则以为每一辞句都微言大义，每一句都有深刻的象数义理，因此，他们只能猜测、苦思冥想或附会，以证实文字跟易象之间的必然甚至唯一的联系。同样的卦象，在他们的解释里，完全是随卦爻辞句的不同而变化。他们几乎没有还原先人生活的想法，也就是说他们同样没有立足自己当下生活情景的想法。

　　我们说，《易经》是生活本身，是先人生活的场记、白描、实录。其照相机般的功能保留了时空系统里中足够有效的信息，以至于它的文辞、字句既是某一时空系统的实相，又超越实相，对相同系统的每一代每一种时空都有律法意义。就是说，我们越是读《易经》，我们越能敬服人类童年"观象系辞"的才能，观象系辞一如儿童看图说话，儿童所说最为精准，反而我们成年人面对一幅图景或艺术品，嗫嚅难言。先人观象系辞的精准，也一如照相，我们常人使用的照相机，有几百万像素就很自得了；但摄影家们的照相机，却是高清晰度的，用千万像素甚至上亿的像素来显现，我们看儿童的绘画或高清晰图像，有眼晕之感，有难懂之感，这跟《易经》文本正是同一境界。

因此，读《易经》，不仅是还原先人的生活，不仅是体验某一卦的法则，还是对我们自身感觉心智的锻炼，是洁净精微而洗心退藏，是寻回我们童年不意拥有而今在成年生活中丧失的天真、直觉和般若智慧。《易经》的文本有着远比原初意图更丰富的价值，这就是现代人称道的"文本大于作者"的意思。比如《恒卦》，写夏天河水泛滥，其中"不恒其德，或承之羞；贞吝"，在我们读来，就是农耕文明中的日常写照：在河水深的时候，人们难以出门做事，无所事事的人没有恒心，而有了余情，没能深固其德性，情不专一，有人送珍馐美味等小恩小惠以勾引，明显预示了鄙吝之事。乡村社会的偷情就是其中常见的现象。但孔夫子和后来的我们，却从这一句中演绎出无穷的意义。孔子感慨，人而无恒，不可以为医。我们则说，挺住意味一切。又如《需卦》，写夏天的雨，其中"入于穴，有不速之客三人来；敬之，终吉"，是说下雨了回家，那些走在路上的人为避雨突然来家，对不速之客敬之，结果很吉利。这也是乡村社会的经验，我们从中则看到了人们对不速之客或陌生人的态度。又如《观卦》，农村社会观看庙会或君王的典礼，其中说"观国之光，利用宾于王"，要看到一个部落邦国的光辉成就，这样的态度对做君王的宾客有利；我们今天也是如此，观礼各种活动，都以赞扬为主，也是做客之利。可以说，从《易经》中读解我们当代的文明，意义不下于读解先民生活。

我说过，《易经》的爻象和六十四卦时空是阴阳二进位制的运用，是太极分两仪，两仪分四象；但《易经》的本体却止于三，以三统摄万物，在这个意义上，"易简""易变""不易"，跟老子的"道可""道非""常道"等三生万物之法则可以参照，跟佛法思维的"所谓""即非""是名"，跟西方逻辑中的"正""反""合"，可以相映成趣。万物负阴而抱阳，冲气以为和。我们可以理解，世界并非只有你和我，还有高远的存在和目的。

《易经》是一个人生存于世最好的礼物，其中有文学、史学、哲学、心理学、礼仪学、交往沟通之利之道。我的一个诗人朋友，背井离乡，远赴欧洲谋生，他随身只带了两本书——《史记》和《易经》，他说，前者让他不忘中国，后者让他安身立命……

传统中国人则把《易经》当作人生自我完善的手段，也当作充实岁月的手段。人们说，闲坐小窗读《周易》，不知春去几多时。

人乃自然之子

北京雾霾多时，印象中自去年冬天到今春，总是没有几天蓝天白云的日子。这种生活中的人心人情几乎是无助无趣的。好在天道好还。就在半个月前，京城突降风雨，雨后天晴不说，久违的彩虹出现不说，祥云、高楼大厦、落日熔金、道路等构成了油画般的美景。一时之间，微博、微信上全是大家"晒"的北京一景的照片，很多人感叹，那些移民的人看到北京这样的美景一定后悔死了。还有人分析说，夏天的雨水浇灌了人心的荒漠。生活没那么多荒诞，一切都显得那么美好，充满了希望。

这样的场景放在《易经》里正是"无咎""吉"一类的判词。雨水给钢筋水泥森林中生活的我们以净洗，使我们在长久的漠然淡然之后全都如稚童般发现自然的神奇美好。而先人生活在大自然的拥抱里，他们面对季候的轮转、风雨的降临、苍天厚土之德，更是充满了发现，充满了祝福。可以说，读《易经》，结合当代的生活，更让我们理解——人是自然之子。只有牢记这一点，我们在人生的旅程里才不会悲观绝望，才会平常地看待世道的浇漓、罪错和赤子般的感恩、努力。遗憾的是，这一"自然之子"的命题，除了《易经》的呈现，先秦诸子几乎都没有涉及，没有为之破题。

《易经》的卦爻辞中有大量的自然现象写照，如震雷、太阳黑子、森林迷路等。我们读先人心中的大自然，其中多有人生哲理。如有名的乾卦第三爻："君子终日乾乾，夕惕若，厉无咎。"原意大概是说夏天人们白天劳动一天（即"君子终日乾乾"），晚上睡在屋外，以看星星，以消夏纳凉，大家三三两两地结伴，孩子、登徒子、"三只手"们或恶作剧或占便宜地骚扰人，故需要有所警惕（即"夕惕若"），才会有惊无险（即"厉无咎"）。曾在农村生活露天睡觉的人当对这一描述了然而有会心，的确，想到一族一村的人多露宿在外，孩子们追逐萤火虫，女人们窃窃私语，男人们对白天的工作评头论足，我们可知先人对生活场景的高度提炼。这样的生活再被抽象，就是后人常用的成语——"朝乾夕惕"，以表明人对生活的庄敬和不曾懈怠的态度。

《易经》中的这类场景极多，先人系辞，常常会表明立场或后果。如屯卦第三爻："即鹿无虞，惟入于林中。君子几，不如舍，往吝。"原意大概是追逐一只梅花鹿，没有人看管或相助，结果闯进了林子里，君子考量此事，不如放弃，如果继续追寻，会有麻烦。这样的告诫，今天仍是我们常见的。如"驴友"们探险，经常会有人掉队，自己一个人闯进了山水间，人们会提醒说在这种情况下最好原路返回，否则会迷路，会有凶险（即"往吝"）。

值得注意的是《易经》对雷电风雨、河水洪水的记述，这其中有极为重要的命题为后人忽视了。那就是自然现象对人的试验和成全，如震卦："亨。震来虩虩，笑言哑哑；震惊百里，不丧匕鬯。"这是一个考验人胆识的时空，祭祀吧，请客吧，这是亨通的。当迅雷不及掩耳地来到时，有人虽然像看到老虎一样为之一惊，但随即能够谈笑自若；当振聋发聩的变故声音惊彻百里时，有人仍能够镇定如常，他不会吓得丢掉手上的器具，一如心如止水的主祭者不会吓得丢掉盛食的匕匙和迎神的美酒。震卦跟长子、担当有关，先人因此想到震雷对人的试验。

如睽卦第六爻："睽孤，见豕负涂，载鬼一车，先张之弧，后说之弧（壶）；匪寇婚媾，往遇雨则吉。"这是睽隔违逆之极，人们在象中看到了猪、土、车、毁折、雷雨、归妹，想到了当时华夏与鬼方经常交往的风俗画面：一个走投无路的孤儿，在路上看到猪的身上都是泥污，还看到一辆大车载满怪模怪样的鬼方族人，他起初拉开弓箭要射，后来放下了弓箭，解下酒壶敬酒——原来这些鬼方族人不是强盗，而是来和亲求婚的。走吧，要是遇上一场雨就更吉利了。为什么"往遇雨则吉"？有乡村生活经验的人应该不陌生，两拨人猝然相逢，有猜疑，有火气，有紧张，如一起走，遇上了下雨，人的天性或自然反应流露，则会松弛下来，一下子变得亲密如自家人。这种"遇雨则祥"的情形，火气大浇灭，在睽违之极，就是阴阳跟对方和合的祥和状态。

也就是说，《易经》注意到了，比起部落、国家的话语沟通，比起人们的言语交流，自然现象是更简洁的交流沟通工具，也是更有效的"主体间性"（哈贝马斯语），它使得两个主体、两大主体、双边或多边的隔阂一下子被悬置起来，大家便会亲密和谐。不仅如此，它使一个孤独的主体也能调整情绪。如夬卦第三爻："君子夬夬，独行遇雨，若濡有愠，无咎。"真正的君子必须坚定信念，尽自己的本分，哪怕只有自己一个人行路，遇到大雨浇透了衣服，令人气恼，但没有灾祸。这种遇雨无咎甚至"吉"的情形在《易经》中有多处描述，如需卦中的"终吉"、小畜卦中的"尚德载"等。而鼎卦第三爻道："鼎耳革，其行塞。雉膏不食；方雨亏悔，终吉。"鼎耳使用皮革，容易脱落，使得不方便搬动，做好的肥鸡没吃进嘴里，正好下雨了，被淋湿了懊悔不已，但是洗干净还是能吃，最终得"吉"。农村生活的经验是，在屋外支起鼎（锅）生火煮食，做好了却因鼎耳是坏的，又沉又烫不好搬动，美味一时难以吃到，雨却落下来了……为雨水净洗过的美味给人一种新鲜的体验，好在结果还不错。

可以说，读《易经》，需要我们从现代生活中的"方便""快捷"等形态中解放出来，以赤子之心、以赤条条的姿态面对生活的诸种可能性，如此与自然相遇而做出的反应，才是最自然最真实也最有道理的。如恒卦第六爻"振恒，凶"，河水长久泛滥，凶险。如涣卦第四爻："涣其群，元吉；涣有丘，匪夷所思。"洪水危及人群，这是考验的时刻来到了，大吉。洪水淹到山脚，我们仍有山丘可以依靠，这真是匪夷所思。《尚书》中说："汤汤洪水方割，荡荡怀山襄陵，浩浩滔天。"这可以算中国人最早的关于洪水的集体记忆。先人对洪水的态度仍是今天我们所应有的态度，我们在洪水面前似乎无依无靠，但先人系辞以"元吉"，跟"多难兴邦"不同，"元吉"乃是一种人们固有的元气和认真，它在洪水面前的展现和发扬，使得平时冷漠自私、彼此不相往来的人都感动于自己和他人的勇气、智慧和德行，使得心态、世态和生态都在洪水的涣散中焕然一新。先人因此系辞以"匪夷所思"。正是在这个意义上，《易经》意识到了大自然对人的成全。

人是自然之子。直到今天，我们都市的男女一遇到节假日，都近乎本能地奔向乡间、山水、田野，也许先人看到城市通向郊野的道路上长达几公里几十公里的堵车情形，一定会有新的系辞。这些自然之子，如此急切地想要回归自然的怀抱，以洗身心，厉，无咎，终吉。遗憾的是，先秦诸子以降，对这种现象要么视而不见，要么没有破题研究。

面对自然，《易经》还生发过由衷的感叹，如大有卦第六爻："自天祐之，吉无不利。"这是大有的极致，金声而玉振。他的福报有如上天降赐，大吉大利。而大畜卦第六爻"何天之衢，亨"，即大畜之极，可以担当大任，亨通成功，其道大行于天下，万众同被其泽。还可以说，这是先人在大畜成功之后的感恩，"何天之衢，亨"，上天给予的洪福何其广大啊，这种感恩，东西方人并无例外，一如西方人"哈利路亚"一类的赞美。由此可知，《易经》中被遮蔽的重要命题还有不少，只要本着真诚的态度，我们就会发现它唤回的生命灵性，一种"元吉"，以及对生命的成全，"元亨利贞！"

乾坤与人

尽管《易经》在大家的印象里晦涩难懂，但《易经》的乾、坤两卦却为很多人熟悉。人们说起乾卦的"天行健，君子以自强不息"，说起坤卦的"地势坤，君子以厚德载物"来头头是道；"自强不息，厚德载物"不仅是很多人的座右铭，也是自中华民国至今清华大学的校训。至于乾卦的六爻爻辞，如"潜龙勿用""见龙在田""朝乾夕惕""或跃在渊""飞龙在天""亢龙有悔"，坤卦的六爻爻辞"履霜""直方""含章""括囊""黄裳""龙战于野，其血玄黄"等，也经常挂在人们嘴边。

深究起来，尽管人们如此熟悉乾、坤两卦，人们对乾坤之于自身的意义并不十分了然。这真是应了中国人"日用而不知"这样的话。因此，在乾、坤两卦前流连，获得人生中日新又新的力量，是最为便捷的方法。就是说，《易经》本来是极为简单的经典，但它是上古中国人的百科全书，而不免精细；如果只是想把握自己的人生，在人生道路上并非时时刻刻都求助于向导，那么不用了解《易经》的其他经文，只要以乾、坤两卦为自己的参照就可以了。

中国人把"乾坤"当作世界、时空、宇宙、天地万物的另一称谓，可见乾、坤两卦的本质，它们应该是合则美，分则遗憾的事。也就是说，看到乾坤的不同，是很容易的，但也是肤浅的；看到乾坤的相同，才是难的，但也是深刻的。就是说，天地万物睽而不隔，《易经》的睽卦中说，"天地睽而其事同也""万物睽而其事类也"。

尽管乾坤早就将其本质展现在那里，但人类需要漫长的历史演进才能认识到这一点。例如现代物理学才确立时空的统一，才明白时间空间化、空间时间化的道理。确定时间需要空间的参与，比如月日时，需要知道地方位于东几区或西几区，才知道准确的月日时辰；同样，确定空间也需要时间的参与，地貌地形是什么年代的，房屋建筑是什么朝代的，等等。只有时空定了，我们才明白自己的时位，自己的方向和归宿。因此，乾坤包罗万象，可用以观察大千世界的各种事物及其组合，观察其品质或德性。

以乾坤来拟人是人们的思维习惯之一。人们常说，人身是一宇宙，也就是指人身是一乾坤。人生是一个世界，也就是指人生是一个乾坤。但人们往往难以深究下去，人身有乾坤，何谓"乾"何谓"坤"？人生是一乾坤，何谓"乾"何谓"坤"？以人身论，心意是乾，是时间；身体是坤，是空间。因此，省思自身、观察他人，我们就明白，很多人的乾坤颠倒了。身体遭到了肥胖、病毒、肿瘤、扭曲变形等多重的污染，一如现代世界的环境遭到破坏和污染，可以说愧对坤卦的"履霜""直方""厚德载物"等规定。人们活得没心没肺，活得没有心气，可以说愧对乾卦的本质，即"行健而自强不息"。可以说，以乾坤看待人身，我们当知很多人的身心是病态的，是正常的乾坤演进前的状态，是宇宙的史前史状态。

而以人生论，现状是坤，方向是乾。从乾坤的角度看，我们很多人的乾坤同样是败坏的。只要看看人们对自己现状的不满，并因此产生戾气、负能量，怨天尤人，就知道人们离"厚德载物"有多遥远。只要看看人们迷失方向，或停步不前，一生只做了书斋里的学者，或混到"财务自由"就坐享其成，或在"土豪"、权贵、小康、书斋等日子里享尽"本土风光"，就知道人们离"自强不息"有多遥远。可以说，以乾坤看待人生，我们当知很多人的人生是失败的，其乾坤已经毁了。

以乾坤观察天地万物，最重要者，莫过于把乾坤跟男女两相比照。因为人生人身还只是个人自己的事，只有意识到异性或对象的存在，才有可能构成人的完整。诚然，最优秀的男女都是乾坤同体、雌雄同体，但男女只有实体地把握另一半，只有跟伴侣一起尽命完命才是获得了真正的世界。我们中国人形象地把男女结合叫作"成年"，把结婚叫作"成人""成家"，一个不曾结婚的人会被称作"大龄青年"，他未成年，未成家。

男女就是乾坤。男人女人的演进，无论多么繁复，无论现代科学、心理学、社会学、女权运动等有了多么重大的发现，突破和理论总结，其实全在乾、坤两卦的统摄之中。无论男性心理学、女性心理学发展得多么精细，它们仍在乾、坤两卦的规范之中。有人感叹，中国人看《男人来自火星　女人来自金星》一类的书，不如就看看乾、坤两卦。男人女人当然来自不同的星球，有着不同的时空，因为他们分属乾坤。

因此，以乾坤看待男女，我们可知女权主义运动或说现代社

易经 中国人的创世记

会的某种偏颇。女权运动确实有其合理性，但如果走向极端，则不免变异。这方面，甚至胡适这样的明哲都有认知的失误。现代男女的地位确实跟传统文明有所不同，但男女在今天遭遇的问题却更严重。据说美国等国家适龄婚嫁男女总人口中，长期无异性伴侣的人口已超过一半。我们中国的大龄青年，其单身问题也日趋严重。即使在男女组建的现代家庭里，人们也对自己的现状和自己的伴侣多不满意。"阴盛阳衰"的感叹也好，"女汉子""女强人"也好，家暴也好，"妻管严"也好，小女人、女孩也好，恰恰说明当代男女的问题。

因为现代人提倡平等，使得女性的权利意识空前高涨，但实际权利却并未得到多少保护。女性在男女关系中，在家庭里，处在一个极为尴尬的位置。很多现代女性跟传统的"贤妻良母"告别，甚至嘲笑之，胡适等人则宣扬"怕老婆的哲学"……风尚所至，很多女性一生的心智都不曾长大，她们像小女孩一样；或者自我加冕为女王，颐指气使。结果，现代女性以单薄著称，以少生产难生产著称，这种难以"厚德载物"的情形，实在是与其势难坤有关。坤的本质是顺，一顺百顺，是包容、承受，是宽广的胸怀。

如果以坤卦的卦爻辞来考察当代女性，可知其中以简驭繁的力量。"履霜"，是赞叹女性的直觉、敏感、预知、洞察力。"直方大，不习无不利"，是赞叹女性的胸怀，不染习尘俗而没什么不好，指女性对男性话题不感兴趣也不必感兴趣。"含章"，赞叹女性的美好。"括囊"，指女性话不在多。"黄裳",指女性的美德自然展现。"龙战于野,其血玄黄",赞叹男女的风云际会,琴瑟和谐。"利永贞",则指女性的岁月平安人生静好,指女性的"洗心退藏"。可以说,一个坤卦,足以为镜子,照见女性的身心状态。

至于男性,在现代社会同样是值得自我检查的。这种检查以乾卦为框架,很多男性是不配"天行健"一则乾卦象辞的。女性抱怨男人懒、好逸恶劳。现实社会中确实如此,很多男人随遇而安,小康即堕,完全不像一个健行不已的男人。而以乾卦其他卦爻辞看当代社会的男性,明明是"潜龙勿用"或"见龙在田"的阶段,却已经少年成名,甚至天才、"牛人"、成功人士跻身公共舞台了;明明是"朝乾夕惕""或跃在渊"的阶段,却以为人生可以休息了;明明是"亢龙有悔"的阶段,却还要恋栈,不肯退场,以至于"寿而辱"。而"群龙无首乃见天",更明指对男人来说,没有绝对的、唯一的权威,人生在世没有什么外在的首领、主人,这是天道天则。永远不要跪下去,不要迷信……可以说,一个乾卦,足够男性看到自己的位置和归宿。

因此,男女的交往、相处在于各尽其命其性,如此才有同心同德的可能性。《易经》的睽卦中说"男女睽而其志通也",就是这个道理。男女只有如此理解乾坤的实然、应然状态,才能跟伴侣组成一个乾坤,组成一个确定的世界,并在其中生死。如此成家、成人、成年才是圆满的。

中国人对男女婚姻的最典雅最简明最美好的祝词是:"乾坤定矣,钟鼓乐之。"可以说,读乾坤,是读我们的人生,是读我们的生存品质，是读我们周围的男女。

为什么要回到《易经》？

壬辰春日（2012年），我开始《易经》一书的写作。整个过程很痛苦，也很快乐。有时候坐在书桌前四五个小时，高度紧张，几乎不起身，只能收获一千来字。写到最后，真是因缘际会，我大病一场。在病中，我想起这本书，似乎难以名状，难以向朋友表述我写的是什么；但我很肯定地说，这本书算是我给父亲交的答卷。我要把这本书献给父亲的在天之灵。

十来岁的时候，每到春夏之交，父亲经常会串门，回家后高兴地告诉母亲说，问清楚节气了。惊蛰、谷雨、清明、芒种……这样的字眼早就印在我心里了。父亲说，节气很重要，早一天晚一天都会影响种子的成长，影响收成。"选种忙几天，增产一年甜。""芒种前三日秧不得，芒种后三日秧不出。"我当时并不相信，以为早一天跟晚一天没什么差别。当时农村懂得节气的人不多，他们之受尊重，却是我知道的。乡下人有时候会说"搞那么科学做么事？"，但在播种这样的"大作"上，他们是虔诚的、严肃的。

很久以后，也就是前两年到大理，再度回到乡下生活。那种农耕文化的记忆似乎一下子回来了。我首先发现了，极古远的时间跟极僻远的空间的有机联系，诸子百家那里的文化原来在偏远的农村有着生动的存在。其次，空间感的扩大带来时间的绵长，而时间空间的合一处，有着我们宇宙生成的目的和逻辑。因此，农耕文化构建的宇宙模型，既是对时间空间的捕捉，又是对有限生物的必然规定。

我们能够想象一年之计在于春吗？春天的风、雨、雷、阳光的行处和分布，影响到全年的收成、疫情；春风化雨百日行，春天的第一场风刮过，100天之后，肯定是一场降雨……我们能够想象农作物的记忆一如数学般准确吗？当3月初，豆类需要肥料的那五六天里，天地的阴阳比例构成的象数正是雷火卦象，天雷地火，给予大地的养分足够豆类疯长，是以先人发明了"豐"字以预言年成的丰收。当作物如小麦需要雨水灌浆、灌浆后需要风干饱满之际，天地间的阴阳象数也正好是水天之需、风天小畜……

当时，在大理跟彝族人、白族人相处，我已经研读了很长时间的《易经》，只是我仍未理解《易经》跟这一宇宙模型的关系。在诸子之前，在《书》经、《诗经》、《礼》经等之前，我们文化只有《易经》，那样简单又包罗万象。《易经》是怎么来的？《易经》的内在逻辑是什么？《易经》如何用？《易经》是否真的能够预言天下的命运，或者说，《易经》是否规定了人的命运？这样的问题一度折磨着我。

我为此给学界的朋友写信，请他们"有以教我"；我甚至打听到孟子易的当代传人，准备去拜访；我还一次次地抄录《易经》；季蒙、潘雨庭等人关于《易经》的著作几乎被我翻烂……

但是，从后人或今人的解读中，《易经》被复杂化、玄学化了。虽然，在研读《易经》的过程中，我越来越明白《易经》的起源极其简单，只是我们需要更为繁复的方式来表述它。一如西哲把万物解构还原为原子，我们中国人把宇宙万物还原为阴阳，一切都是阴阳的排列组合，阴阳决定了象、数、义、理，阴阳的类聚分化记忆演化出了大千宇宙。

我想象先哲是如何把握世界的。两千多年前，韩宣子到鲁国，有机会看到了《易象》等书，他感叹说："周礼尽在鲁矣，吾乃今知周公之德与周之所以王也。"在当时，最为稀缺的知识无过于天文历法，所谓时间空间的规定，这是农耕社会收成的法宝。制历授时，尧舜禹如此相传的，其实是生产生活的合时空规定性的规则。我们今天所谓的挂历，在先人那里，其实就是易卦的卦历。《易》是韩宣子看到的这一秘密，又是指导生产生活的百科全书。

但对我来说，真正突破这一点，要感谢张桢先生。这个西北黄土高原上的退休老师，业余时间写了大量的文章，其中大部分是关于《易经》的解说。张桢先生以数学老师的精确性，把《易经》六十四卦的时空起止计算出来。自汉儒之后，千百年间的《易经》研究者多忘了易卦的历法功能，忘了《易经》的时空特征。张桢先生不仅强调了《易经》的这一特性，而且指出了易卦的计数功能、文字功能……我为此去渭南澄城县冯原镇拜访张桢老师，我确认这是一个流落在民间的"思想史上的失踪者"，只是因为际遇，张桢先生未能浮出思想史的水面，但他在学院派和江湖术士之外，贡献了自己的心力。

我决定在众多研究者的基础上撰写我对《易经》的理解。我想象先人在无时间、空间概念时如何确定生存的坐标。在大地上生活，悬象著明莫大乎日月，而太阳之于生命的重要不言而喻。太阳就是先天太极啊！百花开了，日子暖和了，太阳一天天朝自己走来，看着地上那根测日线的木棍拉开的阴线一天天变短；要甲个甲日的轮回还要漫长的日子之后，即要十几个十天之后，阴线没有了，这一天的白天是最长的；自这白昼最长夜晚最短的一天过后，太阳一天天离自己而去，阴线一天天变长，直到漫长的冬天。这样漫长的积累、记忆，让人们以画直线、折线的方式将太阳的运动轨迹分成阴阳两仪。继续划分，少阳、太阳、少阴、太阴的一年四象出来了。继续划分，八节八卦出来了。

雷、火、泽、乾、风、水、山、坤，太阳运行即后来说的一年八个阶段划分出来后，先人命名为八卦。再一次细分，不再是加法，而是以八卦叠加的方式将一年划分成64个小气候或小时空。每个小气候都是由两个八卦组成的象数决定其性质、功德。是以冬至后是坤地与雷的结合，这是一阳来复的复卦；五六天后小气候变成了山雷颐卦；再五六天后，小气候变成了水雷屯卦……如此直到冬至前的山地剥卦和坤卦。这就是先天伏羲《易》序。

每一卦的德用决定了此一时空的生产生活，这一必然、应然和果然状态，在引申之后，成为人们生存的指导原则。《易经》即是如此简单，却能有效地指引人们的生活，它是夏商周三代总结出来的文明成果，一度为社会上层垄断，由上层向民众发布一年四时八节的知识、吃穿住行、婚丧嫁娶。后来，它传播开来，被人们不断填充新的材料、发现和发明，变得繁复，成为群经之首。《易经》奠定了、支撑了一个东方的文明。

这种对时空的把握既是模拟的，又是数字的。这种思维方式是类比的、经验的，又是记忆的，却无意中暗合了世界的生成演化方式。虽然，春秋战国之后的思想家们在《易经》基础上，发明了更简便的方法，如五行、二十四节气、七十二物候、月历、风水学、医学、养生学等，来取代《易经》的部分功能，但《易经》的原创之功及其现代转化仍有待我们去挖掘，在江湖意义上，《易经》在今天仍大行其道。

《易经》是实用的。这也是秦始皇以来《易经》不绝的原因之一，这个世界生成模型使一代一代的人投入其中，去把握人和造化的秘密。但是，我读《易经》，发现不仅算卦者不曾完胜，就是对易卦的解释，也不曾有人做到全然的理解。我自己有过解读一卦时豁然开朗的发现欢乐，但仍有部分卦，我们已经永远难以理解当初何以如此系辞了。好在观象系辞，得象即可忘辞，辞义远非重要，重要的是通过观象理解我们在时空中的位置。

什么是时间？在我们这个有效也有限的太阳系内，时间就是地球绕太阳运动所具有的能量，时间不可能独立存在，其运动有参照，其能量释放大致均匀。科学家们测算，一年时间并不固定，只是大体固定，365天或366天。此前可能更短；此后可能更长，据说会到一年384天或390天。这样说，我们就能理解国家、个人的发展为什么有快慢,黑格尔说有的地方是"没有时间的国度",因为它没有参照,它只跟自己比,只顾顾影自怜自吹自擂;有的人一生等于白过,因为他没有生命能量的表达……

什么是空间?空间是能量结构。这种结构是多维的,不仅只有三维。通过无线电和互联网,我们知道,意识可以在虚拟的泛空间里交流。如果不在一个同质的空间里,我们永远不可能接收到他者的美善或恶意。

我们的先天之命或后天之运,就在时空中的不同阶段或不同方位结构里,由此,我们的生命能量不尽相同。我们努力,仍有不同的遇合或结果,即在这种能量的获得、释放和遭遇不同之故。大易之道,最重时、位,原因即在,初爻之时位者跟上九上六爻位者难以相互理解,不在其位,不解其意。生命确实平等,但这种先天之命和后天运位之不平等,有待于靠人们的努力去抹平。

悲观的人们以为这是一种宿命。但自宇宙诞生以来,世界就在累积记忆中前进,借用柏格森的说法,这种阴阳的积累排列构成了宇宙万物的进化冲动。宇宙系统、地球生物系统、人类系统、个体世界系统依次在演进中诞生,其目的在于后来者的个体对宇宙的模拟、自觉合一。个体在这种合一里回馈宇宙,并享受创造的快乐。

个体在时空中的位置自觉,即在于发现自身的时空特性,并依从它建立起跟外界的有效交换方式。在个体系统中,时间即是一个独立的生命力具有的能量。一个人生命能量的长度、密度、热度，决定其人生的价值。而人生自觉，就在于跟外界能量交换中，不断地增长、增密自身的创造性能量。《易经》的吉凶悔吝指导，正在于集中而非耗散能量，在于有效利用生命的能量。让每一个体一如太极太阳那样，照亮自己和周围。孔子说："假我数年，若是，则我于易彬彬矣。"他成为真正的太极，天不生仲尼，万古如长夜。他在当时的空间里难行其道，却穿越了时间以及更大的空间，为今天的全世界所尊重。

《易经》是为君子谋，为君子忧患的。对于小人，对于口腹之欲、食色之性的人，对于没有度过口腔期的人，《易经》的训导似乎无济于事。但小人的命运在《易经》里也写好了。也因此，我们中国人有此原创性的经典，却不得其用。我们多把它看作趋利避害的教导，把它当作乡愿、犬儒的指南，却很少想到它是如此积极地提升并增富了生命的能量。对于大易之道，百姓日用而不知。但在西方，自古希腊以来，雅典的公民们就发现了一种天行健而自强不息的生存方式，苏格拉底说，未经审视的人生是不值得过的。这种反思，即是生命能量的提升。太初有道，道与上帝同在，道就是上帝。是以西方人荣耀上帝，荣耀大道，而成全了一个个的自我。两相比较，在《易经》诞生的国度，反而少有个体的成就。这是一个令人痛心的事实。

因此，我不揣浅陋向读者奉上我对《易经》的解读，即是希望我们从先哲的成果里获得对宇宙和我们自身演进的认识。传说2012年以后旧时代结束，伴随时代结束的还有各大文明自私自信的经典，新的时代需要极为简易的认识，这种认识，非

《易经》莫属。

跟其他文明传统的经典不同，《易经》是自伏羲到春秋以来数千年的遗产。其他经典，或一人一团体一时之结晶，唯《易经》是大陆中国东南西北四至、春夏秋冬二分二至、数千年间时空中的瑰宝。今天，我们借历史之上帝的眼光，可以想象或"观看"地球上东方大陆上的人民和自然的生息。这些蚂蚁一样的地上个体，在无序中生活，却渐渐显现出必然的德性、品质和遭遇。即使它们左冲右突，仍在山、泽、水、火、雷、风、乾、坤的支配下，他们冲突得剧烈时会夭折，他们顺应时会适得其所，他们健行时会日新又新……

在我们这样观看的一瞬，地上的人事代谢已经数千年。其中人生百年的规律、人世聚散的吉凶等重复了无数次：在某个时间点上，他们必然祭祀亨通；在某个时间段内，他们能够利涉大川；在某个时候，他们南行南征吉利；从某个日子算起，到多少天之后，他们必然能见到小鸡孵化；太阳回来后的多少天内，他们必然多有口福……这些宏大又具体而微的自然和人间之"象"，也为夏商周三代的中国思想家们捕捉、把握到了，他们观象系辞，以照相般的精准记下了自然和人间的"秘密"。这就是《易经》。

《易经》以一个太阳年为中心，将无数太阳年重复发生的自然和人事之象归纳总结，说明一个太阳年中的人间轨迹，这也可算为先天之命运。后来者，无不遵循。

因此，不难理解，这些数千年时空间的自然和人事消息，其规律，其模型，其参数，同样适用于现代中国，适用于北半球的人类世界。这由当代国际社会的建筑、卫生预防等节日跟易卦时空之义相同即可证明。更为匪夷所思的是，由此足够规模时空演绎出来的参数模型，不仅大至适用于人类世界，也可小至适用于个体人生，是以《易经》诞生以来，中国人就以之测算个人的命运。这种宇宙间各种系统的内在同构，正说明一切系统演进的合宇宙目的性。借用佛家的话来说，《易经》是三千中千世界，却也适用于三千小千世界，适用于三千大千世界。

在时间中出生的人，必然有着不同的命运，震卦时段的人身心雷动，离卦时段的人灵秀，兑卦时段的人欲仙欲死，乾卦时段的人健行，巽卦时段的人注重声名，艮卦时段的人内省……这种必然的规定性，一如空间中出生的人，北方人高大沉稳，南方人灵巧；欧洲人明于利和理，东方人明于礼和义；自然，大陆中国人生来熟悉道德，美洲人长成即受上帝爱护……《易经》对个体展开示现的轨迹即命运有着恰当的总结。这一结论至今有效。

孔子五十而读《易》。传统《易》因多次变乱次序，使得《易经》系辞一如天书，多不可解，使人一旦读《易》，而晦涩难懂得耗费岁月心力，皓首穷经难有收获。闲坐小窗读《周易》，不知春去几多时。今天，《易经》以新的简单面貌示人，开卷有益，随时翻阅而有得。读《易》可使我们明心见性，乐天知命，自觉自悟，协同进化，唯变所适……用古代中国人的话说："观乎天文，以察时变；观乎人文，以化成天下。""与天地合其德，与日月合其明，与四时合其序，与鬼神合其吉凶。先天而天弗违，后天而奉天时。"……

2013祭炎帝文

我国族立于日出东方，历百世而不衰，得益于上古诸圣。如西人居处日归之地，越传统而现代，受教于创世诸神。西域创世有亚当，亚伯拉罕；东土开天有伏羲，炎帝神农。西方有盗火之神普罗米修斯，吾人有正火之圣炎帝神农。

盖炎帝荣耀我族，乃大人继明而照于四方。燧人火种，因之可正传；庖牺治厨，由之而大美。日暮千年，一火即明。堂屋重屋，是道帝名。由己饥溺，由己病肠，始能遍尝百草，以身为度。美哉耒耨，美哉集市，始能聚精会神，地平天成。农桑医药历律，极高明而落实日用；市场文字法治，致广大而尽于细节。西人治事，用药用铁用火用毒；炎帝用心，依草依木依盟依和。以先觉觉后觉兮，声教所暨利于天下，行无为有为兮，公平正义四海一家。

于是吾族能安身立命而可世代蕃衍，东土由渔猎行国而入农耕文明。德在炎帝。吾人兴于《诗》立于《礼》成于《乐》，而愿生于斯长于斯歌于斯。功在炎帝。和平结盟禅代于轩辕，合众开拓化成于天下。道在炎帝。于是吾人可慎终追远，赞颂炎帝之名，继往开来，重光炎帝辉煌。吾人再造中国，由中国之中国，入亚洲之中国，成世界之中国。

颂曰：

教民稼穑兮，文明陶冶；亲近自然兮，出入无疾；日中为市兮，朋来无咎。复见天地之心兮，兴作天地之人。

再颂曰：

大作天下，赫赫农皇。元亨与贞，利用工商。终和且平，是盟帝黄。炎炎大有，屹立东方。吾人有幸，千载慰望。吉日致颂，沐浴馨香。告慰先灵，伏惟尚飨。

释义：

炎帝神农部落可能至少有炎帝神农、祝融、重、诅诵、舜等杰出的领袖，发明发现了农耕社会众多的生产生活模式。从现在的资料和史观看，他们是中国农耕文明的奠基者。跟黄帝盟和，下启禅让制，扩大了华夏的规模和影响，是文明史上最早解决了如何自处和共处的部族。

文本中的一些元素多采集自《易经》：

《风雷益》："利用为大作，元吉无咎。"大作指农田生产和工程建设。

《火雷噬嗑卦》："利用狱。"即有刑罚和法治萌芽。"日中为市。"当为工商、公平、法治等元素萌芽。

《离卦》中称赞离火光明之义："大人继明照于四方。"指火义有两次多次辉煌，寓复兴意，兆炎帝、神农两次及以后多次复兴。明堂，湖北人今称"堂屋"；厨房，湖北人至今称"重屋",即是火正、炎帝部落的重的名字。

《地雷复卦》称赞复兴和光明温暖:"复见天地之心",心指太阳、光明。"出入无疾,朋来无咎。"朋在上古时指货币,日中为市之朋当然兼货币和朋友之义。遍尝百草之出入无疾,既指人要亲近自然可免疾病,又有对疾速发展的现代病的告诫,应该慢一些。

《泽雷随卦》"君子以向晦入宴息",仍是从火得启示。"随"字本是剞肉祭祀之义,随祭随喜。炎帝部落的随和特征、中国的祭祀传统从中可见消息。

故从炎帝的功绩中确实可以梳理出给现代人的诸多启示。

2014祭炎帝文

盖闻道莫正于中,德莫大于和,教莫化于文明,法莫彰于利人。粤稽邃古,榛榛莽莽,天造草昧,民乏典章。伟哉炎帝神农,火性精阳,参赞四时五行,大放明光。

唯帝至德自然,卧则民居,起则于于,与麋鹿处,无有相害。唯帝智周万物,因天之时,分地之利,中聚人和,创制修文。始治农功,五谷乃丰。以麻为布,就土筑墙。日中交易,首辟市场。结丝为弦,削桐为琴。剡木弧矢,以御侵凌。遍尝百草,扶伤救死。正审寒温,以历气节。

伟哉炎帝神农,神不驰于胸中,智不出于四域,心怀仁诚,甘雨时降。治天下以数以禁，抚万民有教有法。绍羲皇之文德，开华夏之大业。道光三代，勋庇八方。佑启后昆，食德于今。

当世中国，盛业超前；波澜阔壮，四裔咸瞻。我辈今于湖北随州，聚烈山之巅，缅怀祖德，垂鉴至诚。怀思皇灵，保我蒸民。助炎汉之光大，启神州之景运。祀典告成，来格来歆！俎豆馨香，伏惟尚飨！

参考文献：

《庄子》："神农之世，卧则居居，起则于于，民知其母，不知其父，与麋鹿共处，耕而食，织而衣，无有相害之心，此至德之隆也。"

《后五行志》："火者，阳之精也，火性炎。"

顾炎武："人用火必取之木，而复有四时五行之变。"

《杨泉理论》："神农始治农功，正气节，审寒温，以为早晚之期，故立历日"。

《神农之禁》："春夏之所生。不伤不害。"

《神农之数》："一谷不登，减一谷，谷之法什倍。二谷不登，减二谷，谷之法再什倍。夷疏满之，无食者予之陈，无种者贷之新。"

《神农之法》："丈夫丁壮不耕，天下有受其饥者。妇人当年不织，天下有受其寒者。"

《神农之教》："有石城十仞，有汤池百步。带甲百万，而亡粟。弗能守也。"

礼 记

止于至善的东方"启示录"

自省之书：中国原典的当代精神

人要有自己的东西,自己的宝藏;人要修行,实践;人要休息,懂得现世安稳、岁月静好;人要"逍遥游"于社会自然中,与天地精神相往来。

对美好社会的思考,现当代人的结论甚至有所退步。如现代史上有名的"好人政府论"、当代流行歌曲唱的"只要人人都献出一点爱,这世界就是美好的人间"等,都从东西方的礼、义立场大大后退了。

把人生当作一场学习或修行,尊德性而道问学,致广大而致精微。这才是人生的高明,也是中庸之道。

藏修息游的人生教育

教育问题是人生社会的一大问题，今天中国社会的教育让很多人摇头，主流教育的产业化和素质口号不用说，在民间，也出现了私塾、学院、父子在家教育等"盗火者"。但教育问题不仅是中国的问题，虽然中国的家长孩子一度挽救了西方不少濒临倒闭的学校，但在西方，教育几乎是历届总统大选中最为社会所谈论也为人诟病的话题。说到底，我们感受的现代社会的危难，根源在于教育。在这方面，寻根追源，看看先人的教育理念会给我们启示，在这方面，孔子在《论语》中的想法、《大学》一篇中的倡导，都值得学习。但把教育问题说得通透全面的，莫过于《礼记》中的《学记》一篇。

现代教育始于启蒙运动，启蒙运动的一大号召在于勇敢地运于自己的理性，但在社会发展中，这一理性化得到极端发展，那就是人在人生社会中永不停息地接受、拥有、参与……但《学记》对"君子之于学"的境界明确地说：藏焉、修焉、息焉、游焉。我们从人生的立场看这四个关键词，可以说，人要有自己的东西，自己的宝藏；人要修行，实践；人要休息，懂得现世安稳、岁月静好；人要"逍遥游"于社会自然中，与天地精神相往来。

即使具体从学习的角度看君子之学的境界：藏焉，学不能白学，学不能为老师、家长而学；把经典宝藏藏到自己心里，变成自己的。中国人一般说，看一个人的学识，叫"腹笥"，肚子里有没有货，没货的人是白学了。修焉，有了学问，就要去修行，在日常实践中去运用。有所藏，有所行，知行合了，一个人的自心就来了。自心就是息，息焉，身心就像镜子、像平静的水一样，把生活的烦琐和凌乱映照得清晰、和谐、有序，这就是息。然后是游焉，孔子曾说这一境界是从心所欲而不逾矩，优哉游哉。

可见，中国先哲对人生有一种极为通达的见解。其中为我们今人陌生的一个境界，自心为息——即人来到世上要找到自己的身心，要通过日常生活中的学习去变化气质、听取内心，从而达到内心的安宁，使人气度开阔，胸中淡定。这种自省其心，才能不为外物所执，也不为自心所役，而获得真正的自在，喜怒哀乐之发皆能中节。苏东坡则说，用舍由时，行藏在我，袖手何妨闲处看。

《学记》一篇可诵可习，其重要者非止一端。我们今天熟悉的名言"玉不琢，不成器；人不学，不知道""学然后知不足，教然后知困""教学相长""凡学之道，严师为难""善歌者使人继其声，善教者使人继其志""大德不官，大道不器，大信不约""记问之学，不足以为人师""独学而无友，则孤陋而寡闻"等,都来自《学记》。

这篇文献可称为中国文化教育的纲领性文献。今天不少教育工作者引外来的教育模式以济国人之困,如亲子教育的华德福模式、美式的迪科奕阳阅读模式,还有日式、英式教育等,或者重温《学记》也能对当代的教育有所启迪。

《学记》开明宗义:"发虑宪,求善良,足以謏闻,不足以动众。就贤体远,足以动众,未足以化民。君子如欲化民成俗,其必由学乎!"自我反思、践行良知,足以让人了解自己的美德,但不足以打动并动员众人。亲近贤能、体怀远人,足以动员大家,但不足以教化人的心灵。君子希望教化人,成其美俗,兴学是必由之路。

《学记》告诉人们,古代的教育是这样的:"古之教者,家有塾,党有庠,术有序,国有学。比年入学,中年考校。一年视离经辨志,三年视敬业乐群,五年视博习亲师,七年视论学取友,谓之小成;九年知类通达,强立而不反,谓之大成。夫然后足以化民易俗,近者说服而远者怀之,此大学之道也。"古人设学施教,闾巷有"塾",乡里有"庠",地区有"序",诸侯、天子有"大学"。学校每年招收新生,来年考试一次。第一年考查阅读能力和志向;第三年考查是否尊敬师长,能否和学友和睦相处;第五年考查是否广学博览,亲敬师长;第七年考查在学术上的见解和择友的眼光,如果合格,叫作"小成";第九年考查是否能够触类旁通,知识渊博通达,临事不惑,不违背老师教诲,如果合格,就是"大成"。然后足可以教化人,移风易俗，让近处的人都悦服，让远处的人都向往这里。这就是古人伟大的教育制度。

我们由此话可知，《学记》产生于秦汉年间，是对古代中国文化教育的总结。在《学记》看来，教育有七个原则："示敬道也"，身穿盛服以素菜祭祀先圣先师；"官其始也"，齐颂《小雅》中的《鹿鸣》《四牡》《皇皇者华》等篇章，以表达自己治世的愿望；"孙其业也"，击鼓召集学生、发放书筐，让人明白学习是一项庄严的事业；"收其威也"，设置夏、楚两种学刑，让学子们遵守规则、有所克制；"游其志也"，不轻易视察，让学子们的志向自由发展；"存其心也"，视察的时候，多听而少说，让学子们用心思考牢记；"学不躐等也"，对于初学者，只听不问，不急于求成。《学记》还引证说，凡学习，培养做官的能力首先在于培养从事具体事务的能力；培养士，则首先在于培养心灵的方向。

《学记》也批评了当时流行的错误教育方法："今之教者，呻其占毕，多其讯，言及于数，进而不顾其安，使人不由其诚，教人不尽其材，其施之也悖，其求之也佛。夫然，故隐其学而疾其师，苦其难而不知其益也。虽终其业，其去之必速。" 今天的教育工作者，把自己都不理解的内容念给学生听，或者讲得令人难以理解，急于赶进度不顾及学生的不安，让他们从小就学会放弃真诚并言不由衷，不充分发挥每个学生的潜能。教学混乱，却希求学生们能够觉悟。结果，学生们厌学、讨厌老师，觉得学习是一个苦差事，不知道学习有什么用。即使勉强结业，也会很快忘得一干二净。我们看这一段，就像是说千年后今天的教育一样。

《学记》还说了四种教育方法。"大学之法：禁于未发之谓豫，当其可之谓时，不陵节而施之谓孙，相观而善之谓摩。"伟大的教育原则，在于问题未发生之前就告诉学生规则，在适合学习的年龄让他们接受尽可能好的教育，不超越学生的接受能力进行教学，相互观察、效法从而达到各自获益等。

《学记》总结了六种不利于学习的类型。"发然后禁，则扞格而不胜；时过然后学，则勤苦而难成；杂施而不孙，则坏乱而不修；独学而无友，则孤陋而寡闻；燕朋逆其师；燕辟废其学。"产生逆反心理了再去教规则，会冲突不断；过了适学年龄再学习，则勤苦而难成；教学混乱而不循序渐进，学生会厌倦学习也不去实践；独学而无友，则容易孤陋寡闻；接触坏的朋友会疏远老师；沉迷于某种癖好会荒废学业。

《学记》虽然是理论论纲，却跟中国其他经典文献一样不乏诗意。"虽有嘉肴，弗食不知其旨也。虽有至道，弗学不知其善也。""善歌者使人继其声，善教者使人继其志。""良冶之子，必学为裘；良弓之子，必学为箕；始驾马者反之，车在马前。""鼓无当于五声，五声弗得不和；水无当于五色，五色弗得不章；学无当于五官，五官弗得不治。""善待问者如撞钟，叩之以小者则小鸣，叩之以大者则大鸣。"我们读这样的教育文献，可以看到先人把教育、学习跟人生、社会、自然之间打通了。《学记》既是"学记"，也是"教记"，是"教学记"。因为"学"并非一个独立存在的事件,而是为了化民成俗、悟道为人,是人生的内容,是日常生活。

《学记》关于教育的结论也是斩钉截铁的。"师严然后道尊,道尊然后民知敬学。""记问之学,不足以为人师。"

《学记》是超越时空的。它跟现代教育理论并不冲突,在某种意义上,它更具形式感,也更有教学相长的学习人生化、实践化思想。因此,在大变动的时代,人们会重温它,从中汲取思想资源,以开启未来。如清末民初,不仅张之洞等人有《劝学篇》传世,而且刘光蕡、王树枏等受传统熏陶而又盼望变革求新的文人,借着重新演绎《学记》而发出了启蒙与救国的呼声。刘说:"旧书重读,新解特生,盖身世之悲有不能自己于言者,强附经训以告稚子。"他认为社会贫弱局面的病根就出于"兵不学而骄,吏不学而贪,农不学而惰,工不学而拙,商不学而奸欺",通过《学记》,他意识到:"化民成俗为兴学之本意,则造士育材犹为教学第二义,此亦今日立学堂者所当深思。"

王树枏则把《学记》做了中西比较。如"学不躐等",他说:"泰西教育家之言曰:教人之道宜由已知以及未知。""游焉",他说:"泰西诸国教育最重游戏一事,英国教员以善与生徒游戏者为上。""不顾其安",他说:"波多野贞之助云:授受合于程度,是曰感受;因其固有者而发达之,俾有再生之观念……"今天的教育工作者,会有更开阔的视野看待《学记》的现代意义。

我们由此可见《学记》的生命力。如前说,《学记》总结了前人经验和现实教训，它立足于丰富的实践，跟现代教育学说有相应之处；但它的文化背景不同，以之为参照，更能看清我们的现实，更能看出我们的盲区。事实上，通读《学记》，我们知道，这不仅是教、学之事，也是人生之事，每一个人都可以从中看见自己的位置，看到自己在"藏修息游"的序列里处于哪一个阶段。

什么是美好社会

什么是美好社会？我们中国人多半会说是"大同社会"，说到大同，《礼记·礼运》开篇就有一段广为人知的名言："大道之行也，天下为公，选贤与能，讲信修睦。故人不独亲其亲，不独子其子，使老有所终，壮有所用，幼有所长，矜寡孤独废疾者，皆有所养；男有分，女有归；货恶其弃于地，不必藏于己；力恶其不出于身也，不必为己，是故谋闭而不兴，盗窃乱贼而不作，故外户而不闭，是谓大同。"

这段话几乎成为中国人对美好社会最高的赞辞。但实际上这段话及这篇文献在学术界有着很多争论，难有定论。《礼运》托名孔子来叙述，有不少人以为这是儒家的理想，但同样有不少人如宋代的吕祖谦、朱熹，民国的梁漱溟等人认为它根本不是儒家的，它的思想跟孔子的思想是矛盾的。儒家推崇"三代之治"，而大同、小康之说推崇上古，贬低三代，直接同儒家学说冲突。

儒家强调亲亲尊尊，而大同理想反对独亲独尊等。朱熹明确说，《礼运》非圣人之书。他们，包括民国以来的一些学人认为它是老庄的思想或墨子的思想。

不过，在顶级的学术研思之外，民众是否接受则是另一回事，今天普通人多以为这是儒家的思想，是传统中国文化的理想社会。在很多重要的场合，人们都愿意把集体朗诵这一"礼运大同篇"作为保留节目，"大同"这段话也被谱写成歌曲，供人传唱。

这篇文献值得一读。抛开专家的争论，用普通人的感受去读。昔者仲尼与于蜡宾，事毕，出游于观之上，喟然而叹。仲尼之叹，盖叹鲁也。言偃在侧，曰："君子何叹？"孔子曰："大道之行也，与三代之英，丘未之逮也，而有志焉。"

如果我们猜想当时的情景，我们也可以理解，秦汉时代的思想家们写出这样一篇文献，托名孔子，确实把儒家、道家、墨家的思想综合在一起了。孔子感叹自己既未"逮"到"大道之行"的时代，也未"逮"到"三代之英"，可见这个"孔子"跟实际的孔子已经不大一样了。实际的孔子知行合一、"知其不可为而为之"，文献虚构的孔子表露了更丰沛的情感。

在这篇文献里，我们也未看到孔子对"大同""小康"的褒贬或说价值判断。很多人以为孔子说的"大同"是一种理想，但"大同"中根本没涉及对物质、品德和个性等问题的关注，没有涉及社会发展的终极。大同社会中的现象都是原始的、朴素的，是中国历史传说中的"禅让时代"。人性纯朴，没有德行的观念意识，没有对礼乐的需要。对"小康"的描述："禹、汤、文、武、成王、周公，由此其选也。此六君子者，未有不谨于礼者也，以著其义，以考其信，著有过，刑仁讲让，示民有常。如有不由此者，在执者去，众以为殃。是谓小康。"这是在时代的发展中出现的结果，孔子的描述极为正面，我们看不出"小康"低于"大同"。

如一些学者揭示的，《礼运》这篇文献揭示的是礼的起源、演进及运转。唐代的孔颖达说："子游所问唯论礼之运转之事，故以《礼运》为标目耳。"《礼运》乃是为礼乐生活与礼乐政治制度张本的，它最终表明了礼乐政教生活的正当性。换句话说，小康社会是"礼乐时代的生活"，大同社会是"前礼乐时代的生活"。"丘未之逮也"，用我们现在的话来解释，孔子说的是，余生也晚，未赶上"大道之行"的大同和"三代之英"的小康等好时代。从大同到小康，只是历史发展的阶段，并非两种"理想"类型。我们从文献中看到，孔子也没有停留在"大同"的描述上，他重点在讲礼的重要性。

虽然孔子说他"有志于"大同之世，因为那时大道流行；但他并没有主张从"小康"回到"大同"，孔子对"大同""小康"的描述说明了礼乐生活的重大和紧迫，弟子听出了："如此，礼之急也？"孔子则明确强调："夫礼，先王以承天之道，以治人之情，故失之者死，得之者生，诗曰：'相鼠有体，人而无礼。人而无礼，胡不遄死？'"不是返回到大同时代，而是立足于礼乐，"故圣人以礼示之，故天下国家可得而正也"。由此

礼记 止于至善的东方"启示录"

可见，文献中孔子并没有强化"大同""小康"的差异，而是立足于现实，曾经的历史阶段如大同已经悬置成为一个背景参照、一种理想。在理想与现实之间，不是要撇开礼乐时代回到大同，而是要在礼乐时代的小康生活中建立与大同的连续性。

孔子对礼的起源的解释符合我们的生活经验。"我欲观夏道，是故之杞，而不足征也，吾得夏时焉。我欲观殷道，是故之宋，而不足征也，吾得坤乾焉。坤乾之义，夏时之等，吾以是观之。"孔子以自己的经验说明了"礼失求诸野"，在乡间、在边缘地带有着我们久违的礼仪，只要我们回到诸野，我们自身生命中的礼仪精神或意识就会苏醒。这也是今天的旅游者们愿意在丽江、大理和内地农村一带感受礼仪的一大因缘。

"夫礼之初，始诸饮食。"孔子如是说，上古时，礼的产生是从饮食开始的，那时的人们尚未发明陶器，他们把谷物、小猪放在烧热的石头上焙烤，地上挖个小坑来储水，双手捧起来喝，把土抟成鼓槌，垒个小土台子就当鼓，在他们看来，用自己的这种生活方式来表达对于鬼神的敬意，好像也是可以的。这便有了最原始的祭礼。等到他们死的时候，其家属就上到屋顶向着北方高喊："喂——，亲人某某你回来吧！"招魂之后，就把生稻生米放在死者口中，到了送葬的时候，又用草叶包着熟食作为祭品送他上路。就这样向天上招魂，在地下埋葬，肉体入之于地，灵魂升之于天。所以死人头皆朝北而葬，北向是阴；活人都面向南而居，南方是阳。现在实行的这些礼仪都是古代传下来的。

这是很了不起的观察。孔子的这段话几乎也是我们当代中国的一些偏僻农村的实录。孔子说,从这种民间的仪式上升到国家社会层面,"以正君臣,以笃父子,以睦兄弟,以齐上下,夫妇有所。是谓承天之祜""祝以孝告,嘏以慈告,是谓大祥。此礼之大成也"。这样的礼乐生活和礼乐社会就沟通了大道大同。

但遗憾的是,这样的美好社会难以长久,会礼崩乐坏。春秋时代,正是礼崩乐坏的时代,孔子描述并为这一时代的种种现象命名。"祝嘏辞说,藏于宗祝巫史,非礼也,是谓幽国。盏斝及尸君,非礼也,是谓僭君。冕弁兵革藏于私家,非礼也,是谓胁君。大夫具官,祭器不假,声乐皆具,非礼也,是谓乱国。……故政不正则君位危,君位危则大臣倍,小臣窃。刑肃而俗敝,则法无常,法无常而礼无列,礼无列则士不事也。刑肃而俗敝,则民弗归也。是谓疵国。"这样的现象也是我们熟悉而不曾判断、命名的。

孔子说明了礼乐的重要:"故圣人耐以天下为一家,以中国为一人者,非意之也,必知其情,辟于其义,明于其利,达于其患,然后能为之。"我们中国人以"礼义之邦"相标榜,这篇文献是值得深究的。这篇文献在某种程度上是被埋没了,人们只注意到其中的"大同"段落,很少注意到文献对礼之演变的描述。自兹以降,汉代纬书神话中虚无缥缈的"神仙国",魏晋时期阮籍在《大人先生传》中所描绘的"太初社会"、嵇康理想中的"至德之世"、陶渊明笔下的桃花源,宋代王禹偁在《录海人书》中提到的"海人国"、康与之在《昨梦录》中刻画的"西京隐乡",直至清代李汝珍在《镜花缘》中用以表达其终极社会理想的"君子国"等，都是对"大同社会"的简单拷贝，它们都没有还复社会的丰富复杂性，也没有还原人的丰富复杂性。

当代作家简直以其悲悯和忧患创作的小说《浮图》，虽然在制度设计、生活方式等方面做过一些细致的思考，但也把社会和人理想化了、简单化了。对美好社会的思考，现当代人的结论甚至有所退步。如现代史上有名的"好人政府论"、当代流行歌曲唱的"只要人人都献出一点爱，这世界就是美好的人间"等，都从东西方的礼义立场大大后退了。

这跟人们对这篇文献的误读不无关系。很多人把这篇文献简单地归结为"大同理想"，并把这一理想跟西方的"理想国""乌托邦"相比较。人们说，孔子的"大同世界"是建立在"仁爱原则"的基础之上的，而仁爱是一种"德行情感"；西方人如柏拉图的"理想国"则是建立在"公正原则"的基础之上的，而公正是一种"实践理性"。人们忘了，孔子的"仁"也是通过礼来实践的，克己复礼是谓仁。本篇文献明确："故礼也者，义之实也。协诸义而协，则礼虽先王未之有，可以义起也。义者，艺之分，仁之节也。协于艺，讲于仁，得之者强。仁者，义之本也，顺之体也，得之者尊。"礼不仅是孔子等儒士的专利，也是老庄、墨子等人的常识。老子是鄙薄礼的人，他痛恨礼崩乐坏之际的忠信之薄也，但他自己是礼乐大师。魏晋七贤是鄙薄礼教的，但他们几乎个个是讲礼的行家。礼乐生活，既有形式又有内容，用我们现代的语言来说，它连接了仁爱原则和公正原则。

由此可见，美好社会需要仁爱，但更需要通过礼的桥梁、义的桥梁来落实。"修礼以达义，体信以达顺故，此顺之实也。"能够通过礼乐而把正义加以制度化，又通过诚信以达到顺应正义。而太平盛世也不过是顺应礼义的结果罢了。传统文化中的"礼崩乐坏"也许不是错在对仁爱等"德行情感"的强调上，而是失在对正义原则及其实践的忽视。直到今天，我们重视感恩、情感，对正义避而不谈，对礼仪无可无不可，也说明我们对"礼义之邦"大概没有感觉了。

人身之射与道极高明

《中庸》一篇相传是孔子之孙子思所作，子思被称为"述圣"，他对孔子的思想述而不作。也有人怀疑他添加了自己的意思，如穆公就当面对他说过："子之书所记夫子之言，或者以谓子之辞。"子思的回答是："臣所记臣祖之言，或亲闻之者，有闻之于人者，虽非其正辞，然犹不失其意焉。"

在子思生活的时代，世道更加浇漓。子思知道祖父很多不为众所知的思想，他想把这些思想表述出来，用我们今天的话说，他的人生使命跟孔子有所不同。孔子还想用世、救世，子思则更多地考虑人如何接近自己的目标、人为什么难以抵达目标。像孔子那样的圣人都不能为世所用，子思这样的德位不一致是怎么回事？这一问题即是"中"的意识，为什么不"中"？为什么不"中庸"？为什么不中用？

子思其实是不亚于祖父的思想家,他的思考有其坚固的力量,有其人生的浩荡和诗性。当老师曾子指出他"有傲世主之心"时,他的回答直截了当:"时移世异,各有宜也。……舜、禹揖让,汤、武用师,非故相诡,乃各时也。"

我们今天读子思先生的《中庸》可以从很多角度去读,从形而上层面到人生的具体法则,都可以从《中庸》那里得到启示。朱熹就承认《中庸》是难读的,但却是儒门的精髓,值得读过孔孟之后再来读,他认为对于《中庸》来说,"善学者玩索而有得,则终身用之,有不能尽矣"。朱熹自己就示范了这一点。1167年秋天,他不远千里跑到湖南长沙去,跟岳麓书院的张栻会讲,讨论《中庸》之义,据说,"二先生论《中庸》之义,三日夜而不能合。"前来听他们讲学的人极多,以至于"学徒千余,舆马之众至饮池水立竭",可见当时盛况。我们由此可知,子思思想的博大精深。

什么是中庸?不偏谓之中,不易谓之庸。不偏不倚谓之"中",不改变常规谓之"庸"。中庸,就是中用。有人认为中庸思想是持之以恒的人生成功之学。中庸还细化出几个意思,如执中守正、折中致和、因时制宜等。

子思认为君子是要依乎中庸的。这并不是要我们中立、平常,做和事佬、乡愿者,而是要我们把人生当作一场学习或修行,尊德行而道问学,致广大而致精微。这才是人生的高明,也是中庸之道。道极高明而近中庸,正如子思提出的学习方式——"博学之,审问之,慎思之,明辨之,笃行之。"

子思的思想基础是天人合一。即合于至诚、至善,达到"致中和,天地位焉,万物育焉","唯天下至诚为能尽其性,能尽其性则能尽人之性;能尽人之性,则能尽物之性;能尽物之性,则可以赞天地之化育;可以赞天地之化育,则可以与天地参矣"的境界。"与天地参"是天人合一。这种合一,既是天道与人道的合一,也是天性与人性的合一,即至诚至善,"诚者,天之道也。诚之者,人之道也。"这种合一,还是理性与情感的合一,"喜怒哀乐之未发谓之中,发而皆中节谓之和。"这种合一,又是鬼神与圣人的合一,"故君子之道,本诸身,征诸庶民,考诸三王而不缪,建诸天地而不悖,质诸鬼神而无疑,百世以俟圣人而不惑。质诸鬼神而无疑,知天也;百世以俟圣人而不惑,知人也。是故君子动而世为天下道,行而世为天下法,言而世为天下则。"这种合一,更是内在与外在的合一,即品德意识与品德行为的合一,或者说成己与成物的合一,或者说是知与行的合一,"诚者自成也,而道,自道也。诚者,物之终始,不诚无物。是故君子诚之为贵。诚者,非自成己而已也,所在成物也。成己,仁也;成物,知也。性之德也,合外内之道也。故时措之宜也。"

中庸之道的具体内容包括五达道、三达德、九经。五达道就是基本的人际关系,即君臣(上下)、父子、夫妻、兄弟以及朋友的交往。三达德就是智、仁、勇等通行的品德,以之来调节人的社会关系。"天下之达道五,所以行之者三。曰君臣也,父子也,夫妇也,昆弟也,朋友之交也,五者天下之达道也。知、仁、勇三者，天下之达德也，所以行之者一也。"九经就是中庸之道用来治理天下国家以达到太平和合的九项具体工作。这九项工作是：修养自身，尊重贤人，爱护亲族，敬重大臣，体恤众臣，爱护百姓，劝勉各种工匠，优待远方来的客人，安抚诸侯。

我们由此可知，《中庸》一篇虽短，内容却是博大的、提纲挈领的，但其论述而不乏极为具体的人生意象和细节。在这样的思考中，先祖的话语、《诗经》的话语也纷至沓来，供子思来安排、来铸进自己的言辞秩序中来。如子思说："子曰：'道不远人，人之为道而远人，不可以为道。'《诗》云：'伐柯伐柯，其则不远。'执柯以伐柯，睨而视之，犹以为远。故君子以人治人，改而止。忠恕违道不远。施诸己而不愿，亦勿施于人。"

子思的思想可以说是先秦中国思想范式的典型表达，我们可以称之为一种东方式思维，既具象又抽象。这也是一种中庸之道，既不沉溺于具体的感性的人生社会经验，又不迷恋于纯粹的抽象的思辨，而是将人生和宇宙自然打通，在与天地参中安顿好自身和世界。"君子素其位而行，不愿乎其外。素富贵行乎富贵，素贫贱行乎贫贱，素夷狄行乎夷狄，素患难行乎患难，君子无入而不自得焉。在上位，不陵下；在下位，不援上。正己而不求于人，则无怨。上不怨天，下不尤人。故君子居易以俟命，小人行险以侥幸。子曰：'射有似乎君子，失诸正鹄，反求诸其身。'"

在讨论个人的地位时，子思举了先祖有关射礼的名言，其人生道理在于反求诸己。我们来看射礼，它从一门技术，上升到对生命德行的彰显角度，这样的天人思维大概是中国人的专长。

弓矢之道，据云出于黄帝，至殷周时，射礼已大备。礼、乐、射、御、书、数被称为六艺。周之射，可分为大射、燕射、宾射、乡射四大类，到唐朝，还以此为定例，三月三，九月九，会射于邦。在先人的丰富的人生社会活动中，射艺、射礼被大家提撕出来，成为技术与人伦道德结合的一种文明模式。中国人发现，射是体力与智慧、心情、德行的竞争，又是其结合。射字本是弓矢的象形之结合，后来衍生出身体与箭矢的结合、身体与分寸的结合，人们也在"射"的活动中不断增添新的意义。如孔子说："君子无所争，必也射乎！揖让而升下，而饮，其争也君子。"如汉代人扬雄说："修身以为弓，矫思以为矢，立义以为的，奠而后发，发必中矣。"

可以说，射本来是一种超人的工具，是一种竞技活动，但中国人重塑了它的灵魂，"饰之以礼乐"，把它改造成富有哲理的"弓道"，成为引导全民全面发展的教化之具，实现了个人人生德智体美的统一。在射的活动中，人们学会正确认识自我，《射义》说："射之为言者绎也，或曰舍也。绎者，各绎己之志也。故心平体正，持弓矢审固，持弓矢审固则射中矣。"射者身份各不相同，但都应在射礼的过程中寻绎自己的志向。只有心气平和、体态正直、紧握弓箭、瞄准目标，才有可能射中。孔子说："发而不失正鹄者，其唯贤者乎！"《射义》还说："射求正诸己，己正然后发，发而不中，则不怨胜己者，反求诸己而已矣。"射礼还可以学习面对挫折、增进团体的和谐。

我们从射字中可以感受到很多人生社会的道理，心理学的，身体与分寸感的结合；哲学的，人身即一张弓，要张弛有度，思想是箭矢，要有方向感……

射者一说话，就是一个"谢"字。我们由此可知，那些在竞技场上较技的射手一旦开口，就是辞让、谢幕、谦谢、退场。这也是"谢"的丰富含义：谢绝、辞谢、凋谢、谢场……无怪乎从孔子到子思这样的思想家，都对射艺做了形而上的思考，从中获得了人生的道理。孔子说："吾何执？执御乎？执射乎？吾执御矣。"我们由此可知，那些射手、御手，都需要明了中庸之道，提升自己人生的中庸，从礼乐、形而上层面来把握人生的诸多方面。射手在今天的社会很少见了，但御手即司机们却多忘掉了射御之礼之德行，今天的道路上、大街小巷间充斥着横冲直撞的御手，他们无礼，他们无德，他们不中庸。

射是需要目标的，需要命中目标的。在目标面前，我们中用不中用？直到今天，河南人还把"中"字作为口头禅，中不中？中。这就是中庸之道。

儒行的意义

在先秦经典中，《儒行》是一篇至今不知其作者的文献。这篇文献，其气象一如《孟子》，至大至刚，然而假托孔子之言，既给了后人人生的准则，也让不少学者为此大做文章。

《儒行》酣畅淋漓，除了开头结尾叙述鲁哀公与孔子对话的两段内容，中间十几段都在直说儒的真精神。不少学者认为，这是战国年间儒者们的伪作，但反映了儒者在世道衰微、人格渐卑的生活中，对曾有的人格气节的忠实记录和礼赞。"儒有席上之珍以待聘，夙夜强学以待问，怀忠信以待举，力行以待取。其自立有如此者。""儒有衣冠中，动作慎；其大让如慢，小让如伪；大则如威，小则如愧；其难进而易退也。粥粥若无能也：其容貌有如此者。""儒有居处齐难，其坐起恭敬，言必先信，行必中正，道途不争险易之利，冬夏不争阴阳之和，爱其死以有待也，养其身以有为也：其备豫有如此者。"

《儒行》的核心即是如此十五段表白，字句简易，可咏可诵。不少人的读后感是，读《儒行》一篇，不仅灵魂得到洗礼，就是身体本身也会得到一次调节，身心健旺、充沛、自信等。跟人们诵读《金刚经》等经典有所不同，读《儒行》不仅使人充满了感动，也使人充满了活力。难怪有人称赞《儒行》是辩护词，是赞美诗，是宣言书，是儒者们的立身之本和处世之道的圭臬与指南。

除了前述儒者的自立精神、儒者的容貌、儒者的积累准备方式外，儒者还有很多角度来检验其是真儒还是伪儒。"儒有不宝金玉，而忠信以为宝；不祈土地，立义以为土地；不祈多积，多文以为富；难得而易禄也，易禄而难畜也。非时不见，不亦难得乎？非义不合，不亦难畜乎？先劳而后禄，不亦易禄乎？其近人有如此者。"这是儒者帮人做事、接物待人的方式。"儒有委之以货财，淹之以乐好，见利不亏其义；劫之以众，沮之以兵，见死不更其守；鸷虫攫搏不程勇者，引重鼎不程其力；往者不悔，来者不豫；过言不再，流言不极；不断其威，不习其谋。其特立有如此者。"这是儒者的特立独行之处。"儒有可亲而不可劫也，可近而不可迫也，可杀而不可辱也。其居处不淫，其饮食不溽，其过失可微辨而不可面数也。其刚毅有如此者。"这是儒者的刚毅坚强。

"儒有忠信以为甲胄，礼义以为干橹，戴仁而行，抱义而处，虽有暴政，不更其所。其自立有如此者。"再次强调儒者的自立。"儒有一亩之宫，环堵之室，筚门，圭窬，蓬户，瓮牖；易衣而出，并日而食，上答之，不敢以疑；上不答，不敢以谄。其仕有如此者。"这是儒者的入仕清廉奉公精神。"儒有今人与居，古人与稽；今世行之，后世以为楷；适弗逢世，上弗援，下弗推，谗谄之民有比党而危之者，身可危也，而志不可夺也；虽危起居，竟信其志，犹将不忘百姓之病也。其忧思有如此者。"这是儒者忧患深思、悲天悯人的精神。

"儒有博学而不穷，笃行而不倦，幽居而不淫，上通而不困，礼之以和为贵，忠信之美，优游之法，慕贤而容众，毁方而瓦合。其宽裕有如此者。"这是儒者的宽容大度。"儒有内称不辟亲，外举不辟怨，程功积事，推贤而进达之。不望其报，君得其志；苟利国家，不求富贵。其举贤援能有如此者。"这是儒者推举贤能的方式。"儒有闻善以相告也，见善以相示也，爵位相先也，患难相死也，久相待也，远相致也。其任举有如此者。"这是儒者对待贤友的方式。

"儒者澡身而浴德，陈言而伏，静而正之，上弗知也；粗而翘之，又不急为也；不临深而为高，不加少而为多；世治不轻，世乱不沮；同弗与，异弗非也。其特立独行有如此者。"再次强调儒者的特立独行。"儒有上不臣天子，下不事诸侯，慎静而尚宽，强毅以与人，博学以知服，近文章，砥厉廉隅，虽分国如锱铢，不臣不仕。其规为有如此者。"这是儒者的自律精神。"儒有合志同方，营道同术，并立则乐，相下不厌，久不相见，闻流言不信。其行本方立义，同而进，不同而退。其交友有如此者。"这是儒者的交友之道。

"温良者，仁之本也；敬慎者，仁之地也；宽裕者，仁之作也；孙接者，仁之能也；礼节者，仁之貌也；言谈者，仁之文也；歌乐者，仁之和也；分散者，仁之施也。儒者兼而有之，犹且不敢言仁也。其尊让有如此者。"这是儒者的谦逊态度……

从自立、容貌、备豫、近人、特立、刚毅、自立、仕、忧思、宽裕、举贤援能、任举、特立独行、规为、交友、尊让，等等方面来说明儒者的立身处世态度，这篇文献可以说是儒家的真精神，是一面镜子，可以照见儒者的真伪、人格的高下、气节的尊卑。

正因为这篇文献有直抒胸臆之慨，又有镜鉴之效，它在很长时间里被当作中国士子的人生行动指南。据说，宋朝的太宗皇帝就经常把这篇文献当作礼物赠送给新科进士和官员们。现代中国在文明坎陷之际，上层精英的人生缺乏日常行为的参照，更遑论普通人的生活。章太炎等人就认为可以从《儒行》入手，来获得安身立命的思想资源和准则。章太炎认为："《儒行》所说十五儒,大抵艰苦卓绝,奋迈慷慨","奇节伟行之提倡,《儒行》一篇,触处皆是"。

熊十力先生在他的《读经示要》一书中,也特别突出《儒行》,并将之与《大学》放在了十分重要的地位。他说"《大学》《儒行》二篇,皆贯穿群经,而撮其要最,详其条贯,揭其宗旨,博大宏深""经旨广博,《大学》为之总括。三纲八目,范围天地,乾坤可毁,此理不易。续述《儒行》,皆人生之至正至常,不可不力践者"。当代学人徐泽荣则说:"儒行者,怀德抱仁之士所行也。艰苦卓绝,特立独行,慷慨激昂而温柔敦厚。有如明月清风,时令好雨,拂照天地,化育万物。奇节伟行之提倡,《儒行》一篇是也。"

但现实生活中表里不一的现象太多,从初衷到后来,作伪的现象也多了起来;以至于《儒行》表明的原儒生活成为后来者高不可攀、不可企及的典范,从经验层面变成了理想范畴。因此,自战国、秦汉、唐宋以降,以《儒行》情怀的人是很少的。这也反证《儒行》是先秦儒家的绝唱,是后世可望不可即的高标。唐代的寒山就有讽刺:"将他儒行篇,唤作贼盗律。脱体似蟬虫,咬破他书帙。"自宋代开始,对《儒行》文献挑剔的人也多了起来。大儒程颐认为:"《儒行》之篇,此书全无义理,如后世游说之士所为夸大之说。观孔子平日语言,有如是者否?"吕大临说:"此篇之说,有夸大胜人之气,少雍容深厚之风,窃意末世儒者将以自尊其教,谓'孔子言之',殊可疑。"南宋时有一个叫高闶的人上奏皇帝请求不要将《儒行》当礼品送人,据说原因就是"而其词夸大,类战国纵横之学,盖汉儒杂记,决非圣人格言。"

我们今人看儒家内部的这种见解,也许会觉得过度了。因为就连这些否定《儒行》的人也承认该文献的意义,如清代的孙希旦说:"其辞虽不粹,然其正大刚毅之意,恐亦非荀卿以下之所能及也。"就是说,无论称道《儒行》的学者,还是批评《儒行》的学者,都看到了《儒行》的特殊性。我们读《儒行》,再看学者们的言论,会加深我们对该篇文献的理解。《儒行》是《家语》与《礼记》共有的一篇文献,为《家语》第五篇,《礼记》第四十一篇。两篇只有个别字句的差异,可见这篇文献从秦汉年间开始流传的确真实不虚。

无论《儒行》是不是伪作,它的叙述风格仍如传统中国、印度、希腊的经典叙述一样,在强调道理、提出观念之前或之后,有人物背景、有时代情境。这个背景今天读来也饶有趣味。那就是,文献的时代背景是春秋末年,儒家流行,连带儒服也流行起来,鲁哀公问孔子:"夫子之服,其儒服与?"孔子回答说:"我听说君子所学非常广博,衣服则入乡随俗。我不知道什么是儒者的服装。"谈论儒者只取服装角度,未免可笑,孔子由此来谈儒行。

对当时后世以至于今人都看重的儒服,不仅文献中的孔子表明了态度,就是庄子也以此虚拟了一段情景来表明态度。《庄子·田子方》中说鲁哀公曾向庄子炫耀过鲁国是儒者的大本营,儒家在鲁国成为一国的意识形态，庄子不同意，认为鲁国没几个儒者，哀公举例说："举鲁国而儒服，何谓少乎？"庄子的回应是："周闻之，儒者冠圜冠者知天时，履句屦者知地形，缓佩玦者事至而断。君子有其道者，未必为其服也，为其服者，未必知其道也。公固以为不然，何不号于国中，曰：'无此道而为此服者，其罪死！'"

庄子对哀公说的意思是，儒士带着圆顶的帽子，代表上知天时；穿着方形的鞋子，代表下晓地理；佩戴着玉玦，代表做事要有决断力。所谓君子，是指那些拥有君子之道，上知天文，下晓地理的人，善于办事的人，而不是说穿上儒士服饰的人。穿上了儒士的服饰，不一定就拥有君子之道啊。我想您一定对我的说法不以为然，不过我们可以做个实验，你为什么不马上下个命令，说："没有君子之道，却还穿着儒士服饰的，统统杀掉。"果然，"哀公号之五日，而鲁国无敢儒服者"。最后只有一个人身穿儒服，经检验算是真正的儒家，以至于庄子笑话哀公："以鲁国而儒者一人耳，可谓多乎？"后人说，鲁国之儒一人者，谓孔子也。

我们读《儒行》结合庄子的这段典故来看，更明白真儒的可贵。做一个有儒家情怀的人是了不起的，这也是不少人诵读《儒行》篇而觉得对修身养性有利的原因。诗人们也深知《儒行》的意义，是以不少人直接以"儒行"二字入诗，如唐代王维的诗："虽与人境接，闭门成隐居。道言庄叟事，儒行鲁人余。深巷斜晖静，闲门高柳疏。"储光羲的诗："世业传儒行，行成非不荣。其如怀独善，况以闻长生。"刘长卿的诗："贾生年最少，儒行汉庭闻。拜手卷黄纸，回身谢白云。""空山寂寂开新垄，乔木苍苍掩旧门。儒行公才竟何在，独怜棠树一枝存"。李嘉祐的诗："盛业推儒行，高科独少年。迎秋见衰叶，余照逐鸣蝉。"……

宋代诗人李觏则有诗名为《儒行》："一死相从患难时，何人能与古人齐？郦生泉下还知否？卖友而今价转低。"这首诗也有唐宋之差异。唐人重修行，无论释家、道家、儒家，其经典都是其修身的资粮。宋人多怀疑，故怀疑经典及其观念跟现实生活的反差。

什么是大学之道？

随着对传统文化的认知日益深入，各大传统文化的异质同构特征也为人们注意到。有人就发现，东西方文明早期发展，其认识和管理自身就有内在的一致性。如《易经》《尚书》等称得上中国的"创世记"，《新约》有《马太福音》《路德福音》等四大福音，华夏文明中则有"老子福音""孔子福音""墨子福音"等经典；西方有关于律法和原则条文的《利未记》，东方则有关于礼法和原则的《礼记》……

《利未记》的主旨是要人们生活得像神的子民一样，教导人们如何过一种洁净的生活，以及如何亲近圣洁的神。《礼记》也是指导人们过礼乐生活,如何有礼仪三百威仪三千,成就与天地贯通的人。在《礼记》中,《大学》《中庸》两篇较为特殊,一些人也将其理解成东方人的"启示录"。

众所周知,现代大学制度建立之前,中国就有"小学""大学"之说。小学又称"蒙学",是教授学童识字、背诵的基础教育。大学在传统中国并不发达,它缺乏平台、制度来保证大学之道的落实。但"大学之道",关于大学的精神、意义的认知,在我们的传统文化中极为完备成熟。一篇《大学》只有几千言,却道尽了"大学"含义,只是它被放在《礼记》中当作教条束之高阁,直到一千多年后的宋朝,书院的建设者、大思想家朱熹把它抽出来,跟《论语》《孟子》《中庸》一起并列为"四书",《大学》的地位才凸显出来。遗憾的是,现代大学制度建立后,传统中国的《大学》再度被遗忘或蒙尘;今天,是需要我们再度挖掘《大学》意义的时候了。

什么是大学之道?一言以蔽之,是成年人之道、君子大人之道。跟小学蒙学相对,跟子民、小人、百姓相对,大学就是君子大人们的学问,大学之道就是要把人从"子民""百姓""小人"的状态中解放出来,使其知道自己光明的品德,使其更新自己的生存或生命意义,使其达到至善至美的境地。这就是《大学》开篇开宗明义强调的,也是朱熹一再称道的"三纲领"——"大学之道,在明明德,在亲民,在止于至善。"

可见《大学》跟现代制度中的大学有所不同,后者更强调知识的专业、高深,前者则认为"物有本末,事有终始",因此

"知所先后"的亲道近道才最为重要。当然《大学》跟现代制度中的大学精神并无二致，二者都希望培养丰富的人、全面的人，但《大学》所弘扬的人格德行更近于现代社会的公民人格，这一层面为孙中山注意到了。《大学》说："古之欲明明德于天下者先治其国，欲治其国者先齐其家，欲齐其家者先修其身，欲修其身者先正其心，欲正其心者先诚其意，欲诚其意者先致其知，致知在格物。""物格而后知至，知至而后意诚，意诚而后心正，心正而后身修，身修而后家齐，家齐而后国治，国治而后天下平。"这种"格物，致知，诚意，正心，修身，齐家，治国，平天下"的人生顺序，朱熹称为"八条目"，孙中山则认为它是"把一个人从内发扬到外"的中国人的政治哲学，"这样精微开展的理论，……是我们政治哲学的知识中独有的宝贝"。

就是说，《大学》认为，真正的君子大人是必须从人生具体的情境出发，抵达天下的。我们由此原则可知，后来的中国人多未能读好自己人生的"大学"，未能实现自己的大学之道，甚至很多人颠覆了大学之道，如有名的"心忧天下"理论，有名的"匈奴未灭，何以家为"的豪言壮语。用《大学》的说法，一个人格致诚正都没做好，修身功夫不到位，家都没齐过，就想治平天下，这是不可能的；强为之也是危险的。用民间百姓的话说："一屋都不曾扫过，何以扫天下？"因此，安顿好自己的身家性命，才谈得上治平天下。在这方面，老子的"贵以身为天下，若可寄天下；爱以身为天下，若可托天下"，以及孟子的"达则兼济天下，穷则独善其身"是符合大学之道的。即一个人必须经过

礼记 止于至善的东方"启示录" 219

自己人生的"穷独"状态,才能达观、兼济,那种一开始就想摆脱穷独直取发达的心理和人生是有害的,它害人害己。

阿伦特认为,追求发达的人除了"对自己的晋升非常热心外,没有其他任何的动机",这种热心的程度本身虽然不是犯罪,但却是一种"平庸的恶",其本质是"个体缺乏一种批判的能力",即缺乏《大学》所说的个人在穷独中"格致诚正修齐"的能力。阿伦特说,"平庸的恶"会不断地危害社会。我们也可以进一步推论,传统中国推崇的"父母官""循吏"也是有问题的。他们自己陷入了"平庸"之中,他们把治理的对象都看作子民,而非君子大人,而非成年国民。《大学》中也引《诗经》的句子——"乐只君子,民之父母",但若从明明德、亲民的角度看,"父母官"只是从正向价值而言,故大学之道强调父母官与众民的关系,而不是把父母官跟子民相联系。

从《大学》中还可以推论,那些一生停留在修身阶段的人尚不是君子大人,那些一生只顾小家停留在齐家阶段的人还不是君子大人,那些一生只止于治国阶段的人还不是君子大人,他们既不拥有传统意义上的大学之道,他们也不具备现代文明社会的公民人格。在这个层面上,中国的"大学之道"与其他文明的圣哲心地相通。苏格拉底坦承:"我试图说服你们每个人不要要更多考虑实际利益,而要更多关心心灵的安宁和道德的完善,更多地考虑国家的利益和其他公共利益。"亚里士多德则认为,判别一个城邦,不是以人口、城郭为标准,而是要看它是否由公民组成。马克思、恩格斯更是对人类社会提出了一个原则:"在那里,每个人的自由发展是一切人的自由发展的条件。"

《大学》中对德行的重视是当代社会的"经济学理性"所忽略的。"是故君子先慎乎德。有德此有人，有人此有土，有土此有财，有财此有用。……是故言悖而出者，亦悖而入；货悖而入者，亦悖而出。"君子大人首先注重修养德行。有德行才会有人拥护，有人拥护才能保有土地，有土地才会有财富，有财富才能供给使用……这正如你说话不讲道理，人家也会用不讲道理的话来回答你；财货来路不明不白，总有一天也会不明不白地失去。这样的例子举不胜举。古希腊的圣贤伯里克利说过："我们既关心个人事务，又关心国家大事……毫无疑问，那些深知战争的灾患与和平的甜美，因而能临危不惧的人，才称得上具有最伟大的灵魂。""在生活方式上，我们既文雅，又简朴，既培育着哲理，又不至于削弱思考。我们以乐善好施而非自我吹嘘来显摆自己的富有。承认贫困并不可耻，无力摆脱贫困才确实可耻。"

可见，"大学之道"是对小学之道的超越，是蒙学之上的启蒙。什么是启蒙？康德说："启蒙就是人类摆脱自我招致的不成熟。不成熟就是不经过别人引导就不能运用自己的理智。"这也许就是传统中国"大学之道"长期蒙尘，中国社会充斥子民、臣民和"平庸之恶"的原因。《大学》曾经是也仍将是中国文化的"启示录"。重温《大学》会让我们对东西方文明的目的有所会心，一如康德所说："人是目的！"就像两千多年前的伯里克利所骄傲的："我们雅典总的来说是希腊的学校，我们之中的每一个人都具备了完美的素质，都有资格走向沸腾的生活的各个方面,都有最优雅的言行举止和最迅速的办事作风。"

正是启蒙运动以来的历史和理想告诉我们,天地间最伟大的事业,莫过于做一个人,因为一般者还不是人,因为学者、大师、政治家、巨富还不是人,因为名利包装的还不是一个人,因为人实际上是你,是我,是为那个全称的极远之你所完全映照的我。我们可以说,这就是大学之道。

我们的世界图景

近年传统文化在民生日用中有所回归,其中最重要的表现是,人们在节气之际相互劝勉养生、注意饮食。人们引经据典,"今日小雪,朋友们要注意御寒保暖","大寒将到,大家要注意身体调养","冬至来了,请多吃饺子"等。这些经典中,最重要者即为《礼记·月令》一篇。

以空间中所见之象来表明时间的变化,是一切文明人类共有的经验。中国人称之为"观象授时",即通过对空间显现的形象来把握时间。如季节之"季",孟仲季之"季",是一家孩子中最稚幼之子,是大地上禾苗结籽之象;秋天之"秋",是禾苗经太阳之火的能量赋予后的成熟之象;等等。中国先人对时空之象的观察较今人有所不同,他们把丰富的时空之象置入一个个层次分明的世界,人们看了这样的时空模式,自然能够随时及时,能够与时偕行。

据考证，《月令》中所涉及的时空之象是指战国年间之象，但它关于汉族生产生活的集大成文献。在它之前，有孔子一再称引的《夏小正》《尧典》等文献。《夏小正》描述的正月就是《月令》中的"孟春之月"：所有的生命都在春天里觉醒。动物们感受到春天的来临：大雁向北飞回自己的故乡，野鸡鼓动翅膀，鸣叫不已，布谷啼春；沉潜于水底的鱼由于感受了春江水暖，而游动于贴近冰层的水面；田鼠开始出没；母鸡开始孵育小鸡，新生命即将诞生。而植物也开始生长，园囿里韭菜发芽，杨树开始吐露新芽，梅花、杏花、桃花渐次绽放，青草露出丹黄色。乍暖还寒，冻土虽然融化但依然有几分寒意；而柳星初现于正月的夜晚，黄昏时分参星见于天空，北斗七星斗柄向下，悬挂于天际。春天属于生命的季节，一切都涂抹了生命的亮色。人类的活动也与此契合，农事拉开了序幕。修制农具等备耕活动开始。在田垄（畼）之上，举行祭祀农具的仪式。农夫们在田野里开始劳作。水獭祭献陈列各种新鲜的鱼。初春时节，雨雪时作，滋润田野。先行耕作主人的田地。劳作之余，可以采集野菜了。（原文是：雁北乡。雉震响。鱼陟负冰。田鼠出。鹰则为鸠。鸡桴粥。囿有见韭。柳稊。梅杏杝桃则华。缇缟。寒日涤冻涂。鞠则见。初昏参中。斗柄县在下。农纬厥耒。初岁祭耒，始用畼也。农率均田。獭献鱼。农及雪泽。初服于公田。采芸。）

这样富有诗意的生命世界在《月令》中获得了更为井然的秩序。以"孟春之月"为例："孟春之月，日在营室，昏参中，旦尾中。其日甲乙。其帝大皞。其神句芒。其虫鳞。其音角，律中大蔟。其数八。其味酸。其臭膻。其祀户，祭先脾。"太阳有着至高的地位，每个月要描述太阳的位置。"日在营室。"太阳的运转形成了四时，每时又分为三个月。四时各有气候特征，每个月又有各自的征候。与四时相对应，每时都有一班帝神与其相对，每个月各有相应的祭祀规定的礼制。

我们说，经过先哲的整理，时空世界宗教化了，春神"其帝大皞，其神句芒"，夏神"其帝炎帝，其神祝融"，秋神"其帝少皞，其神蓐收"，冬神"其帝颛顼，其神玄冥"，每一季节都有神灵。当然，时空世界也艺术化了，春、夏、秋、冬四季本身有着鲜明的时间节奏，而《月令》将宫、商、角、徵、羽五音与十二乐律相配，使得自然的天籁有了人类音乐的节奏。以"角、徵、商、羽"配春夏秋冬，以大蔟、夹钟、姑洗、中吕、蕤宾、林钟、夷则、南吕、无射、应钟、黄钟、大吕的十二乐律与孟春、仲春、季春、孟夏、仲夏、季夏、孟秋、仲秋、季秋、孟冬、仲冬、季冬十二月令相配合，使得月令变化有了音乐的韵律和艺术的色彩。当然，时空世界也有了味觉的层次，数的变化，人身的侧重点之不同。如孟春之月其数为"八"，其味为"酸"，其人身重要在"脾"等。

这是先哲对生存世界极为精到的把握。每个人都能找到自己的位置，天子、三公、九卿、大夫，等等。这个月里，"东风解冻，蛰虫始振，鱼上冰，獭祭鱼，鸿雁来"，这是物候。"是月也以立春。先立春三日，大史谒之天子曰：'某日立春，盛德在木。'天子乃齐。立春之日，天子亲帅三公、九卿、诸侯、大夫以迎春于东郊。"这是天下之事。"是月也,天子乃以元日祈谷于上帝。乃择元辰,天子亲载耒耜,措之于参保介之御间,帅三公、九卿、诸侯、大夫,躬耕帝藉。天子三推,三公五推,卿、诸侯九推。"这是国事政事,后来的国家和政府官员在春天参加义务植树活动,大概可与此相参看。"是月也,天气下降,地气上腾,天地和同,草木萌动。王命布农事。"这是农事。"是月也,命乐正入学习舞,乃修祭典,命祀山林川泽。"这是正事政事。

当然,还有禁忌之事。每个月都有每个月的有所为有所不为。孟春之月的祭祖,其牺牲不可以用雌性牲畜,因为春天里它们要繁衍生殖。"牺牲毋用牝。"天道敏时,地道敏树,人道敏政。天时在变易,大地在生长收藏,人则以仁、义、礼、智相适应。天道、地理、人纪,都是不可违背的自然法则,一如《黄帝内经·素问》所总结:"化不可待,时不可违。"在孟春之月,"是月也,不可以称兵,称兵必天殃。兵戎不起,不可从我始。毋变天之道,毋绝地之理,毋乱人之纪。"这是告诫。"禁止伐木,毋覆巢,毋杀孩虫、胎、夭、飞鸟,毋麛,毋卵,毋聚大众,毋置城郭。"这是禁令。

如果详细分析,这中间的每一句话都有意义。《月令》的模型即由此展开。从太阳、四时、月等时间开始,到空间中的物候变化,到人事变化,说明人的生产生活的规律。我们今天读《月令》可以其句型解析入手,更好地把握时世变易中的规律。这对今天的我们是一个条理化的过程,但在古人那里是如数家珍的,正如顾炎武所说:"三代以上人人知天文。"如《月令》中的关键词,古人一看就明白的"昏"与"旦",在现代几乎只有少数人理解其意义,专家学者则将其当作专有名词,有其精确的科学定义,即将晨昏朦影分为民用、航海和天文三种,分别指太阳在地平线下6°、12°、18°。

至于数字、味觉、颜色、声音、身体脏腑,在时间演进中更有极为有机的联系,如四时五行系统,春天的数字是八、夏天的数为九、长夏为五、秋为七、冬为六,五行为木、火、土、金、水,相应的味觉是酸、苦、甘、辛、咸,颜色是青、红、黄、白、黑,声音是角、徵、宫、商、羽……这些天地自然之道至今为我们习焉不察。我们很少想到一方水土的表现跟时空相关:南方人做菜爱放糖,北方人口味重,东方人的酸菜比如韩式风味泡菜是一绝,而西边人的饮食是辛辣的;我们很少想到南方的红土、北方的黑土、西方的流沙等五色土的时空意味;吴侬软语,属于徵音;东北汉子的大嗓门,属于角音;关中大汉的苍凉秦腔,属于商音……

扩大来看,这四时五行系统何尝不对地球村村民有意义。比如南印度大陆属于南方,五行为火,它的生命哲学是苦的,佛教对苦谛的阐述打动了人心;西方人明于义利之辨,他们对正义、义人、罪人的理解首屈一指,五行为金,这一生命哲学是辛辣的;以中国为代表的东方是生发的,是仁爱天良,是忠孝哲学,其生命一如其五行为木,青青酸涩……

《月令》中要我们记住人与自然的联系。从孟春之月开始,立春之日，天子亲帅三公、九卿、诸侯、大夫以迎春于东郊，天子乃以元日祈谷于上帝。乃修祭典，命祀山林川泽……仲春二月，玄鸟（燕子）至，至之日，以太牢祀于高禖，天子亲往，后妃帅九嫔御。择元日，命民社……季春三月，天子乃荐鞠衣于先帝，又荐鲔于寝庙，乃为麦祈实……孟夏四月，立夏之日，天子亲帅三公、九卿、大夫以迎夏于南郊。此月，农乃登麦，天子以彘尝麦，先荐寝庙……仲夏五月，命有司为民祈祀山川百源，大雩帝，……季夏六月，令民无不咸出其力，以共皇天上帝、名山大川、四方之神，以祠宗庙、社稷之灵，以为民祈福。……孟秋七月，立秋之日，天子亲帅三公、九卿、诸侯、大夫以迎秋于西郊。农乃登谷，天子尝新，先荐寝庙。……仲秋八月，乃命宰、祝循行牺牲……季秋九月，大飨帝，尝牺牲，告备于天子。天子乃难，以达秋气；以犬尝麻，先荐寝庙。……孟冬十月，立冬之日，天子亲帅三公、九卿、大夫以迎冬于北郊，……仲冬十一月，天子命有司祈祀四海、大川、名源、渊泽、井泉。……季冬十二月，乃命太史，次诸侯之列，赋之牺牲，以共皇天上帝、社稷之飨。乃命同姓之邦共寝庙之刍豢。凡在天下九州岛之民者，无不咸献其力，以共皇天上帝、社稷、寝庙、山林、名川之祀。

《月令》还要我们记住一国之大事。正月，迎春之后，还反赏公、卿、诸侯、大夫于朝。命相布德，和令，行庆，施惠，下及兆民。……二月，安萌牙，养幼少，存诸孤。命有司省囹圄，去桎梏，毋肆掠，止狱讼。……三月，天子布德行惠：命有司发仓廪，赐贫穷，振乏绝；开府库，出币帛，周天下；勉诸侯聘名士，礼贤者。……四月，迎夏之后，还反行赏，封诸侯，庆赐遂行。……五月，挺重囚，益其食。班马政。养壮佼。……六月，命妇官染采，黼、黻、文、章，必以法故，无或差贷；……七月，迎秋之后，还反赏军帅武人于朝。……八月，乃命有司，申严百刑，斩杀必当，毋或枉桡；枉桡不当，反受其殃。……九月，申严号令，命百官贵贱无不务内，以会天地之藏，无有宣出。……十月，迎冬之后，还反赏死事，恤孤寡。是察阿党，则罪无有掩蔽。命百官谨盖藏，命司徒循行积聚，无有不敛。……十一月，可以罢官之无事，去器之无用者。饬死事。……十二月，天子乃与公卿大夫共饬国典，论时令，以待来岁之宜。

《月令》还要我们记住农事。正月，王命布农事，命田舍东郊，皆修封疆，审端经术，善相丘陵、阪险、原隰，土地所宜，五谷所殖，以教导民，必躬亲之。田事即饬，先定准直，农乃不惑。……二月，耕者少舍，毋作大事，以妨农之事。……三月，命野虞毋伐桑柘。……四月，命野虞出行田原，为天子劳农劝民，毋或失时。命司徒巡行县鄙，命农勉作，毋休于都。是月也，驱兽毋害五谷。……十月，劳农以休息之。……十二月，令告民出五种，命农计耦耕事，修耒耜，具田器。专而农民，毋有所使。

至于百工之事，《月令》中也有规定：三月，命司空循行国邑，周视原野，修利堤防，道达沟渎，开通道路，毋有障塞。命工师令百工审五库之量，金、铁、皮、革、筋、角、齿、羽、箭、干、脂、胶、丹、漆，毋或不良。百工咸理，监工日号："毋悖于时！毋或作为淫巧，以荡上心！"……八月，可以筑城郭，建都邑，……九月，霜始降，则百工休。……十一月，涂阙廷门闾，筑囹圄，此助天地之闭藏也。

相比较而言，国事农事工事在今天都有新的变化，我们遗忘的是与自然的联系，是安身立命、立身处世的禁忌。《月令》中的禁忌之事值得今人记起。正月，毋变天之道，毋绝地之理，毋乱人之纪。……二月，毋作大事，以妨农之事。是月也，毋竭川泽，毋漉陂池，毋焚山林。……三月，毋有障塞。田猎罝罘、罗网、毕、翳，餧兽之药，毋出九门。……四月，毋有坏堕，毋起土功，毋发大众，毋伐大树。毋大田猎。……五月，令民毋艾蓝以染，毋烧灰，毋暴布，门闾毋闭，关市毋索。……六月，命虞人入山行木，毋有斩伐。不可以兴土功，不可以合诸侯，不可以起兵动众。毋举大事，以摇养气。毋发令而待，以妨神农之事……十一月，命有司土事毋作，慎毋发盖，毋发室屋及起大众，以固而闭地。命奄尹申宫令，审门闾，谨房室，必重闭。省妇事，毋得淫，虽有贵戚近习，毋有不禁。

《月令》还有对灾祸的把握。孟春行夏令，则雨水不时，草木蚤落，国时有恐。行秋令，则其民大疫，猋风暴雨緫至，藜莠蓬蒿并兴。行冬令，则水潦为败，雪霜大挚，首种不入。仲春行秋令，则其国大水，寒气揔至，寇戎来征。行冬令，则阳气不胜，麦乃不熟，民多相掠。行夏令，则国乃大旱，暖气早来，虫螟为害。季春行冬令，则寒气时发，草木皆肃，国有大恐。行夏令，则民多疾疫，时雨不降，山林不收。行秋令，则天多沈阴，淫雨蚤降，兵革并起。四月，孟夏行秋令，则苦雨数来，五谷不滋，四鄙入保。行冬令，则草木蚤枯，后乃大水败其城郭。行春令，则蝗虫为灾，暴风来格，秀草不实。五月，仲夏行冬令，则雹冻伤谷，道路不通，暴兵来至。行春令，则五谷晚熟，百螣时起，其国乃饥。行秋令，则草木零落，果实早成，民殃于疫。季夏行春令，则谷实鲜落，国多风欬，民乃迁徙。行秋令，则丘湿水潦，禾稼不熟，乃多女灾。行冬令，则风寒不时，鹰、隼蚤鸷，四鄙入保。孟秋行冬令，则阴气大胜，介虫败谷，戎兵乃来。行春令，则其国乃旱，阳气复还，五谷无实。行夏令，则国多火灾，寒热不节，民多疟疾。仲秋行春令，则秋雨不降，草木生荣，国乃有恐。行夏令，则其国乃旱，蛰虫不藏，五谷复生。行冬令，则风灾数起，收雷先行，草木蚤死。季秋行夏令，则其国大水，冬藏殃败，民多鼽嚔。行冬令，则国多盗贼，边竟不宁，土地分裂。行春令，则暖风来至，民气懈惰，师兴不居。孟冬行春令，则冻闭不密，地气上泄，民多流亡。行夏令，则国多暴风，方冬不寒，蛰虫复出。行秋令，则雪霜不时，小兵时起，土地侵削。仲冬行夏令，则其国乃旱，氛雾冥冥，雷乃发声。行秋令，则天时雨汁，瓜瓠不成，国有大兵。行春令，则蝗虫为败，水泉咸竭，民多疥疠。季冬行秋令，则白露蚤降，介虫为妖，四鄙入保。行春令，则胎夭多伤，国多固疾，命之曰逆。行夏令，则水潦败国，时雪不降，冰冻消释。

对灾祸的把握，现代人更为陌生。但传统中国人多深信不疑，无论自然气候变异，冬行夏令；还是人间社会的变态，本为生发、朝气蓬勃的青年，却像在严冬里一样感觉到寒冷、无力、疲惫，都会带来世道的病变。正如有识之士指出的，无论是西方发达国家遭遇过的"雾霾"，还是中国人正经历的"雾霾"，都是其共同体成员不遵时月之令而犯下的"共业"。

《月令》是先秦中国人的时空体验模式，也是中国古典哲学的思想结构的总体表现。海德格尔说："历史性作为生存的存在机制归根结底是时间性。"时间在《月令》中占有至高无上的位置，今天的人们受都市现代性的影响，对时间的感受失去了传统人类的丰富性，而变得数字化、同质化了。我们把时间多分成了工作时间、聚会时间、节假日等人文时间；很少体验时间的自然属性、天地的道属性——雨天、下雪天、刮风天、万里无云天、燕子南飞时、见霜见露时、柳树发芽时、小鸡孵化时、河水泛滥时……读《月令》可知，我们今人对时间的把握是可怜的、单调的。《尚书·尧典》谓："食哉，惟时！"先哲说："所重在于民食，惟当敬授民时。"先哲还说"君子进德修业，欲及时也""君子藏器于身，待时而动"。

读《月令》可以唤起我们对时间的体验，对世界的有机有效的感受。戈尔在为《寂静的春天》作序时说："她将我们带回如下在现代文明中丧失到了令人震惊的地步的基本观念：人类与自然环境的相互融合。"我们说，《月令》一篇文献简洁地把我们带回到这一时空模型中去，让我们理解时间的坚定不移，如诗人所感叹的："日月忽其不淹兮，春与秋其代序。惟草木之零落兮，恐美人之迟暮。"

后记

知识易得，智慧难求

自省之书：中国原典的当代精神

我们知道，一切经典不过是历史叙事，但如前强调，文明源头如日月般的言说，暗含着文明命运的源代码，蕴藏着我们可望自新并"日日新"的巨大而永恒的秘密。它的存在本身就是对我们的召唤，需要我们瞻望、参详、持诵。开卷有益，这并非完结也难以完结的言说之旅，不断增添的万书之书，一如象征的森林，既吁请读者的参与，又自有明心见性的"棒喝"与"宁静"。

普通人有权与闻的资源和能量

我国族立于日出东方，历百世而不衰，奠基于上古诸圣。如西人居处日归之地，越传统而现代，受教于创世诸神。西域创世有亚当、亚伯拉罕；东土开天有伏羲、炎帝神农。东海西海，心理攸同，得益于轴心诸子之突破。希腊有苏格拉底、柏拉图、亚里士多德，希伯来有摩西耶稣，印度有佛陀大雄，我中国有老、孔、墨、孟、庄、荀、韩、屈，斯乃传福音之圣徒使徒，使其部族乃至人类的精神与天地往来。

今天看来，人类源头立足于天文等历律的文明创制：个体自觉及其发明发现，在时间的长河中，一如空间中的大象，万古不磨。在可见的空间中，悬象著明莫大乎日月；文明的创世收获和轴心突破，则是历史上的悬象，是另一日月，它经天纬地，给予我们安身立命的神正目的或历史目的。

遗憾的是，西人的日月之福音福象以制度化组织化（大学、图书馆和教会）的形式深入人心千百年之久，至于今日，《圣经》是西人共通的文化背景，希腊哲学是学子们的常识；而东土的日月被秦制汉制等一再遮蔽，"绝地天通"，使吾人难有常理共识。东土留下的一孔之明，使五六千年的文明拦腰斩断，"生民未有"有则自孔子始，上层但知儒道孔孟，以为"天不生仲尼，万古如长夜"。直到五四运动、新文化运动将孔子请回诸子队列，而先秦原典多已经蒙尘晦涩，其精神的日月之光难以启明世道人心。

全球化时代的推进使各大文明的原典呈现出新的意义。在层出不穷的现代性危机中，东西方的经典日益显现其作为日月般的正能量，可以祛除"摩登"都市中的病灶和阴霾，不特此也，一如中国人在《易经》用九用六中对地球极点的洞察，原典对当代人不再有原教旨之功，而是跟他人的原典一道，构成极昼极夜的风景，那是"群龙无首"之吉的天则，是"永贞"之利的德行。

由此可见，中国原典普及化的努力亟待新的突破。中国原典必须尽快成为中国人的生存背景，如此跟其他文明经典和国际社会一道，庶几能够参赞文明的现代演进。在100多年的白话文普及化过程中，中国原典多是书斋的、学派的、蒙学的，是经典自证的，它在个体的学子时代和学者生涯中有限地自我循环，是学问式的正解或未解之谜，尚未能成为歌哭、联谊、雅聚、行旅、养生送死途中的常识和资粮，未能成为农民、诗人、工匠、歌者、樵夫、哲人、渔夫、史官、武士、高僧、禅师、隐士、大师天才、匹夫匹妇、政要商贾、贩夫走卒等的习语和救赎。先秦精神一如飘零的花果，惨淡，在父子、师徒间艰难地传承。

先秦的各大经典，乃是我们中国的祖坟，文明的圣殿，精神血脉，历史和未来的日月之光；无论它在学人眼里还有多少门派之见和待解之谜，它今天都是普通人有权与闻的资源和能量。

尽管文明间的交往有着数千年的历史，但由于受制于地理、技术和生活方式，传统的文明交往或者是猎奇点缀，或者是自我认同感的强化修正，不同的文明是不能化约的，无强弱较技或僭妄代替的。用我们中国人的话说，各传统文明自身为一"太极"，变动不居，周流六虚。中国文明与佛教文明的交往就在中国文明史上经历了秦汉帝国时期的参证、南北朝至大唐帝国的冲突反复、宋明帝国时期的取用自新等阶段，但中国文明与佛教源发地——印度文明仍各自独立存在并平行发展，它符合中国文明善待天下的意志，"万物并育而不相害，道并行而不相悖"。

近几百年来的中西文明关系几乎重蹈旧路，从利玛窦和徐光启等参证阶段，到马戛尔尼访华、鸦片战争等冲突反复，我中国今日可望见取用自新阶段的轮廓。不同以往的是，跟印度文明不同，受惠于古希腊文明和古希伯来文明，西方世界在近代完成了伟大的现代转型，文艺复兴、地理大发现、资本主义的诞生、启蒙运动、工业革命，数百年间西方世界在人类文明的诸多种类里脱颖而出，成为地球上有史以来最为强势的文明。文明间的交流不再以自存为目的，文明有了前所未有的张扬姿态。

尽管在中西文明交流的第一阶段，伏尔泰、莱布尼茨、歌德等思想巨人都从中国文明里取证受益，但以西方文明的认知精神、现代性骄傲和强霸的物质扩张态势，西方很快地将中国文明纳入了其认知体系中一个无足称道的位置；而我中国的精英分子迟缓了百年之久，在西方的炮舰和鸦片叩击国门时，才从西方文明里参证受教。西方的侵略态势很快让中西交流进入了冲突之中，我们今天仍处于这一冲突的复杂微妙阶段。

我中国的现代转型远未完成，其他古老文明的现代转型亦多未获全功。而西方也以世界知识的面目宰制了其他文明体系，并决定了全球化的内容和方向，它以物质的名义求解了精神，以科学的名义挑战了伦理，以西方的名义统治了世界，以人类的名义征服了自然。这种文明的竞技不再如中国文明奉行的"天地之大德曰生"，而一度有了你死我活般的征服意志。它理所当然地遭遇了抵抗，尽管抵抗远未有效，尽管抵抗充满绝望，但变法图存的努力既极大地改变了东方，也极大地影响了西方，使得现代文明的大视野成为某种伦理共识。

这种大视野即是方兴未艾的全球化，用西方的观念，可称为"世界化"或"世界公民"阶段；用中国的观念，可称为"地球太极"。在两次世界大战的基础上，欧盟得以产生；联合国、世界银行、奥委会等国际组织和跨国公司、志愿者组织，正在消解和校正民族国家的疆界；流行文化、网络、生物技术、脑科学和物理学的发展，乃至星际旅行的梦幻计划，都使现代人大踏步地突破了部落、种族、地域、阶层、国家的限制，将文明夯实在世界性层面。

在世界文化或现代文化面前，传统文明，无论是西方、印度或中国，都退居为子文化或亚文化形态。原有的"太极"充当新的一极，跟其他极构成了地球文明的"大太极"。阴阳之道在东西方、南北方之间转化、升华。你中有我，我中有你，相互辅成。冲突真正得以和解，共生和解则从传统的哲学概念、政治学概念突破，成为当代世界的伦理共识，"有象斯有对，对必反其为，有反斯有仇，仇必和而解。"得益于西方人的前导，世界其他地区的认同实践，自由、民主、平等、安全、学习、公益、传统等，成为现代人至上的人生社会价值，这是文明在当代的"圆满"。

网络和全球化进程使参与者多能理解，耶稣不仅属于小亚细亚地区，莎士比亚不仅属于英国人，苏格拉底不仅属于希腊，佛陀不仅属于印度……他们也是我们现代中国人的生存背景，是我们的文明记忆和历史根基；而《易经》、《道德经》、孔子、庄子、唐诗等也非中国人的专利，它们是人类的财产，是现代人的生存资源。仰望这些文明天空的日月星辰不仅是与闻福音，与闻大道大义，也是一种明德至善。

我们知道，一切经典不过是历史叙事，但如前强调，文明源头如日月般的言说，暗含着文明命运的源代码，蕴藏着我们可望自新并"日日新"的巨大而永恒的秘密。它的存在本身就是对我们的召唤，需要我们瞻望、参详、持诵。开卷有益，这并非完结也难以完结的言说之旅，不断增添的万书之书，一如象征的森林，既吁请读者的参与，又自有明心见性的"棒喝"与"宁静"。

天何言哉？四时行焉，百物生焉，天何言哉？但天已信言，"悬象著明莫大乎日月"。执大象，天下往，往而不害，安平太。

后记 知识易得，智慧难求

经典阅读是一种责任

传统学问有正义、集解一类的方式。正义又名"疏",也称"注疏""义疏",是一种经注兼释的注释。集解则是汇集诸家对同一典籍的语言和思想内容的解释,断以己意,以助读者理解。何晏曾说:"今集诸家之善,记其姓名,有不安者,颇为改易,名曰《论语集解》。"裴骃则说:"采经传百家并先儒之说,豫是有益,悉皆抄内。删其游辞,取其要实,或义在可疑,则数家兼列。……号曰《集解》。"

凡是打开过本书的人都承认,这是以传统正、解的方式来阅读经典。但跟传统以经解经的方式不同,在"正解"之外,本书堪称和解。本书有离经叛道之处,即是对经典的注解不只依从于自家经典,如一些儒生们习惯的只能以儒家经典来注孔孟;编者从经典的文句、义理等出发,连接古今中外,让读者看到一段经典话语下,有孔子、老子、释迦牟尼、苏格拉底、亚里士多德、莎士比亚、康德、黑格尔、鲁迅、胡适、罗尔斯、汤因比、余英时……经典作家们在互动、对话,在辩难、阐发,"观古今于须臾,抚四海于一瞬"。在某种意义上,本书既是传统图书的新成果,又鲜明体现了网络时代的精神——万物相互连接。

在网络阅读当道的时代,纸质经典阅读已经成为一种非常奢侈的人生经验。现代人已经习惯了"轻"阅读、快阅读、消费式阅读、网络阅读等,纸质经典阅读似乎已经过时,我们从网络上随时可以猎取柏拉图、亚里士多德、孔子、墨子等经典人物的言行事迹。但返回到纸质经典阅读，是每一个人的权利，更是他对自己的责任。

在传统社会，无数寒门子弟的心愿是："我要读书！"无数的苦难大众，那些终生劳作不得温饱的"睁眼瞎"们的心声是："我连到学堂里面去摔一跤的机会都没有。"今天的文明在整体上已经迈过了短缺、匮乏的时代，知识大规模下移，使任何一个卜居或旅居偏远地带的人都能随时阅读；只要有一手机在，他就可以连接人类文明的图书宝库。

网生代享受的文明福祉是空前的。但跟文明史上那些传媒介质咸与维新的革命有所不同，网络阅读并不会取代纸质阅读。跟专家们预测的网络阅读取代纸质阅读的趋势相反，纸质阅读仍是今日人类个体最宝贵的生活内容。如果我们能够理解网络精神，我们当知在网络时代，新的革命不是推翻、取代旧的事物，而是对其的包容。即使从小生活在无纸化环境中的新一代人，他们的大脑皮层有异于上代人，但他们仍会向传统归队，会获得纸质经典阅读的生命成就。

对纸质经典阅读的乐观不仅是源自网络精神，网络的共生精神跟古典文化的认知一致，万物并育而不相害，道并行而不相悖；甚至说，古典文化未能实现的梦想今天由网络实现了。网络不会推倒纸质图书，更不会解构经典阅读。更为重要的是，在共生的网络时代，纸质经典阅读对习惯无纸化的网生代来说是一种重要的修行。

谈论网络阅读和纸质经典阅读的差异还为时过早，一般人理解的网络阅读多不走心,是"刷屏",是走马观花,是采集狩猎,等等,并非网络阅读的本质。网络阅读同样能够求知问学、明心见性。但从网络的角度理解,纸质经典确实过于沉重、晦涩、凝固了,过于安静了。纸质经典乃是用纸质把人类流传千年的文明精神"封印"了。这些先人的精神文化血脉,如仅仅靠网络阅读是不足以消化为阅读者自身的资粮的。现代人要打开人类的文明精神、听取先贤们的深刻思想,仅仅靠网络的音频视频介质去阅读听取是不够的。在打开"封印"的文明之旅中,尤其是在跟先人对话并滋养自身的修行中,专注、精纯的纸质经典阅读几乎是不二之路。一份调查显示,在美国著名大学的阅读榜上,排前一二十名的仍是古往今来的人类经典。

跟一般阅读有所不同,经典阅读是一种对自己的打开,是把自己从外在的世界中找回来。这一特征可以判定一个人是否读懂了经典、读出了自己。有人拿着书"一目十行",有人拿着书"心不在焉",这些阅读都不是对经典的正当态度。经典并非"咳风唾地"的时语或"明日黄花",而是文明演进的界石、台阶。在知识爆炸的网络时代,这些界石、台阶需要我们一一领略。在日常生活中阅读经典是如同信徒做礼拜一样听闻福音的方式,更是我们成全自己、安顿自己的方式。遗憾的是,现代人容易忽略经典,倾向于在网上"冲浪"去获取知识。但用网友们的总结——"知识易得,智慧难求"。

传统社会的读书,首先是调心。礼闻来学,无闻往教。没有对自己心的把握,机械地认字识文,难以读好书,难以打开自己和经典的"封印"状态,更难以获得智慧。如同中西贯通的大儒马一浮先生所说:"故欲读书,先须调心。心气安定,自易领会。若以散心读书,博而寡要,劳而少功,必不能入。以定心读书,事半功倍。随事察识,语语销归自性。然后读得一书,自有一书之用。不是泛泛读过,须知读书,即是穷理博文之一事。然必资于主敬,必赖于笃行。不然,则只是自欺欺人而已。"

马一浮先生还说,读书,"如人行远,必假舟车。舟车之行,须由轨道,待人驾驶。驾驶之人,既须识途,亦要娴熟。不致迷路,不致颠覆,方可到达。故读书之法,须有训练,存乎其人。书虽多,若不善读,徒耗日力。不得要领,陵杂无序。不能入理,有何裨益?"

关于国民阅读的倡导是近年来我国社会的热点话题,其中既有我国民对经典文化的疏离问题,也有我国民人均阅读量较为低下的问题。对这些问题如何解决,如何让大家从纷繁复杂的世界和生活中有所解脱,使浮躁的心得以安顿,"应云何住?云何降伏其心"。显然,阅读经典仍是方便,"安禅制毒龙",借用孟子的话来说,经典之道无他,求其放心而已。

行夏之时——关于二十四节气

借助于技术的加持,人类知识正在大规模地下移。孔子没注意到技术、文明平台演进的意义,他的"唯上智下愚不移"看似有理，其实则误。在权力独大之前，知识也曾散布到人类每一个个体那里，由其自信自觉地发明发现，"三代以上，人人皆知天文"即言此象；后来，权力绝地天通，民众既不能看天，也无在大地上自由迁徙行走的权利，知识由权威发布，万众只有深入学习的义务了。

关于节气、天文历法等的知识也是这样为权力、少数人垄断。无论在乡村还是城市，知道时间，懂得天时、农时、子时午时及其意义的人并不多。直到民国年间，"教育部中央观象台"还要每年制订历书。到了20世纪80年代，挂历、台历等市场化力量打破了权力的垄断。今天，每个人都知道如何问时、调时、定时了。

我们的知识史带来的负面作用至今没有得到有效的清理，对很多现象、习俗、知识，我们知其然不知其所以然，知其有而不知其万有。节气，这一传统中国最广为人知的生活和文明现象，不仅民众日用而不知，就是才子、学者也少有知道其功能意义的。今天的人们在"0"和"1"组成的移动互联上已经往而难返，收视而无知无识；很少有人去深入到时和空组成的坐标上认清自己的位置，更少有人去辨析时和空各种切己的意义。

时空并非均匀的。一旦时分两仪四象，如春夏秋冬，我们必然知道自己在春天生发、走出户外，在冬天宅藏，在秋天收敛，在夏天成长。尽管圣贤对时间有着平等心，在"初日分""中日分""后日分"能以等身布施，但朝乾夕惕仍有分别。王阳明甚至发现了时间与世界的关联："人一日间，古今世界都经过一番,只是人不见耳。夜气清明时,无视无听,无思无作,淡然平怀,就是羲皇世界。平旦时,神清气朗,雍雍穆穆,就是尧、舜世界;日中以前,礼岩交会,气象秩然,就是三代世界。日中以后,神气渐昏,往来杂扰,就是春秋、战国世界;渐渐昏夜,万物寝息,景象寂寥,就是人消物尽世界。"

在传统社会那样一个以农立国的时代,时间远非"生长收藏"那样简单,更非王公贵族、精英大人、游手好闲者那样"优游卒岁"。先民在劳作中,渐渐明白时间的重要性,一年之计在于春,一日之计在于晨。传统农民没有时间观念,尤其没有现代的时间意识,但他们不仅随着四季的歌喉作息,还分辨得出一年中72种以上的物候迁移。"我看见好的雨落到秧田里,我就赞美;看到石头无知无识,我就默默流泪。"这样的诗不是农民的。农民对自然、鸟兽虫鱼有着天然的一体缘分感,如东风、温风、凉风、天寒地冻、雷电虹霓,如群岛、桃树、桐树、桑树、菊花、苦菜,如鸿雁、燕子、喜鹊、野鸡、老虎、豺狼、寒号鸟、布谷鸟、伯劳鸟、反舌鸟、苍鹰、萤火虫、蟋蟀、螳螂、蚕、鹿、蝉等,农民是其中的一员。

农民明白粗放劳动与精细劳动之间的区别,明白农作物有收成多少之别,播种也并非简单地栽下,而分选种、育种和栽种等步骤。农民中国的意义在今天仍难完全为人理解,中国农民参与生成了对人类农业影响极为深远的水稻土。100亩小麦可以承载的人口是多少呢?25人左右。100亩玉米可以承载的人口大概是50人,100亩水稻可以承载的人口则是200人左右。就农民这个职

后记 知识易得,智慧难求

业而言，东亚（包括中国）农民做到了极致。一个英国农学家在19世纪初写的调查报告中认为，东方农民对土地的利用达到艺术级，一英亩土地可以养活比在英国多六倍的人口，套种、燃料、食物利用、施肥循环、土壤保护，都非常了不起。所有这些，与农民对时间的认知精细有关系。

二十四节气是中国文明的独特贡献。农民借助于节气，将一年定格到耕种、施肥、灌溉、收割等农作物"生长收藏"的循环体系之中，将时间和生产生活定格到人与天道相印相应乃至合一的状态。"日出而作，日入而息"，"君子以向晦入宴息"。生产生活有时，人生社会有节，人身人性有气，节气不仅自成时间坐标，也演化成气节，提醒人生百年，需要有精神、有守有为。孔子像农民那样观察到："岁寒，然后知松柏之后凋也。"他为此引申："三军可夺帅也，匹夫不可夺志也"，"志士仁人，无求生以害仁，有杀身以成仁"。可以说，中国源远流长的精神气节，源头正是时间中的节气。从节气到气节，仍是今天人们生存的重要问题：我们是否把握了时间的节气？我们是否把握了人生的节点？是否在回望来路时无愧于自己守住了天地人生的气节？如果诚实地面对自己，我们应该承认，我们跟天地自然隔绝了，当代人为社会、技术一类的事物裹挟，对生物世界、天时地利等失去了感觉，几乎无知于道法自然的本质，从而也多失去先人那样的精神，更不用说气节。

但在传统社会，人们对天地时空的感受是细腻的。时间从农民那里转移，抽象升华，为圣贤才士深究研思，既是获得人生社会幸福的源泉，也是获得意义的源泉。时间有得时、顺时、逆时、失时之别，人需要顺时、得时，也可以逆时而动，但不能失时。先哲们一旦理解了时间的多维类型，对时间的认知不免带有强烈的感情，读先哲之书，处处可见他们对天人相应的感叹。"豫之时义大矣哉！""随之时义大矣哉！""遁之时义大矣哉！"这就是顺时。"革之时大矣哉！""解之时大矣哉！""颐之时大矣哉！"这就是得时。人们的时间感出现了紊乱、社会的时间意识发生了混乱，圣贤或帝王们就会改元、改年号，以调时定时、统一思想意识。而在这所有的时间种类里，跟天地自然合拍的时间最宜于人。今天的城里人虽然作息无节制、不规律，但他们到乡野去休整一天两天，其生物钟即调回自然时间，重获时间的节律和精气神。自然，历代的诗人学者都在节气里吟诗作赋，他们以天地节气丰富了汉语的表达空间，也以汉语印证了天地节气的真实不虚和不可思议。

　　一个太阳周期若分为春、夏、秋、冬四象，一年就有四象时空，如分成八卦八节，一年就有八种时空，我们能够理解，太极生分得越细，每一时空的功能就越具体，意义越明确。这也是二十四节气之所以不仅与农民有关，也与城里人有关，更与精英大人有关的原因。在二十四维时间里，每一维时间都对其中的生命和人提出了要求。一个人了解太阳到了南半球再北返回来，就知道此时北半球的生命一阳来复，不能任意妄为，"出入无疾"；一个人深入体悟这一时空的逻辑，就明白天地之心的深长意味。而我们如果了解到雨水来临，就知道农民和生物界不仅

"遇雨则吉",而且都在思患预防。我们了解到大暑期间河水井水浑浊,天热防暑,需要有人有公益心。此一时空要义不仅在于消夏,在于获得降温、纳凉、防暑一类的物资,还在于提高公共认同,"劳民劝相"。二十四节气时间,每一时间都是人的行动指南。冬至来临,君子以见天地之心;雨水来临,君子以思患预防;大暑来临,君子以劳民劝相。

节气不仅跟农民农业有关,不仅跟养生有关,也跟我们每个人对生命、自然、人生宇宙的感受、认知有关。普通人只有了解节气的诸多含义,才能理解天人关系,才能提撕自己在人生百年中的地位。在小寒节气时需要有经纶意识,在大寒节气时需要修省自己,在立秋时需要有谋划意识,在秋分时要理解遁世无闷……古人把五天称为"微",把十五天称为"著",五天又称为"一候",十五天则是一节气,见微知著,跟观候知节一样,是先民立身处世的生活准则,也是他们安身立命的参照。

我意识到,时空的本质一直在那里,只不过,历史故事也好,诗人的才思也好,只是从各方面来说明它们,强化它们。有些时间的本质仍需要我们不断地温故知新。在写这篇小文时,重读书稿,发现仍有若干材料没有加入。如六月芒种节气,时间要求人们"以非礼弗履",我对此的解释过于直硬,其实如附会农村人生活,当让人惊叹其中的巧合。芒种节气里农作物成熟了,一些见邻起意的人,尤其是那些不劳而获的"二流子",经过麦田时,会低头俯身假装倒一下鞋子里的渣土,实则顺手偷几把麦子。故正派人经过别人家的农田,都不会低头整理鞋子,以免被误会，这就是"非礼弗履"了。这样的现象，今人固然可以理解成传统农村社会物资短缺所致，但是，经过瓜果农田，今人顺手牵羊的行为并不少。西哲奥古斯丁少年时就偷过邻居家的梨，奥古斯丁没有放过自己，他一生思考的起点即是这一事件，他的结论不是现象层面的"非礼弗履"，而是深刻地检讨人的罪性。可见，时间给予人们丰富的意义，由古今中外的历史和现实组成的意义仍在不断地生成之中。

在事物成熟的时间里展示了人性的原罪，这样的现象在我们的文化中也可思可考，如"气人有，笑人无""见不得别人好""围堵某个经济起飞的国家"等。我的《时间之书》里收录了中国人"至于八月有凶""南征吉"的说法，都指夏秋之际作物成熟引来邻人、邻村、邻国的觊觎，其中就有郑国军队到天子眼皮底下抢割周天子的粮食的事件。事实上，人与时间的关系确实可以观察人的性情道理，也可以看出一人、一个族群的状态。真正有操守、气节的态度是："人之有技，若己有之；人之彦圣，其心好之。"

作为"圣之时者"，孔子深刻地理解到了时间之于国家、社会的重要性，他在回答为邦之道时就说过"行夏之时，乘殷之辂，服周之冕"。夏时即是阴阳合历的农历，夏时的重要在于它见万物之生以为四时之始，孔子自己的话是："吾得夏时而说者，以为谓夏小正之属，盖取其时之正与其令之善也。"这就是说节气时间不仅正确，它对人间、人身、人生的规定性也是善意的。有些王朝不以夏时为准，而以11月甚至10月为时间起点，

后记 知识易得，智慧难求 249

"时间开始了",事实上不仅扰乱了天时农时,也使人找不到北,失时而失去人生的坐标。孔子看到了,正确地调时定时,能够使天下钦若昊天。因为时各有宪。每一维度的时间都有其"宪法",有其至高无上的规定性。在全球化时代,孔子的"行夏之时"之说,就是采用公历时间,享用各国产品,保留中国元素,怀抱人类情怀。

遗憾的是,如前所说,关于节气一类的知识曾经为少数人垄断。巫师、王室、日者、传天数者、钦天监、占天象者、各种卜日卜时的先生等,他们在下传时是否无私,他们是否以其昏昏使人昭昭,是一个问题。知识在一步步下移,但文明社会至今仍未实现藏富于民、分权于众、生慧于人。就像海德格尔在《存在与时间》中阐明的,必须破除主体性思维和科技时空观,人才能真正成为"时间性"的。海氏为此预告了现代人的异化:人的存在是时间性的,而时间又因人的感觉而发生改变,从这个意义上说,相对论是多么的浪漫,然而它又是残酷的,……既然可以通过感觉改变时间轴,那么欺骗自己、欺骗别人、欺骗世界也就没什么不可能的了。

蔡友平先生曾告诉我,对他们酿酒人来说,采集药草酿酒虽然重要,但时间才是最重要的参数,只有时间到了,酒才能荡气回肠。在这方面,节气堪称中国文明的智慧,是中国人千百年来实证的"存在与时间"。在知识下移到每一个人身上的时代,回到节气或时间本身,有利于人们反观自身的气节或精气神,有利于自我的生长,有利于人们在时间的长河或时间的幽暗中打捞更多的成果。知识大规模下移的一个问题，是使得每一个人都感受到了知识的压力和诱惑，人们迷失其中，但回到时间或节气应是在知识海中漂移的可靠的坐标。像曾经的农民一样，去感受时间和生命的轮转循环。像诗人那样，去欣赏"时间的玫瑰"，去收获"时间即粮食"。"年轻人，你的职责是平整土地，而非焦虑时光。你做三四月的事，在八九月自有答案。""我在渺无人迹的山谷，不受污染，听从一只鸟的教导，采花酿蜜，作成我的诗歌。美的口粮、精神的祭品，就像一些自由的野花，孤独生长、凋落。我在内心里等待日出，像老人的初恋……"

海德格尔称引过荷尔德林的名言："生命充满了劳绩，但还要诗意地栖居在这块土地上。"在对时间的感受方面，传统中国文化确实有过天人相应、自然与人心相合的美好经验。去感受吧，去参悟吧，去歌哭吧："若乃春风春鸟，秋月秋蝉，夏云暑雨，冬月祁寒，斯四候之感诸诗者也。嘉会寄诗以亲，离群托诗以怨。至于楚臣去境，汉妾辞宫；……塞客衣单，孀闺泪尽；或士有解佩出朝，一去忘返；女有扬蛾入宠，再盼倾国：凡斯种种，感荡心灵，非陈诗何以展其义？非长歌何以骋其情？"

知识的富有、智力的优越在节气面前无足称道，因为我们每一个人都得面对自身。释迦牟尼有叹："奇哉！奇哉！一切众生皆具如来智慧德相，只以妄想执著而不能证得。"

这是信言的语！

先觉者乃敢特立而独行

一

最近几年，陆续听到有人称赞我的相貌气质。有人说，学者中形象颜值高的人不多，我算得上其中之一。前不久，某艺术家又一次提到我的长相，我当时回说："惭愧，可能年轻时更好看一些，这几年时世变异，自己也五蕴炽盛，实在是羞于见人……"当然，我想到萧伯纳和鲁迅相见的故事，我告诫自己应该像鲁迅一样，预知未来的自己比现在的自己更好看。

好的预言参与预言的实现，这是众所周知的。在那样"黑暗的"民国，鲁迅四处出击，战斗不已，伤痕累累，仍对自己的未来有足够的把握，这是了不起的。鲁迅对相貌有会心，一定对自己的立身处世有底线，因此尽管"彷徨"，尽管生活得"二心""三闲""伪自由"，他仍能成全自身的完善。陈丹青谈鲁迅，也敏感地注意到相貌的问题，他说鲁迅先生长得"真好看"，在民国以来的文化人中，鲁迅先生样子"最好看"。从鲁迅的例子可以说，预言、先知等生命个体的心思参与了当下生活，其要义在于它们使生命获得了主体性，获得了自觉。人由此可知，自己的人生可以展望、可以规划，更重要的，人可以也应该自己负责。

但令人难以释怀的是，当代社会，能为自己负责的人不多，能预知自己未来可能性的人不多，大多数人活在本能、无明的状态里。陈丹青感慨，民国作家们的相貌可圈可点，郭沫若、茅盾、老舍、冰心,以及胡适、梁实秋、沈从文、张爱玲等人的样子,各有各的性情与分量。

历史演进的车轮常常迂回反转,甚至把人带入到形格势禁的环境里,让人忘记了生命自由的创造;或让人以为自己处在一个空前绝后的时代,自己参与了历史,等等。无论哪一种错觉,我们大多数人尚未能把握住"命运的咽喉"。现代化的无远弗届,一方面极大地提高了人类的福祉,一方面把更多的人裹挟到难能自主的生存中。先知般的天才卡夫卡感叹过现代人的可悲境遇:"我现在在这儿,除此一无所知,除此一无所能。"当然,在移动互联网面前,马克思、恩格斯在一百多年前的话更属先知:"一切固定的僵化的关系以及与之相适应的素被尊崇的观念和见解都被消除了,一切新形成的关系等不到固定下来就陈旧了。一切等级的和固定的东西都烟消云散了,一切神圣的东西都被亵渎了。"预测、把握未来是难的。

我年轻时曾对时代社会抱有天真的理解,那时的我以为今天人类社会的开放程度足够接纳优秀的人类之子,能够接纳最前沿的思想观念,最有价值的生存命题。但我失望地发现,很多时候我们组成的社会是相当势利、相当无情、相当无知的。即使今天显得最为私密的微信朋友圈仍难称"文明",在众多考验面前少有"善知识",少有仁者、勇者、智者,真正的先知先觉是寂寞的。人性中最美好纯良的心思,最深刻的见识,在社会上或在圈子里是不合时宜的,多半是超前了。

二

我在青年时代的交游里，幸运地遇到过若干我们时代的先知。跟他们在一起时，我们经常为"民胞物与"和文明世界生发"椎心之痛"和长久的叹息。在同流合污或与时俱进的时代大戏里，那些持不同见解的圣贤，那些持自己意见的先知，是极为珍贵的"文明财"，但遗憾他们不为周围所知所用，这对他们和对时代社会，都是不小的损失。这些"文明财"不曾激活增富，发挥应有的效用，财而不富，通而不流，日渐斑驳，消失在历史的暗夜里。但我因此确定，先知们的存在不仅是一个事实，而且意义重大。尽管难以向社会有效地介绍这些先知的预言、思想，先知命题在我心里扎下根来。

除了个别，先知在我们的文化里很少被论及，被当作话题。虽然孙中山先生、鲁迅先生、胡适先生、陈独秀先生，以及当代的顾准先生，都有过破题解题；但无论知识人还是民众，很少关注先知的意义。这大概跟孔子以降的中国人性情笃实、不骛高远有关。人们印象中的先知，跟希伯来文化的信仰精神相关——希伯来的先知传统几乎填充了当代汉语"先知"一词的大部分内容。

但我读国史时，春秋时代那些做过预言的众多人物给我留下了印象。预言西周灭亡的伯阳父几乎是历史上第一位有思想体系的哲人，他先于《易传》提出了"人类之子成大功德者"的意义，他也先于《道德经》提出了"和实生物"的思想，在预言方面，他还一口气就预测了郑国、晋国、楚国、齐国、秦国等国家的霸业。我读他的"伯桓对",觉得诸葛亮的"隆中对"与之相比,就差了一两个级别。而后来的公子季札几乎不输于伯阳父,季札也是几乎一口气就预测了齐国、郑国、晋国的政局,更神奇的是,他还精准预言了另一位大预言家叔孙豹的悲惨命运。这类故事在书中频繁出现,以至于我只能以"先知"来称道他们;但看到汉语世界对先知的论述极少,以至于我怀疑历代读《左传》《史记》的大儒们是否看到了这些故事,他们是视而不见,还是遵循先师"不语怪力乱神"的传统?他们是觉得古人迷信、捏造、不够严肃,还是觉得古人因"知识不足"而故意采用了耸人听闻的"叙事策略"?

三

在我的印象里,先秦时代是少有的看重死亡的时代,他们那么重视死亡,先知们的预言里大量是关于死亡的。臧文仲预言了卫文公的死亡;宰周公预言了晋献公的死亡;卜楚丘预言了鲁文公、齐懿公的死亡;神灶预言了周天子和楚王的死亡,还预言了晋平公的死亡;等等。这些预言,我们可以从心理学、精神分析学的现代理论来理解,大概会以为先知的预言不足为奇。但理论沙盘推演判断是一回事,在历史上留下预言又是一回事。确实,看一支军队的行军即判断军队的战斗力没有问题,但因见军人"趾高气扬"即铁口直断他们要打败仗的命运还是值得敬重的,这样的预言在春秋时代不止一两例。

先知们还有大量的预言是关于一国国运的,这样的能力在今天同样值得注意。近代历史也有传说曾国藩幕僚预言清王朝寿命只有50年左右的故事,但在春秋时代,这样的预言可说是普遍的,如郭偃预言了晋国10多年的命运,裨灶预言了陈国5年后封国52年后灭国。我们今天面对国运或国际社会远国近邻的命运,也经常想做判断,但我们的判断既无从下手、无法落实,判断了也无价值。可以说,无论我们今人如何看待这些先知,他们在春秋时代对各国命运的关注和判断仍值得我们思考。

先知们还有很多令我们的理性难以索解、我们的想象难以穿越的预言。如有名的"田陈代齐"的故事,陈厉公生了孩子陈完,请到访的周太史卜算孩子的命运,太史占卜为观之否卦,他断言孩子将要到别国发展。后来陈完果真到齐国发展了,他娶妻时有人算卦,算出他的命运不错,并且五代以后会发达起来,八代以后便没有人比得上他这个家族了。这两个预言都实现了,陈完的后代取代姜太公的后代,成了齐国的国君。类似的故事还有不少,如先知史苏断言秦、晋两国会有韩原大战,卜楚丘和季札都断言叔孙豹的结局不好,等等。我们难以理解他们的预言有什么根据,以至于不少聪明的后来人一口咬定这些故事是后来人"添油加醋",是秦汉时期的史学家的"理性不足"。

四

我发现大部分先知预言是可以解释的,他们有他们的依据:"工具"和"方法论"。我逐渐理解到一个人的人生轨迹就像抛物线一样，是可以由抛出时的能量结构或能量大小等因素来决定的，甚至他"此时此刻"的表象也暗示其精气神的力道，可以看见他的过去和未来。只不过，大部分人处于抛物线的某一点不能反观自身的轨迹，不能通观抛物线的必然结局而难能改变。但旁观的对抛出起点或当下诸要素了然于心的人，则看到了必然的结局。

在写作中，我不由自主地跟现实进行联系，我意识到这些先知故事有极为重要的现实意义。时隔八九年，回看这些文字，我仍不时地为当年写出的文字所触动。我甚至一再感慨，这一段、那一段文字是救命的啊。如果前几年下台被收监的那个高官看到了这一段，他不至于有后来的下场；如果广东那个败落的商人看到了这一段文字，他何至于落得家破人亡的地步；如果学术界的那位才子读到了先知的命运，他还会投机继而成为天下人的笑柄吗？

显然，有我这样想法的人少得可怜。我还记得当年因写作先知系列一度想探讨衰世、乱世问题，但遭到了同行的冷遇和年轻人的嘲笑；在那些年"民国热""维权热"一类的时尚里，我的对时代性质的纠缠是多么不合时宜甚至显得落伍啊。"先知系列"写到后来，报刊编辑和出版编辑都好意地说，读者只对时事有兴趣，没什么人关心先秦史；或者说，你写的是有意思，但对社会来说太超前了。这些反应让我索然无趣，写到后来，也就匆匆收笔，没有做更充分的梳理，对一些先知如史墨、苌弘没能传写，更没有做理论总结。

知识应该服务、报效社会，我们本来是可以给人们提供立身处世或安身立命的基础的。十多年前，我就乌鸦般地命名了时代的本质；多年来，我在多个场合里都引用过庄子的名言："方今之世，仅免刑焉！"我的这种"天真"到今天仍不可救药，我常常问身边的人，那些做"替罪羊"的官吏、做"白手套"的商人、做"帮凶"的写手，明明因为作恶而受到制裁甚至丧失了生命，为什么仍会有人前赴后继地赶到类似的命运刑场，为非作歹后成为笑柄，死了也不得安宁，给自己和亲人蒙羞？

五

大部分先知活跃在中国有明确纪年的"共和元年"之后，部分在孔子同时或孔子之后，时间跨度约三四百年。如果用"轴心时代"的角度看，这些先知跟"轴心时代"中国的老子、孔子，印度的释迦牟尼、耆那大雄，希伯来的先知，希腊的苏格拉底等人属于同一时代。雅斯贝尔斯注意到，公元前8世纪至公元前2世纪之间，是人类文明的"轴心时代"。"轴心时代"所在的地区大概是北纬30度上下，就是北纬25度至35度之间。这段时期是人类文明精神的重大突破时期。在轴心时代，各个文明都出现了伟大的精神导师，他们提出的思想原则塑造了不同的文化传统，也一直影响着人类的生活。这也是文明史上不断出现"回到希腊""回到先秦"等思想运动的原因，也是今天中国社会出现重读老子、孔子等热潮的原因。

跟老子、孔子等先秦诸子有完整体系性的作品不同，轴心时代的中国先知多以述而不作、片段言行的形象留在历史上。我们当然可以说，正是有了这些先知，老子和孔子等人才有了基础。先知是诸子的先行者、奠基者，诸子是先知的果实。但另一方面，诸子代表的更属于历史中理性、祛魅的潮流，先知代表的仍属于非理性、前理性的人类精神。在象、数、义、理方面，先知们更多地用心于象，将人类思维中的直觉思维发挥得淋漓尽致。他们看相说话，观象系辞，见微知著。两千多年后，现代哲学才重新讨论"现象"，留下"现象即本质"等命题。当然，如果也以理性来解释先知，我们可以说，他们在老子、孔子之外阐发了"几率"和"因果律"，应该是成立的。只不过，他们的这一传统湮没在历史中，后来由传入中国的佛教哲学填补了其中的空白。无论几率还是因果律，其展开都将是，所作不失，无作未得。

跟希伯来先知也有不同，中国的先知们没有明确地传递"福音"。为传"福音"，"流泪的先知"耶利米敢于超越自身怯懦的性格，能够公开谴责和控诉，他登上历史舞台的年代在公元前626年；同时代的中国先知如内史兴、刘康公等的处境比他优越得多。为传"福音"，以西结那刺耳、严峻的预言受到过民众的质疑，他登上历史舞台的年代在公元前592年；同时代的中国先知如申叔时、巫臣、范文子等在大国争霸的时代大戏里帮忙帮闲。如果对照来看，希伯来先知多是面对部族的民众；中国的先知则是面对王公大臣。中国的先知没有传递"福音"，相反，他们更像是经验世界里的观察者、世故者、老成者，他们可以断人、谋国、预知未来。他们组成的传统给予我们的启示，更像是当代人可以理解的"体制生存"中的"路径依赖"，一旦人、圈子成为某种体制，其中的生命个体就必然依赖体制并受制于体制。社会是一种体制，人生百年何尝不是一种体制，是以中国民间有"三岁看大七岁看老"一说。

六

认知到这一点，对我们把握自身极有意义。在中国文化里，我们对自己的称谓，多谦称为"末学"或"学生"，这一词语不仅指在校学习的人，还指示了生命的责任。生生之谓大德，学生，要义之一在于先学而后生，在于"学会生活，学会生存，学会抚慰天下苍生"（毓鋆先生语）。但事实上，很多人忘记了自己是一个"学生"，一生无学也无生活，甚至还未学会生活就已经夭折。先知之所以能看见个人乃至国家的命运，就在于学生们在"必然王国"没有及格毕业，反而多自以为是地伤生害生，成为"套中人"，成为命运借以书写的文本。这是小而言之，由此可知，学生必须明了自己的限制，明了自己的命运。

大而言之，人类在地球上生存，也构成一种体制或系统，在这种系统里必然有个人或集体的路径，必然有我们"人类的目的"，这正是雅斯贝尔斯"轴心时代"值得今人解答的魅力所在。显然，先知就是人类的方向或目的，他们是文明史上伟大的"学生"，在无明的众生世界里，他们看到众生某种必然的命运，他们因此敢于告别众人所重的生活，特立而独行。我去年在湖北黄梅和安徽宿松逗留时，意外发现：在轴心时代过去近千年后，7世纪初，北纬30度上下，东西方再次出现了伟大的突破，即阿拉伯半岛上出现了穆罕默德这样的先知，东方的大陆中国出现了禅门宗祖以及神秀、慧能这样的精神导师。

理解先知需要我们的想象力。用中国文化的语言，这是"其大无外，其小无内"。我曾经把北半球以八卦划分，中国文化称道生命力的出现是"帝出乎震"，北纬30度上下正是在震卦区边缘，可见在时空形格势禁之前，震卦区就是生命或文明的妊娠地带，是空间意义上的学生宜生者。后来的人类学家和生物地理学家们称道地球上的"幸运纬度带"，也多半在震卦区。如此把个人的历史跟人类的历史结合起来参看，我们更能理解自己受限于哪一层级，我们的"超越性突破"才能跃进到人生乃至人类的某种自由世界。先知们能够出入自如，能够预测命运，正如高维时空的眼与心洞明低维时空生物的必然路径。

这也是我开篇以人的相貌立论的原因。对先知来说，看一个人的相貌气质可知其过去和未来，这再寻常不过了。采访过欧洲主要国家首脑的麦考密克夫人曾就罗斯福与希特勒、墨索里尼等治国者的外貌做了比较。她发现后者为执掌政权付出了沉重的代价：紧张和焦虑在他们脸上刻下了深深的皱纹；艰难时世令他们面容憔悴，过早衰老；他们全神贯注于自己造成的令其精疲力竭、焦头烂额的时局，他们独处时显得疲惫而困惑。而罗斯福完全不同：总统职务在他身上留下的痕迹之少令人惊异，他在愉快而自信的神情背后保持着一份超然的宁静和安详。

对中西文化都了然于心的宋美龄说过:"圣人与罪人皆会受到阳光的被泽,而且常常似乎是恶者大行其道。但是我们可以确信地说,不管是对个人还是对国家而言,恶人猖獗只是一种幻想,因为生命无时无刻不将我们的所作所为一笔一笔记录下来。"我们中国人多能明了,无论哪一种机制,我们都在大的罗网中写下自己的命运,正所谓"天网恢恢,疏而不漏"。

我们的创世记

《尚书》本义有上古之书、为人尊崇之书、君上之书的意思,"是中国汉民族第一部古典散文集和最早的历史文献,它以记言为主"。归纳起来,这部书是中国人最初最重要的文献,是中国文明创业期领导人的"重要讲话"汇编。今天的中国人很难想象传统中国文化对这部经典的尊崇:它是历代王朝的核心教科书,是两千年来中国读书人研读不倦的经典。虽然它的难读难懂众所周知,公认为"佶屈聱牙",但帝王将相以《尚书》安邦定国,工商士农以《尚书》修身待物。康熙皇帝曾让大臣逐日讲经其义,直到光绪二十九年的1903年,清政府灭亡前9年,朝廷还组织专门的班子来编纂一套图文并茂的"书经图说"。

我们现在读《尚书》,跟传统中国文化中生活的人读《尚书》有同有异:同者,我们都能在其中修身安身;异者,我们较古人更多了一种距离感。这让我们读《尚书》可以更个性,更超脱，比如读《尚书》的《尧典》一篇，有人就读出了《哈利·波特》的元素，把舜的一家人跟小波特和叔叔一家人相比。这是一个有趣的现象。

但读《尚书·尧典》仍需要更宽广的知识背景才能更好地理解它与读者的联系。与其把它跟一部小说相比，不如还原它本来的格局。孔子说："唯天为大，唯尧则之。"天是神圣广大的，但尧却参透了它。天从神性演进到自然属性；天文的演进规则为尧所取法。其实《尚书》诸篇尤其《尧典》一篇也有这样的意义。我们曾经说，《尚书》是中国文明的创世记，《尧典》则是创世记的开篇。跟这样的文献参看的不止一部小说，还有《圣经》，还有《佛经》，等等。

《尧典》和其他《尚书》篇章一样，首句为"曰若稽古"，"曰若稽古，帝尧曰放勋，钦明文思，安安……"很多人理解为"考察往事"。也有人说，这是上古之人讲故事的思维方式，一如乡野老者"讲古"："话说从前啊，有个尧帝，名叫放勋，他钦明文思，安安……"这样的起始句还可以跟《佛经》中的"如是我闻"相比较，我闻如是；稽古曰若，考察古代的人物事情，说是这样的。我们从这种言路思路中理解东西方人的某种一致。那就是对文明创世的叙述是人为给定的，至于它是否符合历史的真实，那是另一回事。跟佛经的"真实不虚"不同，佛经的真实是弟子们对具体情境和言行的追忆；《尧典》的叙述是真假参半，历史与传说相混合，是先秦儒士们对历史情境的理解和想象。但这种人为叙述同样有某种文明性格塑造的意义，它既是文明的某种真实，又是文明的某种理想。

这篇文献跟《圣经》创世记也有所不同，尧与天的关系，类似于亚当与上帝的关系，但《圣经》突出的是上帝，《尚书》突出的是人。文献颂扬了尧的德行，这同样是一个讲故事的思维，英雄圣贤的创世跟上帝创世不同，上帝是全能的，圣贤如尧则是道德的。除了叙说尧的聪明智慧外，还说他的伟大光荣正确，他的移风易俗，泽被四海苍生——"允恭克让，光被四表，格于上下。克明俊德，以亲九族。九族既睦，平章百姓。百姓昭明，协和万邦。黎民于变时雍。"

《圣经》创世记突出了人在上帝面前的渺小和罪性，《尚书·尧典》突出了人在天面前的伟大和德行。跟古希腊哲人们对文明的理解也有所不同，希腊哲人想象和理解的文明是"哲人王"即"智者之治"，中国儒士们想象和理解的文明是"圣人王"即"德者之治"。

我们读《尚书·尧典》，可以发现在文明的创世阶段，哲人圣人几乎是一体的，尧既是圣人、贤者，又是哲人、智者。除了他的德行，他的才能也是一流的，在当时的世界里，只有他能够"定时安民"，这是前无古人的工作。他安排羲仲，住在东方的旸谷，恭敬地迎接日出，辨别测定太阳东升的时刻。昼夜长短相等，南方朱雀七宿黄昏时出现在天的正南方，依据这些确定仲春时节。这时，人们在田野春耕，鸟兽开始生育繁殖。又安排羲叔，住在南方的交趾，辨别测定太阳运行的情况，恭敬地迎接太阳向北归来。白昼时间最长，东方苍龙七宿中的火星黄昏时出现在南方，依据这些确定仲夏时节。这时雨水多，人们住在高处，鸟兽的羽毛稀疏。……尧有这样的知人之智和功德，他并不居功，而是表扬部下，说他们对确定农时和历法做出了贡献等。

尧安排羲和四子（羲仲、羲叔、和仲、和叔）分赴东、南、西、北四方，各司春、夏、秋、冬四时，钦顺昊天，敬守民时。这是中国文明时空意识的诞生，也是时空观念的确立和测定。时空是世界的基本秩序，这一创世记意味着中国先民建立天地秩序、开天辟地的经验基础和实用性。即先民是以自己的生存经验，以最朴素的手段"开天辟地"的。

主持制定历法，即意味着立法。没有历法，没有测时调时定时，任何秩序都无法形成。历法是最基本的法则。在此之前，人们没有时间意识、没有历史观念、没有空间感，自历法后，时间清晰了、空间意识诞生了、历史记忆积淀了。"创世记"如此叙述制定历法的细节，即说明先民对"开天辟地"经验的重视和推崇。这些评述只是我们今天站在理性的立场赋予的，文献中的尧以及编写文献的儒生们并没有指明这一理性意义，他们或者停留在经验层面，或者停留在对圣贤的颂扬中。

专家们曾经复原过上古时代的立竿测影，《周髀算经》记载："夏至南万六千里；冬至南十三万五千里。日中立竿测影，此一者天道之数。周髀长八尺。夏至之日晷一尺六寸。" 2009年6月21日12时36分，也就是当年夏至的准确时间，考古学家、天文学家们在陶寺古观象台，用陶寺遗址出土的"圭、表"1：1

的复制品进行验证。人们看到,当夏至到来时,"表"的投影落在了"圭"上那两个红色标记之间的位置,影长41公分,减去4000多年来"黄赤交角"的变化误差就是40公分。40公分是"一尺六寸",与《周髀算经》的"地中"恰好相同。

因此我们可以了解,古人叙述的创世记虽然不免神乎,但在现实中是简洁的、务实的。只不过,知道时间、空间,在上古人类部落中确实属于核心知识,是攸关个人、部落、文化生存发展的关键知识,也因此它意味着权力、财富、神迹。跟时空知识的发明发现一样,跟火药、纸张等的出现一样,丝绸最初出现在罗马军团将士眼前的时候,玻璃、自鸣钟等最初出现在土著人面前时,都曾引起他们新奇得近乎崇拜的情感,都是创世一样的开天辟地的事件。

"创世记"接着叙述尧帝的功德。他选贤与能。在历法需要有人管理的时候,大家面临自然灾难的时候,他首先想到要找到合适的人才。他的大臣推荐了他的儿子丹朱,推荐了共工、鲧,他都不满意,他认为三人德行有亏,好争讼、言行不符实际且缺乏容人之量,但在大臣坚持的情况下,尧帝只得任命了鲧去治理洪水,鲧没有成功。

尧的世界突然洪水泛滥,"汤汤洪水方割,荡荡怀山襄陵,浩浩滔天"。洪水毁灭世界,也是各大文明创世神话中的典型情节。这为力挽狂澜的英雄出场提供了机会,跟《吉尔伽美什》中的马杜克,《旧约》中的诺亚等人一样,伟大的舜和英明的禹都经受了艰苦的考验。

最后一个事件，是尧传帝位于虞舜。在尧的晚年，他讨论接班人问题。大家推荐了年轻、尚未娶妻的舜。在一个并不好的家庭里生活，舜以至孝与家人相处，家人虽有恶德，舜能够使他们迁善改过，不至于为非作歹。这已经很了不起了。尧帝为了测试舜的德行，把自己的两个女儿嫁给了他，让他参与政务。

后来的结果不在《尧典》之中：舜通过了考验，先民的人际关系重在亲亲之伦，父义、母慈、兄友、弟恭、子孝，舜倡导这五种日常伦理，人们都能顺从。舜总理百官，百官都能承顺。舜在明堂四门迎接四方宾客，四方宾客都肃然起敬。而"纳于大麓，烈风雷雨弗迷"，在山林中巡视，在暴风雷雨的恶劣天气中神明泰定，度量绝人。

学者们通过对文本的比较，认为这篇文献是春秋战国时期儒家知识分子们编纂的"创世记"，这是非常有意思的一个结论。因为秦汉时期华夏文化的时空观有了新的变化，司马迁所写的《史记》开篇"五帝本纪"则在《尚书·尧典》之外提供了新的"创世记"。跟"祖述尧舜，宪章文武"的儒生不同，"五帝本纪"的创世时间就大大往前迈进了一步，开始祖述炎黄，宪章黄老。到汉唐后，华夏文化的时空观又有演进，盘古开天辟地的创世说法出来了。到清末民初，地球存在40多亿年的说法出来了。

事实上，各大文明的创世记都有过删改、编造、整合的历史，就像梵蒂冈的西斯廷壁画整合希腊哲学和圣经传说一样，上帝造人、哲人思辨、一指开天等都曾经结合在一起。但文化和人

后记 知识易得，智慧难求

类一旦祛魅，创世记不可避免地走向终结，历史叙事和科学叙事上场，为我们演义上古人类的功德。

今天，历史学家辨识出来，华夏文化是大陆中国东西、南北等空间亚文化板块的综合，在以黄河流域为中心的三代文化之外，长江流域的文化更为早熟发达，更早，良渚文化、红山文化都有过了不起的"开辟"之功。而《尧典》中的尧帝只是今天山西陶寺一带的部落首领，在考古学家眼里，这个部落的遗址不比其他部落的遗址更丰富更文明。这个部落领袖之能脱颖而出，并非比其他亚文化地区的领袖更伟大更有魅力，实在是"历史的偶然"。对陶寺的考古还发现，这一亚文化很快终结，造反者、起义者曾以非常野蛮的手段对付上层贵族。……可以说，要还原先民的史实、生活，我们还有很长的路要走。

回头看我们"伟大"的创世。从后来理性的立场可以过度解释这一文明创世期的象征含义：立法、救灾、任用贤能、禅让，等等。但所有这些后来的解释都有过度之嫌。当时的人类是简单的。马克思说古希腊人是"正常的儿童"，古中国人可能既"早熟"又"晚熟"：说早熟，是因为中国人生存环境的恶劣，中国人早早地完成了组织化；说晚熟，是因为中国人从环境的管制中过早地进入到人的管制当中，而一再让度了自己的权力，迟迟发展不了自己，迟迟未能长大成熟。

这篇创世记编造的尧舜治理模式，跟后来中国人见识并愿意相信的明君贤臣模式没什么两样，也许事实没有后来的治理周密，但这一编造绝非捕风捉影。千年以下阅读，仍让人相信那就是我们祖先合群的样子，跟古希腊罗马的人人相生发不同，跟圣经中的人们去寻找不同，我们的创世记里已经是垂拱推位、井然有序了，人在其中都有自己的位置。

文明在今天已经进入到新的阶段。一如外人在《人类简史》《未来简史》中提供的新叙事模式，我们也需要新的创世记。

图书在版编目（CIP）数据

自省之书：中国原典的当代精神 / 余世存著 . --长沙：岳麓书社，2022.9
ISBN 978-7-5538-1706-4

Ⅰ . ①自… Ⅱ . ①余… Ⅲ . ①随笔—作品集—中国—当代 Ⅳ . ① I267.1

中国版本图书馆 CIP 数据核字（2022）第 139464 号

ZIXING ZHI SHU: ZHONGGUO YUANDIAN DE DANGDAI JINGSHEN
自省之书：中国原典的当代精神

| 作　　者：余世存
| 责任编辑：李伏媛
| 监　　制：秦　青
| 策划编辑：康晓硕
| 文案编辑：停　云　盛　柔
| 营销编辑：王思懿
| 封面设计：奇　芭
| 版式设计：李　洁
| 内文排版：麦莫瑞

岳麓书社出版
地址：湖南省长沙市爱民路 47 号
直销电话：0731-88804152　88885616
邮编：410006
2022 年 9 月第 1 版　2022 年 9 月第 1 次印刷
开本：875×1230　1/32
印张：8.75
字数：180 千字
书号：ISBN 978-7-5538-1706-4
定价：59.80 元
承印：三河市兴博印务有限公司

若有质量问题，请致电质量监督电话：010-59096394
团购电话：010-59320018